GAEA

GAEA

乩身

The Oracle Comes I

〔踏火伏魔的罪人〕

星子——著

乩身

〔踏火伏魔的罪人〕

目錄

楔子

蜿蜒往下的黑色鐵梯歪斜扭曲，髒舊陰森漆黑。

他艱難地抬著腳，一階一階往下走。

鏽黑色的梯面彷如上桌不久的牛排鐵板般灼熱燙腳，將他的腳底板都要燙熟了。

鎖著他雙踝的腳鐐拖行在鐵梯上，不時撞出噹硠硠的聲音。

他不知道自己走了多久。

也不知道眼前那個領路男人究竟是誰。

領路男人一身黑西裝，肩頸上長著一顆褐色獸頭，頭上有兩支彎角、翹著一雙尖耳朵。

似乎是顆牛頭。

四周迴盪著各式各樣的聲響。

有轟轟隆隆、嘶嘶沙沙的聲音，那是滾滾大火撕碎一切的聲音。

也有許多稀奇古怪的悲鳴和哀嚎。

悲鳴和哀嚎裡像是摻雜著無盡的無奈、悲慟、後悔和怨恨……

他口乾舌燥，覺得自己像一塊剛揉好的麵團，和這一聲聲彷彿佐料般的悲鳴，一同被送入這座無邊無際的大烤箱，被熊熊烈火烘烤。

不知怎地，他卻沒有回頭往上逃跑的念頭。他知道自己絕對逃不了。

更重要的是，他即便能逃，也不能逃。

因爲他的父母和姊姊也在這個地方。

「對不起……」

他仰起頭，只能見到一片漆黑；低下頭，則是熊熊烈火。

這條長梯深遠而曲折，四通八達的分道連接著一棟棟焦黑大樓；千百棟焦黑大樓浸在無邊無際的火海裡，像是電影裡的末日景象。

大樓一扇扇窗後似乎有人，那些永無止盡的悲鳴聲就是從窗子裡發出。

「你說什麼？」在前方領路的牛頭男人聽見了他的呢喃，稍稍轉頭，抖了抖牛鼻子問。

「阿爸、阿母……阿姊……」他一步步繼續往下，全身皮膚焦裂，早已流不出一滴汗和一滴眼淚。他嘴巴張開，吸入肺中的是滾燙如火的風，他沙啞地喃喃自語。「我做錯了……」

「你認錯呀？」牛頭男人摳了摳耳朵，聳聳肩說：「認錯很好啊，知錯能改是好事；不過……該扛的罪，還是要扛。」

他沒有反駁，繼續跟著牛頭男人，踏著一階階焦燙鐵梯持續往下。

這個地方遠比人世間任何一處都還要深邃。
在地底的地底。
比陰間更底下。
煉獄。

壹

在這細雨迷濛的晚上，她舉著紅傘微微仰頭望著對街那排四層樓高的老舊樓房。樓房入口梯間牆上那面斑剝招牌，寫著「東風市場」四字。

東風市場一樓店舖大都已熄燈打烊，二樓僅有零星住家窗戶亮著，三樓和四樓整排窗戶漆黑一片，大部分窗子都交叉貼著土色膠帶，彷彿久未有人居住，最角落幾扇窗外牆面還可見大片斑剝火燒焦跡。

她穿越馬路，合傘走入東風市場入口梯間，見到本來通往地下市場的樓梯入口處擋著一道鐵欄，鐵欄裡外都堆著木板和雜物，像是歇業多年。

雜物堆旁則有個一坪大小、像是隨意增建的小管理室，裡頭日光燈微微閃爍，老管理員窩在鋪著陳舊軟墊的竹藤椅裡，目不轉睛地看著桌上的小電視，好似一點也不介意外人進出。

她緩緩上樓。

二樓住家兩側廊道外堆著鞋櫃、腳踏車甚至是洗衣機之類的居家用具。

她注意到梯間牆面，以及鄰近幾戶人家門外都貼著平安符。

在二、三樓梯間轉折處，有張摺疊小桌，桌上擺著幾盒餅乾和小小的香爐，四隻桌腳下都壓著符。

三樓廊道裡燈光昏暗，兩側窗戶都是暗的，廊道中雖也堆著雜物，但大都積滿灰塵，像是久未使用。

她繼續往上，四樓兩側廊道空蕩蕩的不像底下兩層堆滿雜物，但牆面、天花板卻是怵目驚心的火燒焦跡。

她不知是因爲疲累，還是害怕，額上微微滲出汗水，吸了口氣，繼續往廊道深處走。經過一個轉折，廊道裡的焦跡更加明顯，兩側住家有些連門都缺著，室內漆黑陰暗，空氣中彷彿瀰漫著悲傷。

她微微顫抖地走向廊道末端，遠遠見盡頭焦跡斑斑的壁面上有處小窗，隱約可以看到東風市場對街那尚未完工的新大樓。

廊道小窗旁左側有戶人家，壁面斑剝灰白，像是在焦黑壁面上塗漆粉刷，但漆工和用料都敷衍了事，以致於白漆底下還微微透著焦黑，看來滑稽突兀。

她走近這戶住家，見鐵門旁一扇小窗內側貼著報紙，微微透出昏黃光線和斷斷續續的喘氣呻吟，她知道這是男女交歡恩愛時發出的聲音。

她站在鐵門邊，低著頭，臉頰微微發紅，一時不知該不該伸手按電鈴，等待好久，直到呻吟止息，還傳出交談和沖水聲，這才大著膽子按下電鈴。

鐵門內側的木門揭開，一個漂亮女人裹著浴巾朝外看了她幾眼，似笑非笑地往裡頭喊：

「阿杰，有女人來找你喔。」

「啊？」男人從廁所喊出的聲音有些困惑。

「等等喔。」漂亮女人朝她笑了笑，稍稍掩上木門，門內發出窸窸窣窣像是在穿衣服的聲音。「阿杰，你很餓嗎？晚餐接著宵夜，想連吃兩頓呀？」

「啥？」男人的聲音更困惑了。「外面是誰？」

「我怎麼知道。」漂亮女人穿好衣服，提著提袋開門出房，與她擦身而過，突然站定腳步，上下打量她幾眼，狐疑地問：「妹妹，妳幾歲呀？」

「二十一歲。」她回答。

「二十一？」女人哦了一聲，朝屋裡大喊。「阿杰，人家二十一，你小心遭天譴喔！」

「美娜，妳到底在說什麼……」男人穿著四角褲從廁所走出。

那叫作美娜的女人早已走遠，自顧自地滑著手機下樓。

只剩下她與房內男人四目對望，一時不知所措。

「妳誰呀？」男人呆然幾秒，走近門問她：「妳哪來的？我不記得有找過妳呀……」

「你就是……韓杰韓大師？」她狐疑地望著眼前這叫作韓杰的男人，只見他赤裸上身精實得像頭獵豹，左胸連著上臂刺著一片青黑色半甲；那半甲刺工精美，但卻突兀地爬著幾條有如撕裂刀疤般的紅痕。

紅痕像一隻凶猛的獸爪，狠狠掐著他的肩，延伸爬滿整片後背。

「韓大師？」韓杰呆了呆，一臉困惑。「很少有人這麼叫我，妳是……」

「我姓葉，我同學都叫我葉子……」葉子朝男人鞠了個躬。「聽說韓大師專門幫人處理……那方面的事情。」

「那方面的事情？」韓杰乾笑兩聲。

「跟鬼神有關的事情……」

「……」韓杰默然幾秒，冷笑一聲，伸手搭著鐵門準備關門——他見葉子站在鐵門內側，像是不願退開，便說：「抱歉喔，我不接生意的。」他邊說邊伸手往葉子肩頭按去，粗魯地要推她出去。

「我知道、我知道，我聽盧奶奶說過！」葉子著急地擋著韓杰的手。「盧奶奶說韓大師你只聽太子爺指示做事，從不私下接生意，但……但我實在沒有辦法，我只能來找你幫忙，求求你……」

韓杰見葉子竟掙扎著不退讓，彷彿他才是侵入門戶的傢伙，又聽她說「盧奶奶」三個字，不禁有些訝異，問：「盧奶奶？妳是說那個院子裡種橘子的盧老太？」

「對對對！就是她！我家跟盧奶奶家在同一條街上，我們是鄰居！」葉子連連點頭，急急地說：「韓大師你以前幫過盧奶奶的忙，她一直很感激你……」

「妳是她鄰居又怎樣……」韓杰正想推辭，但見葉子頭一低，竟從他抓著鐵門的胳臂下彎身鑽進房裡，不禁愕然。「喂！妳做什麼？」

葉子跑入客廳，正伸手進包包裡掏取東西，一邊轉頭四顧，像是對這住家內部模樣感到疑惑。「這是……韓大師你家？」

不算小的客廳牆面乃至於天花板，全都亂七八糟地貼滿報紙、廣告傳單、雜誌內頁和明星海報——明星臉上大多畫著塗鴉；葉子低下頭，見到連地板都貼滿報紙。

接著她注意到，某些報紙和海報間縫隙露出的牆面與外牆相同，都是斑剝白漆底下隱隱透著焦黑顏色。

一張大床直直擺在電視機對面，那本來應當是擺放廳桌和沙發的位置，這擺設使得客廳看來變得像是套房或旅館房間。

「大師你爲什麼不睡房間，要睡在客廳？」葉子不解地問，韓杰這地方並非小套房，而是三房兩廳的格局，但她隱約見到三個房間裡有兩間空蕩蕩地徒有四壁，另一間則堆積雜物，像是長期閒置。

接著她見到床鋪斜對角近廚房處擺了個小矮櫃，櫃上有盆小香爐，爐上殘香插得密密麻麻、歪七扭八，香灰在爐上積得高高隆起，甚至灑在爐邊堆成了小丘。

小櫃邊堆著一小疊廢紙和廣告傳單，還有個小竹筒，竹筒裡插著十餘卷以廣告傳單捲成的細長紙卷，彷如籤筒。

而在這小櫃旁高處則釘著一個空鳥籠，小門敞著，籠裡擺著草編小窩，水盆和飼料盒子都是滿的，卻沒有鳥。

「大師你的鳥飛了？」葉子喃喃地問，卻被韓杰一把揪著胳臂往外拖，急得連忙大喊：「大師，你……你生氣了？抱歉，我眞的有事要拜託你……是很重要的事、是人命關天的事！」

「要救命打一一九、要報警打一一〇！」韓杰將葉子拉到門邊，沒好氣地說：「平常會來我家的，都是在賣的女人，小妹妹妳快點回家睡覺吧。」

「等等、等等！」葉子被韓杰推出門外，見韓杰關上鐵門，仍不死心地從包包裡掏出一個紅包，從鐵門欄杆縫隙塞進裡頭。「大師你看看這個！」

「……」韓杰接過紅包，揭開一看，裡頭有幾片指甲和一綹頭髮。

「有個混蛋在我爸枕頭底下放了這個，我爸被女鬼迷住了，他變得陰陽怪氣，他想跟我媽離婚！」葉子嚷嚷地說：「拜託韓大師你想想辦法幫助我爸媽……」

「去你的！」韓杰將那紅包扔出鐵門，還大力拍了鐵門一下，嚇得葉子連忙鬆手退開。「老爸外遇去找徵信社，我不替人抓姦。還有，平常別看那麼多鬼片鬼故事什麼的！」

韓杰說完，砰的一聲關上木門。

葉子呆愣幾秒，落寞地撿起紅包，不知所措地站在原地。

十餘秒後，木門又開了，韓杰透過鐵門柵欄，冷冷地對她說：「十點四十幾分了，妳趕快回家睡覺，聽到沒有。」

葉子搖搖頭，像是不願離去。

韓杰也不理她，砰地又關上木門。

葉子望著門發呆半晌，取出手機，看了看時間，從包包裡取出水和小藥盒，吃下幾顆藥，轉身湊到廊道盡頭窗邊，望著對街那未完工的新大樓，望著窗外細雨。

「十點五十分了，妳還不走！」韓杰揭開小窗，湊在窗邊罵人。「外面是工地，工地有什麼好看的！快滾回家睡覺！」

葉子回頭望了韓杰一眼，視線又轉回窗外。「我睡不著。」

「睡不著妳可以看書、看電視、玩手機。」韓杰焦躁地說：「妳站在我家門外幹嘛？」

「你家門外又不算你家。」葉子轉過頭頂嘴。

「我家門外不算我家算誰家？」韓杰瞪大眼睛。「妳當大馬路啊！」

「走廊屬於公設範圍，公設本來就是大家的！」葉子說。

「大家個頭，公設是住戶的，妳是住戶嗎？」韓杰不耐地罵。「五十三分了，媽的！妳到底滾不滾？」

「你不幫我就算了，讓我待在走廊休息一下都不行。」葉子氣呼呼地回嘴：「一定是盧奶奶記錯了，你一點大師的氣度都沒有，我看你根本不是大師，只是個騙吃騙喝的小流氓。身上還刺青。」

「我本來就不是大師！」韓杰惱火地關窗，來到門邊揭開門，探頭出來朝葉子罵：「我本來就流氓啊，知道了妳還不滾，硬賴在流氓家門外幹什麼？」他頓了頓，回頭看了屋內時鐘，又伸出頭來說：「五十五分了！」

「你一直報時間幹嘛啦？我有手機，我知道時間！」葉子說：「我成年了，我要待到多晚都是我的自由，不須要你替我操心，反正你都見死不救了，還管我幾點回家？」

「誰管妳幾點回家，誰管妳去哪裡，總之不要待在這裡！」韓杰大罵，同時重重搥了鐵門一下，發出磅硠一聲巨響。「滾！」

「我偏不滾，怎麼樣？臭流氓、假大師。你說我賴在你家門口，那你報警抓我啊！」葉子也氣惱地吼了回去。

「啊？」韓杰想不到葉子會這麼回他，一時不知該說些什麼，愣然與她對望。

葉子喘了幾口氣，像是有些疲憊，後退兩步，讓身子倚著牆緩緩坐下。

「不要靠牆！」韓杰突然大喊，三步併作兩步出來，一把將葉子從地上拉起。

「哇！好痛，你不要這樣……」葉子被韓杰這麼一拉，只覺得胳臂發疼，全身熱烘烘的——

熱得十分古怪。

她瞪大眼睛，只見廊道四周微微颳起奇異的風。

風中的景象有些扭曲，有點像是燭火上方空氣受熱時，造成光線折射扭曲的樣子。

零星灰燼飄在風中，颳過她身邊，有些灰燼上還亮著點點光火。

跟著她聽見劇烈的哭聲、慘叫聲從廊道彼端，從兩側住家發出，有些人影歪歪扭扭地朝她奔來。

「閉起眼睛！」韓杰大吼一聲，環抱住她往窗邊牆上一靠，他用胳臂抵著牆，不讓她的後背碰到牆。

葉子嚇得六神無主，只覺得口鼻內灌滿灼熱焦風，嗆得連話都說不出來，只能將臉埋在韓杰胸前，緊閉起雙眼。

她聽見一陣陣淒厲的慘叫聲逐漸逼近，然後穿過窗子，往下遠去。

她覺得腳底熱烘烘的、後背也熱烘烘的；韓杰胸口滲出大量汗水沾濕了她的臉和頭髮，他環著她抵在牆上的胳臂像是痙攣般激烈顫抖起來。

「大師，你……」她想張口詢問，但立時被四周焦風灌了滿口，只得摀著口鼻，辛苦地透著氣。她全身發軟，連站著都很吃力，韓杰另一隻手攬著她的腰不讓她坐倒。

不知過了多久，熱風漸漸止息、哭嚎和慘嚎也結束了，四周又恢復成原先的寧靜模樣。

韓杰虛脫般坐倒在地，葉子也隨之癱坐地上。

兩人喘氣對望半晌。

葉子顫抖地問：「剛……剛剛那是什麼？」

「……」韓杰惱火地瞪著葉子，吃力撐起身子，伸手拉起她，將她拉進了屋裡。

貳

葉子像是做錯事的孩子般，默默窩在床邊小沙發裡。

那沙發椅墊、椅臂、椅面上有著隨意縫補的難看痕跡，布料交疊的突出處令葉子剛坐上去時有些不習慣，但坐久了倒也還好，甚至覺得挺舒適，只是椅腳或許有些高低不平，令她在稍稍變換姿勢時，會隱隱有些晃動感。

靠近門旁的壁面和地板上貼著的報紙、廣告單，似乎被剛剛那陣焦煙熏得漆黑焦黃。

韓杰在廁所裡沖了半晌冷水，臭著臉步出廁所，從小冰箱裡取出冰啤酒大灌幾口，跟著在一個老木櫃子裡翻找半晌，找出一條藥膏，擠了一大條，坐在堆滿雜物的餐桌邊塗抹他的胳臂——他抱著葉子抵在牆壁上的右前臂和手掌上，出現大塊燙傷痕跡。

「對不起……我不是故意要逗留在外面……」葉子怯怯地說：「我只是有點累，想休息一下，我的身體不太好……」

「……」韓杰抹完藥膏，又翻出紗布包裹著胳臂和右手傷處，不時怒瞪葉子。

「我不是胡鬧，也不是看太多鬼故事之後無聊妄想……」葉子再次從口袋裡取出紅包，說：「我爸爸真的快被女鬼害死了，那個混蛋害我爸爸，接著就要來害我媽媽了……求求你韓大師，現在只有你能救我們家……」

「我說過了，我不是什麼大師。」韓杰喝完一罐冰啤酒，又從冰箱取出兩罐，他的小冰箱裡堆滿了啤酒；他打開一罐來喝，將裹著紗布的胳臂抵在另一罐冰啤酒上，像是想用冰鎮來紓緩燙傷疼痛。「我只是個小流氓。」

「啊，大師……剛剛是我口無遮攔，我不該亂講話，請你不要放在心上。」葉子吃力地站起身，對韓杰鞠了個躬，說：「盧奶奶說大師你很有本事，而且心地善良，是個好人。剛剛要不是你保護了我，我……我……」

「……」韓杰哼了哼，喝了幾口啤酒，喘了口氣，說：「盧老太現在過得怎麼樣？」

「盧奶奶？她過世兩年了……」葉子恭恭敬敬地答：「我以前常聽她講故事……她時常會講起大師你的故事。」

「她常對小鬼講我的故事啊……」韓杰聽葉子說盧奶奶過世，面無表情地又喝了兩口啤酒，跟著瞅了葉子幾眼。「哦！妳家跟盧老太家同一條街，那妳家應該很有錢囉。」

「我爸媽都是大公司裡的高級主管。」葉子似乎不反對韓杰的說法，反而接著說：「如果韓大師你救我爸媽，他們一定願意付你很大一筆酬勞的。啊，雖然盧奶奶說大師你不接生意，但……」

「別叫我大師了。」韓杰打斷葉子的話，不悅地說：「我不是大師，也不想當大師；我叫韓杰，妳可以叫我名字。」

「是……韓大哥。」葉子連連點頭，撐著身子從沙發站起，拿著紅包遞向韓杰。

韓杰瞥了葉子一眼，接過紅包再次揭開看，不屑地說：「惡作劇的東西，哪裡有什麼女鬼，剛剛外面那一堆才是鬼，妳不是見著了嗎！」

「現……現在裡面當然沒有鬼！」葉子急急地說：「女鬼現在正纏著我爸爸呀，他都不回家了。」

「然後呢？」韓杰哼哼地將紅包塞回葉子手中，說：「盧老太不是跟妳說了我不接生意嗎？我幫不了妳，妳去找其他大師吧！」

「可是其他大師都是騙子，只有你是眞的……」葉子不解地說：「韓大哥你有這種能力，卻不接生意，那你平常靠什麼生活？我剛剛說的酬勞，至少、至少……」她這麼說的同時，還轉頭打量韓杰家裡模樣，只見這屋子除了壁面貼滿報紙外，一切家具、電器都像是撿回拼裝修理的一般，倘若韓杰再老上幾十歲，這屋子看來就更像個貧困無依的獨居老人的棲身之所了。

「我不是不想接生意，是上頭不准我接。」韓杰伸手朝上指了指，沒好氣地說：「我不能靠這種事賺錢，賺到了也不能花，花了就會出事。」他拎起桌上那條燙傷藥膏，對葉子晃著：「我平常吃飯喝酒看醫生、連買藥膏的錢，都是我另外打工賺來的血汗錢！」

「你說的……『上頭』，就是太子爺？」葉子怯怯地問。

「連我上頭是太子爺妳也知道？盧老太告訴妳的？」韓杰哼了哼。

「嗯。」葉子點點頭，好奇地望向近廚房處那擺著香爐的小矮櫃，說：「盧奶奶說你是太子爺的乩身，可是……怎麼你家裡沒有供著太子爺呀？」

「我供他幹嘛？」韓杰翻了個白眼。「我替他做牛做馬十幾年還不夠？而且我也不是為了他做這些事，我是爲了我爸媽跟我姊姊……」

「你爸媽和姊姊……」葉子靜默半晌，像是在等韓杰說他父母和姊姊。但韓杰並沒有繼續講下去，只是默默喝完啤酒，起身回房裡套上一件無袖背心，穿上長褲，來到鐵門邊，朝葉子勾了勾手指，要她過去。

「你……又要趕我走了？」葉子露出無助的神情。

「不然咧？」韓杰冷冷地說：「難不成妳要睡我家？妳爸媽沒意見？」

「我爸最近不是不回家，就是天快亮才回家、我媽每晚都吃安眠藥，我趁她睡著才出來……」葉子這麼說。

「妳現在回家，乖乖吞兩顆安眠藥，一覺到天亮，就不會胡思亂想了。」韓杰打了個哈哈。「睡前別看恐怖片或鬼故事，免得作惡夢疑神疑鬼。」

「我說的是眞的！」葉子聽韓杰這麼說，不免有些氣惱。「我媽最近迷上一個風水師，那風水師心術不正，他一定是看我家有錢、我媽漂亮，想拐我媽，才拿這東西害我爸爸！」葉子這麼說時，舉著那紅包說：「他把這東西藏在我爸枕頭底下。」

「我不是說那只是惡作劇嗎？如果裡頭有鬼的話，我用鼻子都聞得出來。」韓杰不耐地又要伸手拉葉子胳臂。

「韓大哥！」葉子急急地說：「盧奶奶說你是個好人，是太子爺的乩身，爲什麼你可以容忍那些壞人做壞事？爲什麼太子爺可以容忍那些壞人做壞事？」

「妳如果有機會見到太子爺，自己問問他呀。」韓杰沒好氣地拉著葉子來到門邊，打開木門。

門外依舊繚繞著淡淡的焦味。

青森的日光燈不時閃爍。

一陣陣陰冷氣息隱隱透進房裡，令葉子不由得打了個冷顫。

「妳想見鬼？」韓杰哼哼地說：「要不要我帶妳去見見真鬼？子時到寅時，在東風市場三、四樓繞一圈，就再也不怕妳家裡那隻假女鬼跟那個想勾引妳媽媽的假大師了。」

「那不是假女鬼，是真的女鬼，我見到她好幾次。那混蛋也不是假大師，他真的會邪術，是什麼……烏蒙茅山術！」葉子急急叫嚷。

韓杰鬆開了手，愣愣地問：「烏蒙茅山？」

「是啊……」葉子揉了揉發疼的胳臂，從包包裡取出一張名片。

韓杰接過名片翻看，名片背面條列的服務項目密密麻麻、包山包海，舉凡趨吉避凶、擇日命名、裝潢風水、商辦興旺、通靈問事、感情糾紛、改運招靈，無一不包。

名片正面印著「吳天機」三個字。

在名字下方還有兩排小字，分別是——

烏蒙流茅山術不二傳人

陳七殺祖師親傳

韓杰捏緊那張名片，雙眼銳利得像是盯上獵物的虎目一般。他吸了口氣，轉身往那香爐小矮櫃走去，嘴裡喃喃埋怨：「有這名片妳怎麼不早拿出來……」

「韓大哥你認識他？」葉子好奇地跟上。「那裝著頭髮的紅包就是他的東西，我以爲你看到就明白了。」

「明白個屁，我又不會心電感應。」韓杰哼哼地說，拿起小櫃上那疊廣告單和廢紙來到餐桌湊著燈光翻看。

葉子跟在一旁，微微踮起腳，像是也想瞧個幾眼。她見韓杰瞪她，便不敢再看，轉頭打量著小櫃上另外三小疊廣告單；那三小疊廣告單分別用長尾夾夾著，每疊約莫只有三、五張紙，紙上遍布著像是用線香燙出的破痕，那些破痕的形狀是些文字。

她湊近去看，只見那些廣告單本身顏色圖案花花亂亂，字跡破口又透著底下的傳單顏色，一時難以辨識燙痕字跡；但她注意到這三疊廣告單角落，都有一處以紅色顏料寫上「韓杰」二字。

而在「韓杰」二字下，還額外寫著一排日期。

她聽韓杰碎碎罵起髒話，連忙後退兩步，卻見他獨自坐在凌亂的餐桌旁，將一張張有著燙痕字跡的廣告傳單或是廢紙排在桌上，透過餐桌的淺色桌底，讓那些花花亂亂的廣告傳單上的燙痕文字變得容易閱讀，而他遇到廣告傳單圖案與餐桌顏色相近時，則會隨手拿些深色廢紙墊在廣告單底下凸顯那些燙痕字。

葉子悄悄走回韓杰身後，見他將香燒廣告單分成三疊，手環抱胸，嘴裡低聲碎罵不休。

「去你媽的小文！你他媽活膩了是不是？怎麼十件有八件都跟那王八蛋有關？」韓杰突然起身大罵。

葉子再次讓韓杰的暴怒嚇得後退兩步，卻見韓杰氣呼呼地在幾間房裡進進出出碎罵不休，像是在找什麼；她聽韓杰不停朝著空氣喊「小文」，本以爲他在對另一個世界的朋友說話，她猜像韓杰這樣的大師，身邊跟著幾個「另一個世界的朋友」替他辦事，想來也合情合理，但當她正沉浸於自己的想像，幻想那小文究竟是男是女、是老是少時，卻見廚房裡飛出一隻鳥。

那是隻灰黑相間的文鳥，啪啪地飛到香爐小櫃上，張開翅膀大大伸了個懶腰、抬抬爪子，從籤筒叼出兩卷捲成管狀的廣告單扔在櫃上，然後搖頭晃腦地在櫃上走了走。

「韓大哥……」葉子見韓杰從一個房間走出，便指著小櫃說：「你說的『小文』……是那隻文鳥？」

「啊！又來啊……」韓杰大步走向小櫃，急忙拿起小文叼出的廣告籤去餐桌檢視。跟著，他將小文叼出的兩卷新廣告單，都攤平放在餐桌上三疊廣告單其中一疊上，然後他將三疊廣告單用長尾夾夾起，擺回小櫃——加上小櫃上原先三疊廣告單，一共是六疊。

韓杰扠手站在小櫃前，瞪著那文鳥碎罵幾句，接著又抓著頭低吟半晌，轉頭對葉子說。

「妳家是不是在——」他說了個路名，那是以前盧老太住的路段，是市郊一處極高級的住宅區域，附近大都是獨棟別墅，住戶非富即貴。

「幹嘛？」葉子見韓杰模樣焦躁，不禁有些害怕。

「帶我去妳家看看。」韓杰隨手抓了件外套穿上、穿襪穿鞋，見葉子還佇在客廳中央，便說：「妳不是找我幫忙處理妳家那隻女鬼？」

「啊！」葉子聽韓杰這麼說，驚喜上前說：「大師……啊！韓大哥！你願意幫我忙啦？」

「……」韓杰穿好鞋子站起，面露猶豫，說：「我不知道，我現在不能答應妳，我實在不想再跟那傢伙扯上關係……不過我可以去妳家看看。」

「現在我媽在家睡覺呢，我爸半夜有可能會回家。」葉子搖搖頭。「等明天我爸媽上班了你再來，可以看仔細一點。」

「也行，我送妳下樓。」韓杰點點頭，來到香爐小櫃前捻了些香灰，回到門邊在葉子額頭上點畫幾下，口裡唸唸有詞，這才揭開木門。

「韓大哥，這是……」葉子本來對韓杰的舉動有些困惑，但木門打開後，門外飄進陣陣冷冽陰風，又見到有個五、六歲大的小孩，踮著腳站在窗邊往外望，不禁打了個寒顫。

那小孩童頭臉遍布明顯的燒傷痕跡，愣愣地望著窗外，像是在等待著什麼。

韓杰先踏出門，葉子則顫抖地抓著韓杰胳臂、額頭抵著韓杰後背，緊跟著韓杰走出。有個抱著嬰兒的婦人站在韓杰對門前，向韓杰點了點頭，目不轉睛地望著躲在韓杰身後的葉子。

「這我朋友。」韓杰這麼說。「大家放輕鬆啊。」

本來空蕩蕩的廊道裡，此時聚著不少「住戶」，他們大都反覆做著同樣的動作。

「喂喂喂、喂喂……」韓杰領著葉子往前走，覺得裹著紗布的右手臂被葉子抓得發疼，抽回甩了甩，見葉子臉色青慘，便伸出左臂讓她抓。

「這些人……是哪裡來的？」葉子害怕地問。

「他們不是從哪裡來的，他們是本來就住在這裡的人。」韓杰淡淡地說：「十幾年前有個王八蛋，跟這棟樓裡一個女人有感情糾紛，趁女人外出時闖進她家裡潑了滿屋子汽油，等女人帶著孩子回家談判，結果談沒兩句就點火要跟那女人同歸於盡。那王八蛋身上著了火，痛得撞出門，跳窗下樓，剛好摔在路上一輛收破爛的三輪車上，那三輪車上載著一堆淋了雨的紙箱，讓王八蛋撿回一條命；但那女人和她孩子，還有這整層樓幾十個住戶就沒那麼好運，有些人嗆死、有些人燒死、有些人也跳下樓，但底下沒有那麼多收破爛的三輪車……」

「啊……」葉子倒吸了口冷氣，這才明白剛剛在門外那陣熱風是怎麼回事。「所以他們……陰魂不散，每天晚上……都會這樣？」

「子時到寅時，晚上十一點到凌晨五點，這段時間生人勿近。」韓杰說：「他們不是陰魂不散，而是在排隊等人來接。」

「排隊？」葉子不解地問。「排什麼隊？」

「他們是枉死的……底下陰差人手不足，人世每天都有一大堆鬼等著下去，這些住戶已經等了很多年。」韓杰這麼說。

「底下……」葉子問：「是陰間？」

「是。」韓杰點點頭，帶著葉子下樓。

三樓沒這麼熱鬧，靜悄悄地，只有些零星「住戶」靜靜站在廊道深處。

「那張桌子是我擺在那的。」韓杰隨手指了指放在三樓與二樓轉折處那張突兀小桌，領著葉子繼續下樓。「那是條『界線』，這些老鄰居在正常情況下很聽話，不會隨意騷擾一、二樓的活住戶。」

「正常情況？」葉子問：「那不正常呢？」

「在我住進來之前都不太正常，他們很容易受到驚嚇，四周有什麼風吹草動，他們會以爲又有人來放火，然後……就像妳剛剛見到的那樣了。」韓杰領著葉子步出東風市場。「我住在四樓好幾年，就是鎮著他們、偶爾陪他們聊天，讓他們放輕鬆、別惹麻煩。」

葉子步出東風市場時，見到那老管理員窩在小小的管理室的藤椅裡打著盹，不免有些不忍，低聲問：「你們讓老爺爺一個人上夜班？」

「那老爺子自願的。」韓杰攤攤手。「他本來住三樓，現在搬到二樓，他兒子、孫子跟媳婦當年全燒死在四樓，剩他一人窩在家裡成天想尋死。他聽我說他兒孫和老鄰居死後仍不得安寧，自願窩在入口當管理員，替三、四樓的住戶看著大門，不再讓壞人上去吵著他們。平時他窩累了會上樓睡覺，閒得發慌就下來守夜看門，去年有個鄰居小妹送了他支新手機，他學得很快，現在成天玩手機遊戲。」

「哦……」葉子聽韓杰這麼說，心疼那老管理員遭遇之餘，又覺得有些奇怪，韓杰似乎看出她在想什麼，似笑非笑地說：「老爺子當管理員只是想找個事做，他平常不會眞的攔人上樓，更不會攔年輕女人——因爲她們通常是我花錢找來陪我睡覺的女人。」

「……」葉子無言以對，隨著韓杰來到街上，撥電話招了計程車，與韓杰約好明天相聚的時間。

參

翌日中午，葉子穿著碎花長裙和薄外套，站在距離東風市場幾條街外一排公寓下，愣愣盯著樓梯旁的招牌——「鐵拳館」。

她看了看手機時間，韓杰還沒從鐵拳館出來。

她本來與韓杰約在東風市場外，但出門後才接到韓杰手機訊息，說是臨時有個工作，改約在鐵拳館外碰面。

她望著身旁那條通往地下室的樓梯，隱約聽見一聲聲磅硠聲響自下傳出。

她又看了看時間，終於忍不住循著樓梯往下，推開那掛著「鐵拳館」小招牌的門。

那是間破破爛爛的健身房兼拳館，角落牆上懸著幾面獎牌，地上有些健身器材，中央有處擂台，擂台邊站了幾人，偶爾對著台上吆喝幾聲。

台上兩個男人，一個就是韓杰，他戴著和腦袋差不多大的拳套，左右閃避對手突如其來的拳頭；他的對手是個中年人，身形雖略微發腫，但肩膀、胳臂和胸膛仍可見肌肉線條，像是長期維持著一定的運動習慣。

中年人有些喘，一拳接著一拳往韓杰臉上打，韓杰有時用拳套擋，有時偏頭閃避，偶爾也會被擊中一、兩拳，然後還擊一、兩拳。

「左、左、左，右！勾拳！對了！」擂台邊那頂著個碩大啤酒肚、蓄著平頭、五十餘歲，像是教練的中年大叔，不時拍著擂台地板，指導台上的中年人作戰。

中年男人幾記刺拳緊接著一記右直拳，逼得韓杰抬手防禦，卻露出腰脅空隙，被那中年男人一記左拳勾在腹上，跪倒在地。

這記拳頭打得十分響，令站在門邊的葉子身子抖了一下。

「擊倒！」教練大叔連忙拍著地板。「一、二、三……」

「別數了，今天到此為止，我下午有個會議要開。」中年男人氣喘吁吁地轉身對那教練大叔搖了搖手，蹲下拍拍韓杰的肩，往擂台邊緣走去；兩個像是隨從的年輕人立時翻上擂台，替他解開手套。

「周大哥，你拳頭越來越厲害了，我快要打不過你了……」韓杰起身，摀著肚子，搖搖晃晃、東倒西歪地往中年男人走去。

「少來了。」中年男人哈哈一笑，伸手在韓杰胸口輕搥一拳。「你讓我是應該的，但別演戲哄我，當我小孩啊。」

韓杰嘿嘿一笑，一陣寒暄，送那中年男人步出鐵拳館。

「妳下來幹嘛？我不是要妳在上面等我嗎？」韓杰見到葉子，隨口這麼說，跟著揚了揚頭上毛巾，說：「我洗個澡。」

另一邊，那教練模樣的凸肚大叔收拾完擂台，見葉子一人站在門邊，便上前招呼她：

「嗨，小妹妹，妳是阿杰的……女朋友？」

「不是。」葉子搖搖頭。

「呃？」教練見葉子搖頭，呵呵地笑：「所以妳是……嘿嘿……」

「老龜公，別騷擾人家！她不是出來賣的——」韓杰的吼聲從淋浴間傳出。

「呃、呃！不好意思、不好意思……」老龜公笑嘻嘻地向葉子鞠了個躬，指指淋浴間方向。「阿杰他時常帶女人來看他打拳，那些女人都是在賣的……所以我以為，嘿嘿……」

「沒關係，是我自己要下來的。」葉子尷尬苦笑，問：「這裡就是韓大哥平時工作的地方？」

「算是吧。」老龜公說：「他不只一份工作，他工作多著咧，不過這裡賺的錢應該是最多的。」他一面說，一面數著剛剛那中年男人離去前給他的費用。他揚了揚手上鈔票，對葉子說：「半小時八千，我抽三千，阿杰拿五千。」

「教人打拳這麼賺？」葉子有些咋舌。

「什麼教人打拳，是站著讓人打。」老龜公哈哈一笑，說：「出錢的都是些大老闆或是高級主管，西裝穿久了太壓抑，須要找些發洩管道；剛好阿杰這小子身體好不怕打，他們一拍即合，我替他仲介大老闆，他上台當沙包——當然不是完全捱打，大老闆也有自尊心的，阿杰得假裝打得很認眞，讓人過過癮。」老龜公說到這裡，嘿嘿笑著說：「換句話說，阿杰賺的是皮肉錢，他賣臉賣胸賣肚子但是不賣屁股。我替他拉皮條，所以叫老龜公，哈哈哈！」

老龜公笑到一半，腦袋便讓遠遠扔來的一個拳套砸著，摀著頭哎呀閃開。

韓杰腰間圍著一條浴巾，拎著換洗衣物走到擂台後方，瞪著老龜公，一面穿上衣褲。

「你洗太快了吧？有沒有洗乾淨呀？」老龜公瞅了瞅葉子，說：「和漂亮妹妹約會，身體沒洗乾淨不禮貌呀。」

「我知道你狗嘴吐不出象牙，洗快點免得你說我一堆壞話。」韓杰沒好氣地說，胡亂穿上衣服，抓著毛巾擦拭濕淋淋的頭髮。「沒見過這麼得意的龜公。」

「當龜公好過當乞丐呀。」老龜公搓著手。「你是鐵拳館的紅牌啊，現在全靠你了。」他說到這裡，轉身對葉子說：「我這地方小本經營，平時幾乎沒人上門，現在年輕人只顧滑手機，都不愛運動……要不是阿杰能做這生意，這裡早關門大吉了。」

「太近了、太近了！你離人家太近了！」韓杰取過自己背包，走來葉子身邊，一把推開老龜公，瞪著他說：「一有年輕妹妹上門，你就流口水騷擾人家，沒被抓去關就要謝天謝地了，還怪年輕人不上門。」他領著葉子準備離去，還不忘和老龜公確認下一筆生意的時間。

「你亂講，我哪有流口水，我口水都藏在嘴巴裡。」老龜公嘻嘻笑著，目送兩人上樓。「謝謝太子爺保祐。」

□

三十分鐘後，韓杰的機車停在市郊一處高級住宅區附近的公園旁。

他端著便當，邊吃邊說：「我不認識吳天機這個人，但我認識他師父陳七殺。」

「師父？陳七殺？就是名片上那個什麼烏蒙流……」葉子哦了一聲，從包包翻出那風水師的名片翻看。

「烏蒙流茅山。」韓杰說：「烏蒙是中國西南部一座山，烏蒙山一帶不少人會蠱。妳知道什麼是蠱嗎？」

「我知道，我看過電影。」葉子點點頭。「就是降頭、巫術之類的東西。」

「蠱傳到東南亞一帶後，就變成了降頭。」韓杰說：「陳七殺那個老不死本來修的是茅山術，去了幾趟烏蒙山學了蠱回來，就自稱烏蒙流茅山，到處搞出一堆事情……好幾年前我跟他對上時，他那時獨來獨往，沒想到後來竟收了個徒弟，媽的！難道他想重出江湖？」

「你跟吳天機的師父鬥過法？」葉子哇了一聲。「後來誰贏了？」

「我把他揍成豬頭，打斷他一堆骨頭，他趴在地上，答應我從此退出江湖，再也不碰這些東西。」韓杰哼哼地說：「妳說誰贏了？」

「哇！韓大哥你會打人？我以爲……你只打鬼……」葉子吐了吐舌頭。

「鬼是人變的，人有好人壞人，鬼也有好鬼壞鬼；可以打鬼，爲什麼不能打人？」韓杰翻了個白眼，繼續說：「不管是人是鬼，聽得懂人話的我會跟他講道理，至於那些講不聽的，只好餵他們吃拳頭啦。」他說到這裡，握著拳頭在葉子面前晃了晃，跟著繼續把便當扒得一乾二淨。

「我以爲……神明會用愛來感化世人。」葉子遲疑地說。

韓杰揭開一罐飲料喝了幾口，聽葉子那麼說，便拉低領口露出胸口刺青說：「妳看我像是用愛感化人的人嗎？」

「不像。」葉子搖搖頭。

「是吧，我沒有騙妳，我以前眞是在混的，我家開宮廟。」韓杰哼哼冷笑地說：「愛能不能感化惡人我不曉得，天上神明有沒有另外找些大好人，用愛感化惡人我也不曉得，但至少太子爺找上我，不是要我去感化人的，那傢伙擺明了要我替他打鬼揍人的。」他說到這裡，從口袋掏出一個金屬菸盒搖了搖。「他借我這些東西，全都是用來打架的，沒有一個是用來愛人的。妳以爲太子爺手上那把火尖槍是用來砍柴挖地瓜的嗎？我告訴妳，那是用來刺穿邪魔身體和心臟的！」

「那是什麼？是太子爺給你的？」葉子見那復古金屬菸盒精緻漂亮，忍不住伸手想拿來瞧瞧。

「喂。」韓杰立時揚高手，不讓葉子碰他的菸盒。

「所以當年是太子爺叫你去對付陳七殺的？」葉子問。

「不然咧？」韓杰喝了幾口飲料，聽葉子這麼問，像是聽見笑話般嗆咳幾聲說：「難道我閒閒沒事做到處找人麻煩？妳以爲那些傢伙好惹？人家會還手的！我把陳七殺揍成豬頭，我自己也躺了三個月，好幾次下不了床，大便都拉在床上……那個老不死學了一堆怪招，背後還有黑白兩道跟一個凶猛的魔頭撐腰，如果不是逼不得已，我才不想跟那個什麼烏蒙流傳人扯上關係……」

「那你……」葉子聽韓杰這麼說，不禁有些困惑、又有些擔憂，韓杰重申數次——他並未答應替她對付那在她爸爸枕頭下放紅包的吳天機。

「都怪那隻死鳥最近吃錯藥，挑出來的籤都跟那傢伙有關……」韓杰嘆了口氣，將飲料喝盡，連同便當盒一同扔進公園垃圾桶裡。

「啊，所以韓大哥你平時是靠文鳥來跟太子爺聯繫，小文叼出來的籤上面燒的字都是太子爺的旨意。」葉子聽得嘖嘖稱奇。「他要你去打誰你就去打誰？」

「對啊。」韓杰搖搖他那金屬菸盒，發出喀啦啦的聲音，跟著啪嚓一聲揭開，望著鐵盒內，隨口向葉子詳述他平時行事依據——

他家裡那座香爐小櫃終年堆著一張張遍布香燒字跡的廢紙，那些字跡正是「上頭」交代的訊息——都是些需要他動手處理的人事物，有心術不正的眞法師、有行騙歛財的假法師、有蓄意害人的惡鬼、有無意害人但偏偏嚇著不少人的枉死冤魂們。

例如東風市場。

韓杰不須要處理每一件事，他可以自行挑選想接的案子，在籤上簽下名字和日期，表示接手此事，一旦簽了名，就要有始有終，不能虎頭蛇尾。

東風市場這件事，在韓杰十八歲擔任太子爺乩身至今十餘年裡，雖不是最凶險的任務，卻是工作時間最長的案子，至今尚未完成——他得等地下陰間陰差終於排出時間，接走所有怨魂，或者在這之前，完成與太子爺的乩身約定，結束乩身身分，才算大功告成。

最近一、兩年，他習慣跳過一些難度高的案子，例如看起來比較凶的鬼、或是比較凶的人，專門處理些輕鬆小事，例如修理一些背後沒有太大勢力撐腰的小神棍，逼著他們將騙來的錢分別匯入十幾個社福組織；或是對某些徘徊人間的遊魂野鬼撂些狠話，叮囑他們安靜點別嚇著凡人，大家省事。

這些瑣事比起早幾年和陳七殺或凶鬼邪靈搏命大戰要輕鬆多了。

「那……」葉子不時插嘴，問東問西：「你說你可以自由接任務，不想做的事情可以不做，那如果你故意偷懶，完全不接事情，會怎麼樣？」

「會痛。」韓杰這麼說時，拍了拍左肩。

倘若他完全停手不處理事情，他的身體便會開始找他麻煩，從感冒症狀到手腳抽筋都會陸續浮現，如果他賭氣死撐著不工作，那條爬在他肩頭和後背上的蜿蜒疤痕就會發出撕裂甚至火灼般的劇痛，逼得他投降開工。

「那是太子爺用他那把火尖槍割出來的。」韓杰拍了拍左肩。跟著他從金屬菸盒中倒出十餘片圓形厚紙片，那些圓形厚紙片直徑約莫三公分，邊緣微微呈鈍齒，上頭圖文並茂——韓杰從中挑出一片，對葉子展示，那圓紙片上畫著一柄造型古怪的槍頭，空白處則寫著「火尖槍」三個字。

「啊！這種小餅乾卡片我見過……在很多老街柑仔店裡都有賣！」葉子見韓杰稱太子爺給他的「法寶」竟是這些東西，不禁訝然咋舌。

「什麼小餅乾卡片，這是尪仔標！」韓杰說：「妳小時候肯定沒玩過，其實我小時候也不玩這個，這是我爸媽他們小時候在玩的東西。」

「這東西怎麼玩啊？我沒聽我爸提過啊。」葉子咦了一聲，伸手從韓杰手上那堆尪仔標裡揑起一片翻看。「是不是像射飛鏢那樣？」

「喂喂喂！」韓杰見葉子擅自拿了他的尫仔標要擲，嚇得像是被扒下內褲般彈起，連忙抓住葉子手腕，搶回那尫仔標。「妳有沒有禮貌啊！妳不是有錢人家小孩嗎？妳不是叫我大師嗎？大師的法寶可以隨便玩嗎？」

「你很粗魯耶……」葉子皺著眉，揉了揉被韓杰抓疼的手腕。「是你叫我別叫你大師的，韓大哥！」

「大哥的法寶難道就可以隨便碰？」韓杰惱怒地說，手忙腳亂將十幾片尫仔標塞回菸盒裡。「隨便亂摸，要是發動了怎麼辦？不長眼的臭丫頭。」

「誰臭丫頭啊，我成年了。」葉子回嘴：「你才像小孩子一樣，拿玩具出來炫耀，又捨不得讓別家小孩玩。」

「什麼玩具！這些東西有危險的，弄不好會斷手斷腳！這是用來救命的！」韓杰將菸盒塞回口袋，瞪著葉子說。「而且誰向妳炫耀，我是在算我這些法寶還剩下多少——等全用完了，我就解脫了，我就自由了，我就不用三天兩頭幫上頭餵鬼吃拳頭了，我爸媽跟我姊就能投胎轉世了！」他說到自己父母和姊姊，眼睛微微露出幾分光彩，但見葉子望著他，便不再往下說，而是盯著葉子手上半袋早餐，催促說：「妳吃東西這麼慢？快點啦，妳爸媽應該早出門了吧。」

「我吃不下……給你吃好了。」葉子將那半片火腿蛋吐司遞給韓杰。

「妳幹嘛？」韓杰接過吐司，見葉子臉色有異、側著身子捧腹摀嘴，不禁呆了呆。「妳被我罵兩句就氣到偷哭喔？」

「誰偷哭啦……我只是頭有點暈……」葉子苦著臉捧腹微微乾嘔起來。

「妳想吐？」韓杰扶著葉子坐下。「妳被人搞大肚子喔？」

「不是啦！」葉子瞪了韓杰一眼，從包包中取出水瓶，打開喝了一小口水，休息半晌又取出藥盒，配水吞了幾顆藥。

「這是什麼藥？」韓杰見那小藥盒分成一格格，每格中都裝著幾顆藥丸，像是必須每日定時服用般。「我見到妳昨天在走廊上也有吃藥。」

「原來你從小窗戶偷看我喔？啊，我想起來了……難怪你那時那麼急著趕我下樓，因爲子時快到了……」葉子沒有回答韓杰的問題，反而噗哧一笑，轉過身望著韓杰。「韓大哥，你樣子看起來像是流氓，但其實是個好人對吧。」

「……」韓杰哼了哼，說：「我要是好人，會被太子爺踩著臉用火尖槍割我的背嗎？」他毛躁地站起身，指著公園外那通往高級住宅區的巷道，說：「快走啦，我很忙的，之後還有一堆工作要做……對了，妳生什麼病啊？」

「你先說你爲什麼被太子爺打啊？你以前做了什麼事？」

「關妳屁事喔？」

「那我生什麼病關你什麼事？」

兩人有一搭沒一搭地聊著，走出公園，來到那高級住宅區其中一戶人家前。那是戶兩層樓的獨棟別墅，前後都有小庭院，這高級社區四周都是這樣的房子。

韓杰轉身望著葉子家斜前方那棟樣貌差不多的別墅，依稀還記得那戶別墅院子裡那株橘子樹；那橘子樹約莫一層樓高，此時已結了滿樹橘子。

盧老太家門上貼著一塊房地產公司的代售告示板子。

「盧奶奶過世之後，她的子孫決定賣掉那間房子。」葉子這麼說，開門領著韓杰入屋。

「賣房子沒差，別動那棵橘子樹就好。」韓杰嘿嘿地說：「免得我又要多跑幾趟……啊，那時候說不定已經不關我的事了，嘿嘿……」

「橘子樹怎麼了？」葉子不解地問，取出拖鞋讓韓杰換下。

「呵呵，有錢人，呵呵……」韓杰沒有回答葉子的問題，而是雙手插在口袋裡，在客廳繞了繞，來到那碩大液晶電視機前四處看看，拿起櫃子上的遙控器開了電視，哇地後退兩步，再後退兩步，讚歎道：「比我家電視大好幾十倍！」

「哪有那麼誇張，大幾倍而已……不要看電視啦！」葉子搶過遙控器關上電視，指向廚房方向。「我第一次看到那個女鬼，她就站在廚房。」

「啥？」韓杰朝葉子所指方向望去，那是有著中島餐台的開放式廚房。「那裡啥都沒有啊，整齊得像是美食節目布景一樣。」韓杰隨口說，走向廚房四處看看，還隨手拉開冰箱瞧，跟著他望向客廳。「不，妳全家看起來都像是電影布景一樣，果然是有錢人的家——不像盧老太雖然就住在妳家旁邊，外面看起來也差不多，但裡面跟鬼屋一樣，哈哈。」

「我爸是廣告公司老闆，個性龜毛又有潔癖。」葉子指著客廳那大落地窗外的院子。

「第二次看到她，她站在後院……」

方。

「看看。」韓杰隨著葉子在這時尚漂亮的別墅中，四處檢視那些她聲稱看過女鬼的地

「她長得很漂亮……」葉子領著韓杰走上二樓，喃喃講述她先前所見。「感覺年紀很輕，只比我大幾歲……長頭髮、穿著白衣白裙子……」她說到這裡，見韓杰轉進她房裡東張西望，連忙進去想拉他出來。「我房間沒問題啦。」

韓杰見葉子書桌旁那扇窗可以看到盧老太家院子裡的橘子樹，不禁多看了幾眼，本來想問些什麼，但見葉子床鋪被子底下露出一綹黑髮，愣了愣，上前一把揭開被子，只見是個美容用的假人頭。

以及兩、三頂假髮和一些衣物。

「你幹嘛啦！」葉子氣呼呼地取了件外套蓋起她內衣內褲，揪著韓杰胳臂往外走。「去看我爸媽房間啦，我房間又沒女鬼。」

「妳學美容喔？怎麼那麼多假髮？」韓杰隨口問，突然瞥見葉子書桌上幾大袋藥和幾本白血病相關書籍，隱隱明白了什麼。

「妳藥袋上的醫院我知道，是專治癌症的醫院……」韓杰被葉子拉出房，往主臥室方向推，忍不住問：「妳……」

「……」葉子站在父母臥房前，背對著韓杰默然半晌後，轉過身向他燦爛一笑，說：「沒什麼，只是血癌，剛做完化療兩、三個月，進入緩解期，還在等骨髓移植。」

她這麼說時，抓著頭頂頭髮，將一頭及肩假髮摘下，露出因落髮而顯得稀疏斑駁的難看

平頭，笑著問：「很醜對吧？」

「不會啊，很漂亮……」韓杰連忙上前幫她將假髮戴回，還用手梳順她頭髮，之後轉進她父母臥房，東張西望半晌，回頭見她還站在門邊發愣，便說：「對不起，我不該亂翻妳東西……」

「幹嘛這樣，是我帶你來我家亂翻的！」葉子哈哈一笑，走來大力拍了韓杰肩頭一下，拉著他來到床邊，抓起一個枕頭，拉開枕頭套抖了抖。

「我給你看的那個紅包就是從我爸枕頭裡——」

葉子愕然。

韓杰也啊了一聲。

枕頭裡又抖出兩個紅包。

韓杰伸手取起，揭開，兩個紅包裡分別有一綹頭髮和幾片指甲。

其中一包裡的兩片指甲不但塗著大紅指甲油，且並非尋常剪下的彎月形狀，而是一整片——像是直接從手指摘下一般。韓杰捏出一片指甲仔細端倪，放在鼻端嗅了嗅，神情疑惑。

「媽趁我不在時，又帶那臭混蛋進來家裡嗎？」葉子恨恨地說，奔回房間翻找半晌，取來一個空紅包袋，和一頂髮色與紅包內頭髮相近的假髮，從梳妝台上取了剪刀剪下一綹假髮，放入那新紅包袋。

她對韓杰解釋：「我在調包，換成我自己做的紅包。」

韓杰這才知道，剛剛從枕頭裡落出的兩個紅包，其中一包是葉子自己包的，眞的那包就是她昨天拿上他家求助的那包；而此時枕頭裡又多出一包，葉子將第二個紅包也調包換成自己包的紅包。

葉子看看手指，已無指甲可剪，本想拉韓杰的手剪他的指甲，但見第二包紅包裡兩片指甲不但顏色大紅且形狀完整，愣了愣，靈機一動，翻出美甲片，剪成相近形狀，塗上紅色指甲油，吹乾了放回紅包裡，摺好連同另一個假紅包一同放回枕頭裡。

葉子調包完成，從自己包包裡翻出前一個紅包，與韓杰一起檢視這兩個紅包。

「……」韓杰捏著紅包聞嗅半晌，對葉子說：「我聞不出味道，這東西沒有用，是假的，不是惡作劇就是詐騙。」

「假的？」葉子皺著眉，連連搖頭說：「那我這陣子看到的那女鬼是怎麼回事？」

「如果有鬼的話，我不但看得到、聞得到，也揍得到。但我什麼也沒發現。」韓杰晃了晃拳頭。「妳確定妳沒看錯？會不會是因爲妳的病，造成……」他本來想說會否因爲葉子病情或是藥物而產生的幻覺，或是作夢，但見葉子沉下臉色，只好改口說：「妳看到的那個女人未必和這些頭髮指甲有關。這個世界人太多了，每天都在死人，等著被陰差帶去地下的遊魂到處都是，偶爾迷路跑進別人家裡也很常見，至少她沒有害妳，不是嗎？」

「可是，我爸怎麼……」葉子說：「他完全變了一個人，都不回家了，在家裡對我媽的態度也變得很差……」

「會讓一個男人對家裡老婆越來越差，晚上不回家的——」韓杰含蓄地說：「通常都不是女鬼，而是活生生的眞女人。」

「我爸才不會外遇，他很愛我媽的！他們大學一畢業就結婚，隔年就生下我了！」葉子氣急敗壞地從臥房小櫃上翻出相本，指著幾張她爸媽當年熱戀時的合照，正想跟韓杰說明他父母的相愛程度是絕不可能被活的女人破壞，但樓下突然傳出開門聲響，嚇得她身子一抖，趕緊將相本放回原位，拉著韓杰奔出主臥房，悄悄走近樓梯往下望，只見葉子的媽媽帶著一個人自玄關走入客廳。

葉子媽媽四十餘歲，保養得宜，看來比實際歲數小了些，一身素色短裙套裝；跟在她身後的男人年紀則約莫三十出頭。

那男人戴著金絲眼鏡、穿著白色修禪服和卡其休閒褲，袖子稍稍捲起，露出戴著數串念珠的前臂——扮相要比一般風水師時尚許多。

「他就是吳天機？」「嗯，就是他。」韓杰與葉子在二樓走廊低聲交談。

「葉太太，妳放心，事情會好轉的……」吳天機笑了笑，正想說些什麼，仰頭便見到二樓的葉子和韓杰，哦了一聲。

「芝苓！」葉太太抬頭見到葉子和身邊的韓杰，也微微有些驚訝，說：「妳帶了朋友來啊？」

「是啊。」葉子點點頭，領著韓杰下樓，說：「他是我們電影系大學長，特別來關心我。」

「電影系大學長？」韓杰一時無法適應這個身分，卻也沒多說什麼，跟著葉子下樓，一路盯著吳天機。

吳天機也面帶微笑地望著韓杰。

微微向他點了點頭。

「他是……妳學長？」葉太太見韓杰穿著破牛仔褲和飛行外套，外套裡的無袖背心底下稍稍露出刺青，不禁有些困惑。

「不是學長，是大學長。」葉子微笑地說：「他在一家電影公司當製片，偶爾自己客串一下，幫電影省點成本。」她說到這裡，拉了拉韓杰外套裡的背心領口，讓他露出更多刺青，說：「他最近演的角色是一個流氓大師。」

「流氓……大師？」葉太太客套地向韓杰點點頭，尷尬一笑，像是無法理解流氓跟大師的關聯性。

「他們正在拍一部鬼片。」葉子隨口胡說：「講一個流氓被神明挑上當做乩身，替神明降妖除魔，維護人間和平。」

「哦？」葉太太仍聽得一頭霧水。「這樣……好像不只是客串，根本是主角了嘛……」

「呃……」葉子一愣，警覺自己吹牛過頭，只好隨口敷衍：「他自己演主角省更多嘛，本來那位大明星開價太高啦。」她這麼說時，還捏著韓杰下巴晃了晃。「妳看，韓大哥長得也挺帥的呀，不輸電影明星。」

「是呀。」葉太太不置可否，放下隨身提包往廚房走去。「我還擔心妳又出門蹓躂了，醫生要妳多休息……我特別請了假帶吳老師來看看妳的病，你們先坐一會兒，我切點水果。」

「哦，吳老師不但會看風水還會看病啊。」葉子哼哼地說，上下打量著吳天機。「你今年幾歲啊？看起來比我學長還小。」

「剛過而立之年。」吳天機微微笑著，從隨身提包裡取出一個小小的羅盤，在客廳隨意晃走。「餬口飯吃而已。」

「醫生看診，開錯藥會害死人，還有可能會被家屬告。」葉子說：「你們看風水的，看不準會怎麼樣？」

「風水命理、神鬼諸事，信者恆信、心誠則靈。」吳天機隨口答。

「是喔。」葉子也不追問，只是低聲對韓杰說：「大學長，吳老師這些話跟你那部片裡被你揍得趴在地上爬的神棍嘴巴裡講的話有幾成像啊？」

「十成吧。」韓杰隨口回道。「這套廢話我聽得都會背了。」

「芝苓！」葉太太端來水果，重重放上廳桌，不悅地說：「人家吳老師是認識的朋友介紹的，不收我一分錢，妳別老這樣講話……」她見韓杰與葉子一搭一唱也有些不悅，正眼也不瞧他一眼。

「我又沒說吳老師怎樣，我們只是在聊電影劇情。」葉子叉起一塊水果遞給韓杰，自己也叉了一塊吃，回嘴說：「眞金不怕火煉，妳看世上哪個眞醫生看得起賣假藥的江湖郎中啊？只有心虛的騙子才會害怕大家批判騙子，用神鬼的名義恐嚇老百姓不准罵他們。」

葉子說到這裡，嚷嚷地對吳天機說：「我說的對不對，吳老師，如果你眞材實料，一定也討厭騙子，你應該請神明教訓那些騙子。」

「葉太太，芝苓說的沒錯，風水相命這圈子騙子確實不少。」吳天機托著小羅盤走回廳桌，笑著說：「眞假如水火不能共存，我也非常厭惡同行作假，我與他們道不同不相爲謀。只是該怎麼教訓，就不是我說了算的。國有國法、天有天規，違反了法律，就讓法律制裁；忤逆了天規，就讓神明定罪。我只乖乖做好分內的事就好。」

「吳老師說的眞有道理。」葉太太聽得連連點頭，見葉子神情叛逆，像是還想講些什麼，立刻白了她一眼，說：「妳快吃完水果，讓吳老師看看手相、算算妳的劫數，看看怎麼避開這個劫。」

「醫生不是已經安排好骨髓移植的日期了嗎？生死有命，還能有什麼劫？」葉子哼哼地說，轉頭望了韓杰一眼，見韓杰沒有意見，便捲高袖子伸出手，讓吳天機瞧。

「說的沒錯。一個人，生死有命，富貴在天，這是定數。」吳天機接過葉子的手，仔細端詳。「只是，這個定數也能人爲扭轉，有時轉向好的，有時轉向壞的，且人爲之力往往不只一層，而是層層疊疊、甚至世世代代。例如妳扭轉了運勢，拿了好處，那旁人就只剩壞處了；或是旁人爲了改運，扭轉了這個定數，卻對妳有些不利。」吳天機望著葉太太，見葉太太似懂非懂，正想解釋，葉子便搶先開了口：「就好比樂透只有一個得主，本來可能是妳的，但如果有人改運搶去了，妳的獎金就飛啦。是不是這樣呀吳老師？」

「其實這算是比較常見的情況。」吳天機點點頭，繼續說：「比較糟的情況，是妳的對手或仇家如果有門路，也能將本來有利於妳的運勢扭轉成不利的局面。」他說到這裡，頓了頓，又說：「但是葉太太，妳說妳與丈夫並沒有與人結仇，兩邊工作上也沒有特別的競爭對手。」

「是呀……」葉太太歪著頭，似乎在尋思著過去是否無意間得罪了什麼人，好半晌才說：「如果眞的沒有外力影響，那表示我們家芝苓註定要碰上這場劫數，還有、還有……那個……」她說到這裡，看了葉子一眼，將本來想問的另一件事硬生生吞了下去。

「是。」吳天機點點頭。「所以我能做的，就是在不害及旁人的情況下，將局面推往好的方向。」

「謝謝你，吳老師。」葉太太嘆了口氣，摟著葉子。「另一個……拉不回來就算了，但那樣一來，我就只剩下芝苓了……吳老師，一切得拜託你了……」

「我盡力而爲。」吳天機點點頭，又在葉太太帶領下，在屋中繞走半晌，交代了一些風水事宜，這才準備離去。

韓杰見吳天機向葉太太道別，也起身往玄關走去。

「韓大哥……」葉子連忙跟上，拉了拉他的手。「你也要走？你不留久一點？」

「我晚點還有事要忙呢。」韓杰這麼說，也穿上鞋子，向葉太太點點頭，跟在吳天機身後出門。

「我去送吳老師，順便跟韓大哥出去透透氣。」葉子這麼說。

葉太太皺著眉，對韓杰隱隱流露的江湖氣息有些忌憚，說：「醫生要妳多休息，別到處亂跑。」

「醫生也說平常可以做點簡單運動，維持愉快心情，這樣抵抗力才會更好。之前我在家裡悶得心情好差，常作惡夢，晚上還常常看見奇怪的東西……」

「妳看見什麼？」葉太太神情不變。

「呃……」葉子見媽媽神情有異，只好改口。「常常看不見人生未來。」她穿上鞋，跟在韓杰身後，回頭說：「媽，妳別太擔心，我不會跑太遠，只想聊聊電影，那是我現在唯一感興趣的事情了。」

她不等葉太太再說什麼，三步併作兩步地追出院子，趕上韓杰與吳天機。

葉太太替吳天機叫來的計程車已經停在社區外街道上。

吳天機始終面帶微笑，不時轉頭向韓杰和葉子點頭致意，他突然聽韓杰喊了他一聲「喂」，便停下腳步，轉過身來。

「你忘了東西。」韓杰這麼說。

「我忘了什麼？」吳天機微笑問。

韓杰取出那兩只紅包，塞給吳天機，冷冷望著他。「陳七殺現在還好嗎？」

「陳老師退休好幾年了，在南部每天曬太陽享清福。」吳天機像是一點也不訝異韓杰取出的兩只紅包和提及陳七殺，他客氣地將兩個紅包收進袋裡，說：「這兩個紅包與葉妹妹的病無關，是葉太太另有用處……我收人錢財，替人消災，盡人事、聽天命。」

「剛剛我媽不是說你不收錢嗎？」葉子忍不住插嘴。

「其實是兩件事，一件八折，一件免費。」吳天機微笑道：「妳媽媽很擔心妳的身體，我盡力替妳求運；至於另一件事，嗯，我還是別說得好……」

「別文謅謅講這些五四三……」韓杰像是有些不習慣與吳天機這般從容態度應對，不耐地說：「你們那烏蒙流茅山是什麼貨色，我一清二楚，我只想告訴你，千萬別找這家人麻煩。」

「找這家人麻煩？」吳天機哦了一聲，哈哈一笑，拍拍韓杰肩膀說。「韓大哥，你是不是誤會什麼了？我替葉太太做事，找她麻煩幹嘛？原來你和葉太太的女兒是朋友，她家是你在罩的，那我更不敢找她麻煩了——你知道嗎？我其實很佩服你。」

「原來你知道韓大哥呀！」葉子也哦了一聲。

韓杰望著吳天機，默然幾秒說：「你眞是陳七殺的徒弟？他不像是個會教徒弟的人。」

「人總會變的。」吳天機又是一笑，說：「陳老師跟以前不一樣了，他和我聊過你，我知道你許多事，不如有空一起去看看他。」

「我看他幹嘛？我跟他又不是朋友。」韓杰立時拒絕。

「我知道，你們以前是對手，各爲其主。」吳天機往計程車走去，突然又停下腳步，回頭微笑著說：「但如果我記得沒錯的話，你的任務不是快結束了嗎？太子爺派給你的尪仔標，差不多快用完了吧。」

「你一定會去找他的。」吳天機這麼說，笑著向韓杰點點頭，搭上計程車離去。

韓杰望著遠去的計程車，神情複雜。

肆

「韓大哥，你爲什麼都不說話？你在想什麼？」葉子坐在韓杰機車後座，趁著紅燈空檔，敲了敲韓杰安全帽。「我告訴你，你千萬別被那個吳天機唬住了，我覺得這傢伙有問題。」

「何止有問題……」韓杰隨口應了一句，神情凝重，突然回頭望著葉子。「喂，妳上我車幹嘛？我還有事要忙耶。」

「是你讓我上車的啊，我說想到處透透氣，難道你現在要把我扔在半路嗎？」葉子說：「你一直在想那個吳天機對不對？他讓你這麼緊張？你不知道他認識你？」

「……」韓杰沒有回答，見紅燈轉綠，繼續駛出好一陣，來到一處靜僻社區圖書館前。

「韓大哥，這圖書館裡有鬼？」葉子跟在韓杰身後，好奇地問。「你要去抓他？鬼會出來嗎？」

「妳又知道我去抓鬼？」韓杰漫不經心地答。

「不抓鬼那你捏香灰幹嘛？」葉子指著韓杰的手，他剛從口袋裡拿出一個小布袋，右手正伸進布袋裡捏了小撮香灰。

「我不是抓他，只是想跟他聊聊。」韓杰上了電梯抵達圖書館樓層，往廁所方向走，先進男廁看了看半晌，接著出來對葉子說：「幫我個忙。」

「幫你什麼忙？」

「替我看看女廁有沒有人。」

葉子聳聳肩，進去張望幾眼，出來搖搖頭。

「很好，替我把風。」韓杰立時閃身進入女廁，十餘秒又出來。

「你在裡面幹嘛？」葉子見韓杰拍了拍手上香灰，不解地問。

「這解釋起來有點麻煩……」韓杰繼續往上，用同樣的方法快速進出上兩層樓的廁所。

然後他們出了圖書館，轉往鄰近一處公園廁所，韓杰在路上解釋：「有個傢伙死不瞑目，成天煩人，我追了他兩、三個禮拜，一直沒有機會跟他聊聊。」

「只是聊聊？」葉子問：「你不餵他吃拳頭？」

「我也講道理的，講不聽才用拳頭。」韓杰這麼說，跟著又帶著葉子在附近繞找一陣，翻遍各處廁所。

「你爲什麼一直找女廁？」葉子忍不住問：「是女鬼？」

「正好相反。」韓杰搖搖頭，領著葉子進入一間網咖，挑了間最角落的包廂。

這包廂堪稱寬敞，寬桌上有面碩大螢幕，沙發可容三人並坐。

韓杰取出手機開啓自拍模式當成鏡子，捻著香灰在自己額頭上畫了個印，又在葉子額頭上也畫了個印。

「這是什麼？能看見鬼嗎？」葉子緊張地問。「他要來了嗎？」

「不。」韓杰這麼說：「這能壓低人氣，有些人天生陽氣旺，會讓鬼感到壓力——那傢伙很膽小的，有什麼風吹草動都會嚇到他。」他這麼說的時候，一邊操控滑鼠上網亂晃，接連開啓了好幾個色情網站。

「喂。」葉子嚷嚷地說：「韓大哥，你很沒禮貌耶，在女生面前開這些網站。」

「不是開給妳看的，是開給那傢伙看的。」韓杰嘿嘿笑著說。「這樣他才會上鉤。」

「那到底是什麼鬼啊？」葉子皺著眉問。「是個好色鬼？」

「好色的宅男鬼。」韓杰打著哈哈：「他在網路向女孩告白被拒絕，又跟爸媽吵架，一時想不開自殺，死了才後悔自己還是個處男，白天躲在女廁偷窺女生大小便，晚上在巷子裡遊蕩邊走邊哭，嚇著不少路人。」

「還有這種鬼？」葉子訝然問。「你剛剛在廁所做法，是抓他的陷阱？」

「不是抓他，只是遮陽。」韓杰說。「大部分的鬼都不喜歡陽光，白天不太活動，但也有一小部分的鬼白天也能出沒——他就是那樣的鬼。我在女廁動的手腳，是讓女廁陰一點、香一點——吸引其他鬼進去休息躲太陽；那傢伙自閉又膽小，見廁所有其他鬼，就沒興致偷窺了。」

韓杰繼續說：「這間網咖他生前沒來過，死後反而常來——因爲他變成鬼之後，道行不夠，沒辦法自己操縱電腦，所以常來看別人上網。」

「好奇怪的鬼啊……」葉子莞爾：「那他什麼時候會到？」

「誰知道？」韓杰聳聳肩。「只能慢慢等了……」韓杰說到這裡，突然哦了一聲，將葉子額上的香灰印抹去，還在自己兩頰、肩頸上多畫下幾道印。又起身和葉子換了座位，讓葉子坐在電腦螢幕前，自己窩在角落。

他解釋：「他看到有個漂亮女生竟然在網咖包廂上色情網站，說不定會上鉤。」

「這什麼白痴招數啦！」葉子哈哈大笑，雖對螢幕上那琳琅滿目的成人資訊有些害羞，卻又好奇那好色鬼是否眞會因此上當。

「妳要當跟屁蟲，就得有點貢獻，想辦法引那宅男鬼上鉤吧。」韓杰斜著身子窩躺在沙發上，用胳膊枕著頭望向天花板，神情又逐漸凝重起來。

「喂。」葉子一手托著臉頰，一手操控滑鼠，瀏覽著色情網站，問：「韓大哥，你翻出我的祕密，也該讓我知道你的祕密了吧。」

「什麼祕密？」

「你爲什麼要當太子爺的乩身？」葉子說：「你說你不能靠抓鬼驅邪賺錢，爲了生活還要兼差當沙包讓大老闆打，太子爺交代下來的案子還不能偷懶，一偷懶背上的疤痕就會痛……這麼吃虧的事情，爲什麼你願意做？」

「……」韓杰斜喃喃地說：「我做這些事，其實還是有拿酬勞的，但不是人世鈔票就是了……」

「不是鈔票？」葉子呆了呆。「那是什麼？」

「冷氣機啦、冰箱啦、電視機啦……還有三張輪迴特許證。」

「冷氣機？冰箱？輪迴……特許證？」

熱……」

「都不是我要用的。」韓杰伸手往下指了指。「是給我家人用的，他們在底下，那裡很

「底下……」葉子呆了呆，轉頭望著韓杰。「你家人過世了？他們在陰間？」

「比陰間更底下。地獄。」韓杰這麼說，突然道：「別看我囉，看螢幕，開點A片來看看。」

「你很變態耶。」葉子無奈地繼續瀏覽著各式各樣的色情網站。「你該不會故意藉這個理由騙我看A片吧。」

「有可能喔。」韓杰嘿嘿笑著說：「妳聽別人說我替太子爺做事，妳就相信……要是我騙財騙色，妳大概也乖乖不敢反抗；你們這種人就是這樣，騙子說什麼都信，我看過太多了……」

「我相信你是好人，不會做這種事。」葉子哼哼地說：「只是喜歡花錢買女人，還喜歡看年輕女生上色情網站，是個好心的色狼。」

「我不是好人，我是……」

「我知道，你說你是流氓。」

「其實連流氓都算不上，我以前根本沒跟人打過架。」韓杰枕著頭，閉上眼睛。「那時候我吸毒。」

葉子又轉頭望了韓杰一眼，然後繼續上網，點開一部A片，默默看著。

很多年前的韓杰，平時總愛和幾個狐群狗黨廝混，他們一起蹺課、一起抽菸、一起唱歌、一起飆車，偶爾也在某些江湖大哥須要談判的時候，被叫去充人數搖旗吶喊。

有次酒酣耳熱之際，他們之中不知誰神祕兮兮地拿出了包東西，說可以讓氣氛更嗨，嗨到能夠掀翻屋頂。

當時的韓杰其實不是不知道那東西或許有危險。

但他還是試了。

或許是當時的氣氛讓他無法抗拒，或許他不想在幾個陌生女孩面前被當成膽小鬼嘲笑，又或許是那幾個陌生女孩的存在令他也很想進一步讓當時氣氛嗨翻屋頂。

總之他試了。

然後就是第二次、第三次、第四次……當他意識到這東西並不是天上掉下來的禮物，並不是每次聚會都會有人神祕兮兮地從口袋裡掏出來免費與大家分享，而是得花不少錢才能弄到手的時候，他已經上癮了。

那些朋友開始不再免費提供他毒品，轉而讓他賒帳。

第五次、第六次、第七次、第八次……

在不知道第幾次嗨翻屋頂後，他漸漸發現那些朋友原來不是和他開玩笑，他們眞的只答應讓他賒帳而已——

要還的。

不但要還本金，還要加上利息。

那筆數字對當時的韓杰而言，彷如漫畫、電玩裡頭的戰鬥力一樣，是個難以和現實生活牽扯在一塊的數字。

一直在背後提供毒品讓大家嗨翻屋頂的某位大哥，很好心地替韓杰指示了一條好方向——

韓杰自家宮廟連同那塊地。

韓杰知道那是不可能的事，那塊地、那間廟，是他出生的地方，是他阿公傳給他爸爸的傳家之寶，等同他爸爸的命。

大哥非常好心地聲稱自己並不是真要那塊地，只想暫時借一下地契就好。大哥說他有條門道，知道一筆穩賺不賠的投資，但萬事具備，只欠本金。

大哥說他只需要那張地契，拿去抵押借貸，湊足了本金很快就能翻本，兩倍三倍四五六七八倍都不是問題；只要一、兩週的時間，翻倍之後贖回地契，讓韓杰神不知鬼不覺地擺回去，不但欠債抵銷，還能給他一筆鉅額酬勞，足夠他嗨翻屋頂成千上萬次。

韓杰答應了。

他真將地契偷出來交給了大哥。

他的欠債一筆勾銷，但地契卻拿不回來了。

大哥自作主張更改了遊戲規則，在他不知第幾次打電話討地契和紅利時，淡淡地警告他別再囉嗦，否則那些勾銷的欠款又要重新落回他頭上了。

他不敢回家，只能偶爾和始終疼愛他的姊姊聯繫。他不知道姊姊有沒有將他偷地契的事情告訴爸媽，只知道爸爸氣炸了，打算傾全力和聲稱取得了土地、準備拆廟蓋大樓的建設公司打官司抗爭到底，還在廟外立了塊血書牌子，表示寧可被怪手輾成肉泥，也不會讓拆屋工人踏進廟裡一步。

建設公司表面上當然不會那麼粗魯。

但表面下就很難說了。

在平靜了大半個月的某天晚上，宮廟起了場火。

韓杰的父母和姊姊都沒能活著逃出來，事後投案的幾名凶嫌自稱是外地流浪漢，入廟生火取暖不小心燒了起來，因為害怕而逃遠，又因為心虛而投案──幾個「流浪漢」過去的黑道背景因不明原因被壓下沒有見報，鄰近幾處監視器拍的影片檔案都巧妙地損壞了。

「後來，我找了個很高的地方，底下是海，跳了下去。」韓杰睜開眼睛呆望著天花板，對追問後續的葉子說：「醒來的時候，我趴在好遠的岸上。然後，我找了個更高的地方，底下是水泥地，跳下去。這一次我醒來的時候，人在工廠裡──我在裡面趴了兩星期。」

「兩星期？」葉子愕然地說。「你從幾樓跳下去的？」

「七樓還是八樓吧。」韓杰哼哼地說：「我全身骨頭不知道斷了多少根，趴在地上沒辦法動，大小便都拉了一褲子，沒東西吃、沒水喝，但就是死不了。」

「一直到我開始有力氣動的時候，我試著往樓上爬。」韓杰繼續說：「半死不活太痛苦了，我想樓頂摔不死，但樓頂上的水塔或許摔得死我。」

「你想跳第三次？」葉子駭然問。

「不……」韓杰搖搖頭，苦笑說：「我根本爬不上去，那時我全身骨頭都還是斷的；我從地上摸了些銳利石頭還是破地磚片想要割腕，割是割開了，但血流不出來。」

當時韓杰在陰暗的廢棄工廠中，隱約摸出手腕上那深長破口，卻沒有感到鮮血流出，他在混亂、痛苦中以為用來割腕的碎磚不夠利，於是繼續痛苦地爬找摸索四周有無更銳利的東西。

然後他真摸著了一柄鋒銳利器。

那東西豎立在他面前。

四周昏暗，而他視線模糊，僅能勉強看得出那是一把模樣奇特的古代長槍，槍頭朝下插在地裡。

長槍後頭那堆木箱上坐著一個人，那人身形瘦小，像是少年，手上拎著一隻雞，隨口啃著，似笑非笑地望著他。

韓杰看不清那人模樣，只感到對方從箱上躍下，將那隻雞提在他面前晃了晃，一陣前所未有的飢餓從他腹中燒起，他記起自己已經好久沒有進食。

那人不但吃雞，還喝著美酒，偶爾落下半截雞翅剩骨在韓杰面前，見韓杰想要伸手去抓，便用腳尖將碎骨稍稍撥遠些，等韓杰又爬近幾吋，將要摸著碎骨時，就再將碎骨撥遠些。

然後那人將美酒淋在韓杰頭上。

韓杰聞到酒香，感到腦袋沁涼，張口想接，卻什麼也沒接到；他口唇舌頭乾裂得像是在沙漠裡死去又曝曬一段時日的乾癟蠍子。

「你不是想死？」那人終於說話了。「想死為什麼還貪吃？」

「為什麼……死不了……你是誰？」韓杰發出夢囈般的聲音。「你……想做什麼？」

「我很忙，事情好多，煩死啦……」那人用斥責的語氣說：「臭小子，你害死我一個能幹幫手，害我變得更忙了，你怎麼負責？」

「我……我害死誰了？」韓杰茫然地問。「你是誰？」

「你害死自己阿爸呀，你假裝忘記這件事呀？」那人垂下頭，在韓杰耳邊說。「你阿爸有跟你說他替我做事嗎？你害我丟了一支據點，怎麼辦？你說，你要怎麼還我？」

「我……我……怎麼還？」韓杰隱隱嗅出四周迴盪起一陣熟悉的氣味，那是過去在宮廟時，父母時常點燃的檀香氣味。「我……我害死他們！所以我拿命還他們，行不行？」

「你這條破命，比你阿爸拿來擦桌子的破抹布還破，怎麼還吶？」那人嘿嘿笑地在韓杰耳邊說。「你想見他們？那很簡單呀。」

那人動作快得像是閃電一樣，瞬間拔起地上那柄長槍，噗哧一聲刺進韓杰後肩，然後揪著韓杰後腦頭髮磅磅磅地撞擊地板。

韓杰不覺得前額疼痛——因為那把扎進後肩的長槍讓他劇痛百倍不止，他感到滾燙的火焰從那嵌在肩胛骨裡的長槍發出，四面燒開，延燒至全身，燒透了他五臟六腑和四肢。

在劇痛之中，他覺得自己的身子似乎正在墜落。

他見到了一個奇異的世界，那是個與人間相似卻又截然不同的世界。

好似水裡或鏡中的倒影。

但他繼續墜落，很快地墜入那世界的更深處。

在地底的地底、比陰間更深邃。

四周是無邊無際的火海，火海裡聳立著一棟棟高樓。

他發現自己走在一條漆黑彎曲的鐵梯上，一步步下樓；在前頭領路的，是個身材與他相仿的黑西裝男人。

西裝男人只有身體是人身，領口以上卻是顆牛頭。

牛頭男人一身西裝穿得極不標準，鈕子沒扣、襯衫解開露出胸膛還掛著金鍊子，袖口往上捲露出前臂，拿著手機一面講話一面搧風，回頭見他走得慢還不時怒罵爆粗口催他。

「到了？就是這裡？幾樓幾號啦幹！」牛頭男人講著手機，領著韓杰從那永無止盡、彷如巨大滑水道般熱燙焦黑鐵梯的某處分支，走入一棟漆黑大樓。

大樓裡迴盪著一聲聲淒厲的慘叫。

「這什麼案子這麼雞掰？啥？太子爺交代的？靠北喔，恁爸又不認識他，他怎麼不自己來，他嫌熱喔？」那牛頭男人氣急敗壞地對著手機罵，不時回頭用手肘頂韓杰一、兩下，或是用牛角敲他頭。「吸毒喔！毒蟲喔！小屁孩喔！不學好喔！你知道你爲什麼在這裡嗎？你知道這裡是哪裡嗎？」

韓杰望著眼前一扇門，門上有個門號——「606」。

門後隱隱透出他熟悉的聲音，是哭聲。

是他姊姊和媽媽的哭聲。

「睜大你的眼睛自己看。」牛頭男人伸手去轉動門把，被滾燙的門把燙得抽回手來連連罵著幾句髒話，好不容易開了門。

一陣焦風自門裡透出。

烘得韓杰不禁往後一退。

「啊……啊！」韓杰睜大眼睛，見到門裡景象應該是處客廳，客廳裡擺設與過往他家客廳相差無幾，但紅通通的像是運作中的烤箱般。

他媽媽拖著腳鐐，顫抖地端著燙紅盤子，一步步往餐桌走；她每踩出一步，地板就會留下一塊冒著煙的焦黑腳印。

餐桌處坐著的是他爸爸和姊姊，他們哭泣著，捏著火鉗般的筷子，從餐桌上一盤盤燙紅盤子挾起燒紅的炭放入口中嚼，顫抖地哭出一團焦煙。

「啊——」韓杰癱坐地上，胡亂抓著頭臉，像是想將自己的臉撕開來般哭吼：「爲什麼？關他們什麼事？這裡是哪裡？你們是誰？」

「這裡是十八層地獄其中一層。」牛頭男人一把將他從地上揪起，拎著他後領不讓他後退或是坐倒，也不讓他進屋，逼他欣賞屋裡漫長的用餐時光。

「做了錯事的人都會待在這裡，直到償清罪孽爲止。」牛頭男人說。「這裡有好多大樓，有億萬間房間，有各種遊樂設施，值回票價喔。」

「做錯事的人……是我！」韓杰哭喊吼叫著。「幹恁娘！你們是神仙嗎？你們瞎了眼嗎？讓我進去，換他們出來，拜託——」

「你的錯事你自己負責，他們的錯事他們也要負責。」牛頭男人這麼說。「一碼歸一碼。」

「他們做錯了什麼？」韓杰吼叫。

「錯在沒有把你教好。」牛頭男人嘿嘿笑著說。

「放屁、放屁！這不公平！」韓杰試圖掙扎，突然見到一旁吵嚷嚷地出現一群像是工人般的傢伙，他們搬著扛著巨大的箱子，來到606號房對門的607號房。

607號房的房門打開，裡頭沁涼一片。

工人們七手八腳地將大箱子搬進607號房，拆箱組裝起來，那是一台台大型冷氣，607號房裡還有十幾台大小冷氣，全力運作著，使那屋裡的溫度不像外頭炙熱。

一對老夫妻靜靜坐在客廳，看著電視，對擠在房裡安裝、維修冷氣的工人們視若無睹。

「哦——看見沒、看見沒！」牛頭男人揪著韓杰，搖頭用牛角敲他腦袋，說：「這家小子以前也是個混蛋，不過人家改過自新，不停做好事贖罪，讓老爸老媽在底下舒服點。」他一面說，又拎著韓杰轉回606號房門前，讓他看著父母和姊姊坐在焦紅椅子上哭泣吃著熱炭。

「你呢？你呢？」

「停下來！放他們出來！」韓杰奮力蹬足，大聲哭叫。「讓我進去換他們出來！」

「他同意讓你換。」牛頭男人一面講著手機，一面對韓杰說：「但不是在這裡換，回去地上換。」牛頭男人這麼說，跟著朝607號房裡扛著拆下的兩台舊冷氣、正準備運走的工人們喊了幾聲。「別浪費，把舊冷氣裝進606——是太子爺的意思。」

工人們相視一眼，有些不情願地扛著舊冷氣踏入熱燙606號房裡裝設舊冷氣，然後開啓。兩台舊冷氣轟隆隆運作起來，出風口吹出的冷風有限，但韓杰明顯感到屋內溫度似乎開始下降。

「啊呀，是舊東西，快壞掉囉。」牛頭男人見兩台舊冷氣不時發出喀啦啦的噪音，便將手機拿給韓杰。「你自己跟他說吧。」

「你看見了吧。」先前工廠裡吃雞喝酒的奇異少年的聲音，從手機那端響起。「你答不答應？」

「答應……什麼？」韓杰顫抖地問：「你要我做什麼？你……你到底是什麼人？」

「我是你從小到大，燒過很多香、拜了很多年的那個帥哥呀——」

「太……太子爺？你是太子爺？」

「是呀。」太子爺這麼說：「你害死了你阿爸，他是我的幫手，都是你害我現在變忙了，我很不高興；你得幫他扛起這筆債，這筆帳很大，我算利息算得比你之前認識的那批人還凶，你做好心理準備呀臭小子……」

「你要我……幫你做什麼？」韓杰哭著問。

然後他眼睛亮了亮，發現自己回到了那廢棄工廠。

跟著他發現自己的身體依舊疼痛，但疼痛的部位似乎不太一樣——劇痛從他全身骨頭轉移到了後背，他全身斷骨似乎都已接上了，但他的後背正在撕裂——太子爺踩著他的頭，拿著那柄火尖槍，胡亂割著他後背。

「答應了就不能反悔喔，我討債比你那些壞朋友們還狠喔。」太子爺這麼說，繼續在韓杰後背上割出幾道口子，歪著頭看了看，終於滿意地將韓杰提起，讓他跪在自己面前，啪啪拍了他天靈蓋幾巴掌，跟著扔了一大本東西在他面前。

那本東西乍看下像是一本書，仔細一看卻是一整疊綑著的尪仔標套組。每張B4大小的紙板上，嵌著三十六片尪仔標。

「他告訴我，那一大疊尪仔標全部用完時，我的工作就結束了。一大張一組，整整一百組，三千六百片，我花了十幾年，終於快用完了，快結束了……」韓杰見葉子神情疑惑，便補充：「當然不能隨便亂用，他可不是笨蛋。每件案子用了哪幾件東西，都要寫單子燒給他看，且每一張尪仔標使用過後，我的身體也會有副作用——比在鐵拳館裡當沙包被人打痛多了。」

葉子愕然說：「用尪仔標抓鬼也會痛，偷懶不做事也會痛……你就這樣過了十幾年？你這樣……跟個犯人有什麼分別？」

「沒有分別。」韓杰哼了哼說：「我在地上贖罪、還我的債——現在我爸媽和姊姊有冷氣吹，吃的東西正常了，還有電視可以看——那些都是我這十幾年賺來的東西，等我用完最後十幾張尫仔標，他們就可以拿到輪迴證，投胎轉世……」韓杰說到這裡，搖了搖那鐵菸盒。「我勸你別亂來喔，你不值得我用尫仔標，我也不想用在你身上。」

「什麼？」葉子呆了呆，一時不懂韓杰這麼說是什麼意思。

「別裝聾子，你聽見了。」韓杰突然坐起，反手抹去臉額上的香灰印，冷冷地說：「不要裝聽不見，我在跟你講話。」

「韓大哥，你怎麼了，我……我在聽呀……」葉子像是被韓杰冷峻的語氣嚇著，卻見韓杰伸過手來，在她面前一抓——

抓到一團煙霧。

那煙霧緩緩凝聚，韓杰動作快得如同獵豹，伸手在那煙霧上方一抹，抹開更大一片煙霧——是香灰，韓杰在說故事時，一直拋玩著他隨身帶著的那包香灰。

「噫！」葉子瞪大眼睛，駭然閃開好遠，顫抖地背貼牆上，盯著韓杰手上那團人形煙霧尖叫。「這是什麼——」

「別叫太大聲呀！」韓杰連忙將那團煙霧甩至另一邊，讓自己的身子擋在葉子和香灰煙霧之間，轉頭對葉子說：「他現身了，妳害怕的話就閉起眼睛吧。」

他這麼說完，一手仍掐著那團煙霧，一手扣指，在那團彷如人頭的煙霧上方敲了一下。「你沒聽見我跟你說話？幹嘛裝作看不見我？我不是叫你不要亂來？爲什麼每次我要跟你聊聊你都跑掉，還跑那麼快？我像壞人嗎？我又不會打你！啊？回答啊、說話啊。」韓杰一面說，一面叩叩敲著那煙霧人頭。

「嗚……嗚嗚……你現在不就是在打我嗎？」那人形煙霧發出哭聲，漸漸現出形象，是個臉色青蒼、身材矮胖的年輕男人，被韓杰掐著脖子壓在椅子上，雙手抓著韓杰的胳臂，卻掙脫不開，哀淒哭泣地說：「你是誰？你爲什麼一直追著我，還打我……我又沒有得罪你……」

「有。你有得罪我。」韓杰哼哼地說：「你惹麻煩，我想要找你聊聊、開導你，你爲什麼拚命逃，害我三天兩頭闖女廁找你，我不打你怎麼嚥得下這口氣。」

「我今天又沒偷看，每間女廁都擠了一堆怪人……啊！那些怪人是你叫進去的？」年輕男人哭著說。

「是啊。」韓杰笑著說：「你不好意思在其他鬼面前偷窺，所以溜進這間網咖，你好久沒上網了，很想上網對吧……」

他說到這裡，轉頭對葉子說：「剛剛他想搶妳滑鼠，因爲妳太專心聽我講故事，A片演完了。」

「嗚、嗚嗚……」那年輕男人哭了起來。「我做錯了什麼？我妨礙到誰了……」

「你叫小明對吧，王小明。」韓杰從口袋裡取出香燒廣告紙確認了王小明身分，說：「你晚上在巷子裡遊蕩、哭哭啼啼，會嚇到人；你躲在廁所，要偷看還靠那麼近，不會離遠一點嗎？不會躲在天花板看嗎？」他說到這裡，又補充：「大部分的人正常情況下看不到鬼，但少部分人有時候看得見，你這些舉動都會嚇著凡人，知不知道？」

「大哥，躲在天花板怎麼看？」王小明哭哭啼啼地說：「女人上廁所又不是躺著往上尿……」

「你變態喔！」葉子聽到這裡，終於忍不住說：「這樣以後我上廁所都會毛毛的！」

「哇——」王小明聽葉子這麼說，崩潰大哭起來。「反正我就是變態嘛！從小到大都沒有人愛我，我死掉變成鬼還是變態，變態不偷窺女生尿尿要幹嘛？變態跑去扶老太太過馬路不是更變態嗎？」

「我靠，這什麼歪理！」韓杰大力往王小明腦袋敲了一下，說：「我不管你變不變態，你作怪嚇著凡人，我是奉命來逮你的，你現在有兩個選擇，一個是答應我以後別亂來，乖乖等牛頭馬面來接你；另一個是被我揍得魂飛魄散。」

「嗚、嗚嗚……」王小明哭著說：「我活著沒意思才想死，沒想到死了也沒意思……什麼都不能做，連上網都不能；我不能上網、不能偷看，連哭都不能……大哥，你給我個痛快，讓我魂飛魄散好了……」

「嘖……」韓杰皺了皺眉頭，對拳頭哈了口氣，揍了王小明幾拳，揍得他哇哇大叫，連聲求饒，便停下手說：「臭小子，你不是想魂飛魄散？怕痛喔？你連死都不怕了還怕痛？」

「大……大哥……你不是道士還是法師嗎？你沒有痛快一點的方法嗎？」王小明摀著臉大哭。「你要這樣一拳一拳打死我？」

「要快一點就得用尪仔標了，但用尪仔標我身體會痛。」韓杰這麼說，繼續朝王小明頭上和肚子揮拳。「我不想自己痛，只好讓你痛了，你忍耐一下。」

磅、磅磅磅——

「啊、啊呀，要忍耐多久啊？」

砰砰、磅磅、砰砰砰——

「不知道啊，你肉那麼多，至少打個好幾天吧。」

「不要打了、不要打了……」王小明哭叫大喊：「我聽你話就是了！」

葉子聽王小明哭叫求饒，立時拉住韓杰胳臂，說：「他說他會聽話了……」

韓杰哼哼地鬆手，王小明蜷縮蹲在椅子角落，抹著眼淚說：「你說我不能哭太大聲，不能去廁所，那我可以去哪裡？」

「我管你去哪裡。」韓杰沒好氣地說：「反正你要哭要笑都別太大聲，像現在這樣縮起來擦眼淚就很好，最好找個沒人的地方這樣待著，等陰差上來接你。」

「要等多久？」王小明抽噎問。

「我怎麼知道？快的話幾天，慢的話幾年吧。」

「幾年？」葉子忍不住插嘴。「怎麼會這麼慢？」

「人太多啊。」韓杰說：「陰差有名額限制的，但人生得太快了，這幾十年世上增加了太多人，陰差忙得很——現在我幹的這些事本來應該是陰差負責幹的，但他們忙不過來，上頭才另外找凡人幫忙。」

「你……你要我躲在黑黑的地方一動也不能動好幾年？」王小明聽韓杰說到這裡，又哭了起來。

「你可以動，可以四處亂晃，要哭要笑都可以，就是不要嚇著人。」韓杰瞪著他說。

「世界這麼大，你想哭不會跑去荒郊野外哭嗎？」

「可是我想上網、想看動畫、想打電動……」王小明又抱頭痛哭，喃喃唸出一大串動漫畫名字。「我好久沒上網了，好多動畫都出新的了。」他又說了個手機遊戲的名稱。「我好久沒有登入領金幣，等級都被別人追過了啦，嗚嗚……」

「靠北喔，你平常過得很充實啊，有那麼多事情等著你去做，那你他媽幹嘛自殺？」韓杰不耐地問。

「我被小柔拒絕了，一時想不開……」王小明淚流滿面。「我以為……變成鬼……就能接近她了……」

「媽呀！我知道了，你想變成鬼偷看她上廁所？」葉子啊呀一聲，露出嫌惡的表情。

「我哪有這麼說、我哪有這麼說！」王小明突然尖叫起來。「妳們女生就是這樣、就是這樣以貌取人！帥哥做什麼都浪漫，宅男做什麼都噁心！我才不是為了看小柔上廁所才自殺的，我只是很難過，難過到生無可戀呀！」

「你是因為這樣才……」

「所以你變鬼之後到底有沒有跑去她家偷看她上廁所？」葉子追問。

「說啊！」韓杰推了王小明一把。

「……」王小明顫抖地抹著眼淚說：「她家拜關公，房子裡好燙好熱，我進不去；她身上的護身符也好燙好熱，我不敢靠近……」

「所以就看別的女人喔。」韓杰哼哼地說。

「我又碰不到滑鼠！我不能上網！不看真人怎麼辦？」王小明尖叫幾聲，見韓杰面露不善，只好放低音量。「你要我怎麼辦……」

「你都變成鬼了，幹嘛不去認識個女鬼？」葉子打著哈哈說：「不然我把她介紹給你好了。」

「女鬼也不要我……她們喜歡帥的鬼……」王小明將臉埋在臂彎裡嗚嗚地哭，哭了幾聲，突然抬起頭來問：「妳要介紹誰給我？」

「喂！」韓杰像是聽懂了葉子的話，急急地說：「妳別給我亂搞！」

「我哪有亂搞！」葉子說：「與其讓那女鬼纏著我爸，不如把她介紹給王小明，不是很好？」

「纏著妳爸的鬼喲……那算了。」王小明又把臉埋進臂彎。「我不要大嬸鬼。」

「……」葉子吸了口氣，靜靜地說：「不是大嬸喔，是正妹，年紀跟我差不多。」

「長得像誰？」王小明又抬起頭，一口氣快速唸出幾十個名字，大多是亞洲年輕女星的名字，其中又有三分之二是色情片女星。

「你別急……」葉子僅能勉強回想某幾晚她在家中見到的那女鬼容貌，試著想出個外表與她稍微有點相似的年輕女星，上網搜尋了圖片，對王小明說：「樣子有點像她，但更瘦一點、更白一點。」

「胸部呢？」王小明問。

「嗯，我記得滿大的。」葉子隨口胡謅，她自然不可能記得那女鬼身材。「應該有G以上。」

「G？」王小明眼睛閃閃發亮，舉起手扳著手指數起數來。「A、B、C、D、E、F……G！」

「夠了、夠了！」韓杰拍開王小明數數的手，瞪著葉子說：「妳再搗亂，就給我回家。」

「我才不要回家。」葉子哼哼地說。「我晚點要去跟蹤我爸。」

「跟蹤妳爸幹嘛？」

「我要對付他背後那隻女鬼。」

「我說過了，那紅包裡沒東西，連味道也沒有，那是假的。」

「我也說過了，我親眼看見她。」葉子十分堅持。「韓大哥你不幫我對付她，我只好自己動手。」她說到這裡，對王小明說：「小明，你跟我來，我介紹女鬼給你，如果你想上網，我可以幫你拿滑鼠操控電腦給你看……」

「什麼！」王小明瞪大眼睛，從椅子上尖叫一聲，蹦了起來，跪在葉子腳邊磕起頭來，彷彿在跪菩薩般，說：「我生前為什麼沒有遇上這麼好的女生？為什麼、為什麼？」

「你看，這不就用愛感化了嗎？」葉子得意地向韓杰做了個鬼臉。

「感化個屁！」韓杰大力拍了王小明腦袋，一把將他拉開扔遠，對葉子說：「妳知不知道妳在幹嘛？妳搶我案子？這樣我怎麼收尾？」

「不然你原來打算怎麼收尾？」葉子問。「把他揍到怕，躲一陣子之後又出來嚇人？然後再去揍他？」

「不然咧？」韓杰瞪大眼睛。「妳能一輩子當他滑鼠陪他看A片嗎？」

「我又不是只看A片！」王小明抗議。

「我介紹女朋友給他啊！」葉子說：「把他們湊成一對，別再煩我爸爸，他安分、我放心、你輕鬆，這不是皆大歡喜嗎？」

「妳當買便當挑菜啊？說湊就湊！」韓杰焦惱地說：「要是女鬼看不上他怎麼辦？」他這麼說的時候，轉頭喝問王小明：「你剛剛說你變成鬼之後被幾個女鬼拒絕過？」

王小明比出個「三」。

「那不一定呀。」葉子不服氣地說：「每個女鬼口味又不一樣，你那麼厲害，用一些法術讓她改變心意啊。」

「我哪會那種法術！」

「那我自己想辦法。小明，跟我來！」葉子收拾包包就要往包廂外頭走，卻被韓杰一把拉住，她啊呀一聲甩開他的手。

「我不許你欺負她！」王小明見韓杰動作粗魯，立刻張開胳臂攔在兩人之間——然後被韓杰一巴掌搧倒，再踹飛老遠。

「妳的身體會先撐不住。」韓杰望著面露疲態的葉子，說：「除非體質特殊，或是有修行煉法，否則人跟鬼走太近，會逐漸被陰氣侵身，越來越虛弱。」他這麼說的時候，見王小明想往葉子那爬去，立時抬腳威嚇他。「臭小子，離她遠點，她生病了。你要是害短了她的命，就算只有一天，這筆帳也會算在你頭上，下陰間要還的。」

「要……要還喔？」王小明聽韓杰這麼說，陡然一驚，喃喃地說：「那偷窺……也要還嗎？」

「妳說用愛感化。」韓杰嚴肅地望著葉子說：「但妳只是想要他幫妳對付那女鬼，要是亂搞弄出什麼差錯，害他們到了底下受審，被多記上幾筆帳，妳拿什麼賠？這不叫愛，更不叫感化，這是扮家家酒。」韓杰湊近葉子，捏著拳頭凶狠地說：「愛不是裝模作樣扮菩薩往自己臉上貼金，有時也要不惜扮黑臉；愛能救人也能害人，拳頭能打死人也能救命，妳懂不懂？」

「……」葉子取出水壺，喝了幾口水，別過頭去，哽咽地說：「你說人離鬼太近，會漸漸虛弱。」

「是啊。」

「那我怎麼能看我爸爸被女鬼這樣纏著。」葉子收起水壺，起身要走。「小明不來也沒關係，我自己一個人也行。」

伍

這晚風大，葉子站在一棟高樓樓頂圍牆邊，持著望遠鏡、拉緊外套，轉頭對蹲在數公尺外的小明喊：「韓大哥人其實很好，你不用這麼怕他。」

韓杰手抓一包零食，倚著大樓圍牆坐在葉子腳旁，一面滑手機，一面往嘴裡倒零食，喀啦啦地嚼著，不時臭臉盯著蹲在數公尺外的王小明。

「你看，雖然我家的事情跟他無關，雖然他剛剛講一大堆廢話，但他最後還是願意來幫我。」葉子端著望遠鏡張望遠處，不時轉頭對王小明說：「你如果像韓大哥一樣有男子氣概，女生應該會喜歡你。」

她這麼說的時候，低頭看著身旁韓杰：「韓大哥，你年輕時把妹都怎麼把？」

「我哪知道啦。」韓杰不耐地說：「那時候大家都玩在一起，哪有什麼把不把，看哪個妹子順眼，就拉她到牆角在她耳朵旁邊說話，說到她笑出來就行了。」

「什麼？」王小明本來抱腿蹲在遠處，蜷縮得像顆球，聽韓杰這麼說便伸長了脖子。「原來這樣就可以了？還有沒有其他祕訣啊？」

「你都變鬼了還想要什麼祕訣！你想用在誰身上？別給我惹麻煩喔。」韓杰不耐煩地滑著手機，檢視一張張照片——是他家小櫃上那些香燒字廣告紙，當他簽名接下太子爺囑咐的案件後，小文便會陸陸續續從籤筒裡叼出更多廣告紙。

王小明這案子就是櫃上簽了名的三疊紙裡其中一疊。王小明出沒範圍、擾人事蹟，韓杰都是從那些廣告紙上香燒字句裡的蛛絲馬跡拼湊出來的。自然，倘若籤紙上資訊不足，韓杰也得額外做些調查，他在王小明住家街坊鄰居口中打聽、前往鄰近警局拜訪了當時處理員警，大略拼湊出王小明的生活習慣和死因。

最後終於設下陷阱逮到了王小明。

此時他櫃上還有兩疊簽名案件，以及另外三疊閒置廣告紙。

那三疊尚未簽名的廣告紙，都是他不想處理的麻煩事──他不用每件案子都接，那些不理的事情，之後也會有其他奇人異士或陰差插手處理。

「韓大哥，我發現喔……」葉子端著望遠鏡倚在圍牆邊，望著斜方遠處辦公大樓裡的男人的一舉一動──她那聲稱正在加班的爸爸。「當你看著那些太子爺的指示時，臉就特別臭。你不是說你可以自己挑案子嗎？那還有什麼好煩的。」

「就是這樣才煩吶！」韓杰抓著頭。「如果簡單的案子都辦完了，那蠢鳥叼出來的都是討厭的事，這還不煩嗎？」

「對喔……你不能閒著不做事。」葉子哦了一聲，說：「所以那些沒簽名的紙上，全都是你討厭的事？」

「全都是跟那王八蛋有關的事，我還能不煩嗎？」韓杰捏著拳頭，不停滑動一張張照片，檢視每張廣告紙上的香燒字跡。「蠢鳥，你要是活得不耐煩，乾脆讓我宰了藥燉或是三杯，別像你大哥一樣拖著我一起死！」

「那隻鳥有大哥？」葉子啊了一聲。

「我亂講的啦。」韓杰焦躁說：「那隻鳥是第二隻籤鳥，前一隻長得跟牠一模一樣，所以名字我也取一樣，懶得替那些蠢鳥想名字……」

「前一隻小文怎麼了……」葉子問，王小明也伸長了脖子想聽。

「死啦。」韓杰攤攤手說：「莫名其妙叼出來的東西全都是同一個傢伙，跟現在的情形一模一樣！」他說到這還搥了地板一拳。「那種壞傢伙爲什麼會交給我來管？爲什麼不是神仙自己去幹？」

「你是說……陳七殺？」葉子問。「你說他是你碰過最難纏的傢伙……」

「陳七殺很難纏沒錯。」韓杰搖搖頭。「但眞正難纏的是他背後那傢伙，那不是一般枉死野鬼，是地底一個魔頭，還有個很嚇唬人的稱號——『第六天魔王』……」

「第六……天魔王？」葉子有些愕然。「他很厲害？」

「當然啊！光聽那嚇死人的鳥蛋外號就知道很厲害了吧！」韓杰沒好氣地說。

「第六天魔王？我知道、我知道！」王小明興奮地插嘴說：「那是個專門蠱惑修行者的魔王，又叫『摩羅』、『六梵天主』，就連日本的織田信長寫信給武田信玄時也自稱第六天魔王！」

「哦？」韓杰盯著王小明，有些驚奇：「你也知道他？看不出來你懂這些？」

「維基百科上寫的。」王小明得意地說：「很多遊戲跟動漫畫裡都有這個角色喔，大部分都拿它來當成反派頭目！」

「專門蠱惑修行者……」葉子說：「所以……陳七殺是被第六天魔王蠱惑了，才去做壞事？然後韓大哥你打敗了第六天魔王……」

「我哪打得過他……」韓杰說：「我在那怪物上來最後一刻前，破壞了陳七殺的陣，把他趕回去，那魔王從頭到尾就只露出一隻手、半邊臉，用那隻手指東畫西指揮陳七殺做事；光是那樣，就搞得天翻地覆了。」

「難怪韓大哥你一知道吳天機是陳七殺徒弟就變臉了……」葉子吐了吐舌頭。「我還以爲韓大哥你只是嫌麻煩或是怕打不過他而已……」

「我是嫌麻煩怕打不過他沒錯啊。」韓杰冷笑說：「如果那傢伙又想上來，那眞不是普通的麻煩，是會搞掉一大堆人命的麻煩！」

「所以……你剛剛說前一隻小文，牠……」葉子這麼說。

「牠死了。」韓杰說。「陳七殺帶了黑道打手跟惡鬼殺進我家，連我都差點被打死，蠢鳥當然活不了。」

「你不是說你是太子爺乩身嗎？」王小明好奇地問：「就連太子爺上身也打不過他們？」

「他從沒上過我身。」韓杰聽王小明這麼說，冷笑道：「他留我一條命，讓我在人間贖罪、在陽世服刑，我替他跑腿打雜兼打人。我是個罪人，我的身體髒得很，像他那麼高貴的神仙怎麼願意上我身。」

「韓大哥，你不應該這樣說自己。」葉子放下望遠鏡，按了按韓杰的肩說：「你曾經做過錯事，造成……不好的後果。但那不是你的本意……而且你一直在彌補，不是嗎？」

「世上很多東西彌補不了。」韓杰取出鐵菸盒搖了搖，使裡頭的尪仔標喀啦啦發響。「那蠢鳥叼出的籤不是巧合，那傢伙是故意的……他知道我的尪仔標快用完了，我的任務要結束了，所以找了新的幫手準備惹是生非了……」

「你是說——吳天機？」葉子啊了一聲。「所以白天時他問你尪仔標還剩多少……他……」葉子說到這裡時，陡然想到了什麼，說：「如果……韓大哥你結束了乩身的任務，身上沒有法寶了，以前被你揍過的惡鬼要找你報仇，怎麼辦？」

「想報仇就讓他們報吧。」韓杰淡淡地說：「一開始我不怕死，只怕死不了，到處找窮凶極惡的傢伙麻煩，替被他們欺負過的人出氣、替我自己出氣，其實我更氣我自己。後來這樣的日子過久了，漸漸也習慣了，漸漸也不想死了……用完尪仔標、完成太子爺的任務，讓我爸媽姊姊投胎輪迴，我恢復自由，就繼續在鐵拳館替老龜公打拳，有時間自己也教拳，存點錢做個小生意，交個女朋友什麼的——但如果老天爺有別的安排，那就算了，就當是利息吧。」他說到這裡，哼哼笑了笑，說：「太子爺說的沒錯，他收帳收得很狠，就連利息也算得比別人凶，到了最後一刻，還丟這個案子整我。」

「韓大哥……」王小明聽韓杰這麼說，若有所思，突然開口。「原來你沒女朋友啊？」

「靠北喔，你想講這個？」韓杰瞪了他一眼。「我三天兩頭不是揍人揍鬼，就是被人揍被鬼揍，怎麼交女朋友？我怎麼跟對方解釋我到底在幹嘛？」

「可是……」王小明連連搖頭說。「這麼多年，你任務裡總會碰到幾個……漂亮女孩吧，你都沒動過心？你替神明做事，也……也要守身如玉？」

「守個大頭啦。」韓杰哈哈大笑，指了指葉子。「她來找我的時候，我床上就躺了個女人——不過是花錢買來的。我不能靠這些事收取酬勞，酬勞的定義很廣的，連女色也算。」

「原來是這樣。」王小明終於明白。「你在處理案件時認識的女生都不能追也不能碰……可是，如果碰了會怎樣？」

「一開始會紅，接下來會腫，然後會破開來流膿喔。」韓杰哼哼地說：「還好那時候對方很矜持，我只敢稍微動動手、親親嘴而已，沒脫褲子，不然之後花錢也沒得用囉！」

「呃，會爛掉流膿啊！」王小明露出訝異的神情。「難怪……」

「難怪什麼？」

「難怪我就覺得怎麼那麼奇怪，剛剛你跟芝苓在包廂裡，她在看A片，你卻在講奇怪的東西，怎麼沒有在她耳邊講話講到她笑出來。」

「她不是我的案子，我想講還是可以講喔。」韓杰哼哼地說：「只是現在跟吳天機的事情攪在一起就很難說了……」

韓杰說到這裡，抬起頭，正有些奇怪一向話多的葉子怎麼半晌不說話，便見到她端在眼前那望遠鏡後的臉上滾著淚珠。

「怎麼啦？」韓杰站起身，循著葉子視線，望向遠處的辦公大樓。

他沒拿望遠鏡，卻也依稀見到那寬闊辦公桌旁的男人，腿上坐著個女人。

男人輕摟著女人的腰，腦袋貼著她胸脯。

「怎麼了？怎麼了？」王小明急忙起身。「女鬼出現了？終於輪到我上場了？」

「省省吧。沒有女鬼，只有女人。」韓杰捏著王小明耳朵，將他拎遠些。「事情結束了。」

「……」葉子默默將望遠鏡收回包包裡，拉拉衣服，抹抹眼淚，轉身要下樓。

「芝苓，妳要去哪？」王小明嚷嚷地問。

「我要去找他說清楚。」葉子頭也不回地往下走。

韓杰莫可奈何地跟在後頭——無關女鬼，純粹家務事，他完全沒有立場阻止葉子去向她爸爸興師問罪。他只能說：「妳不先冷靜一下，想想怎麼跟他說？或是……回家跟媽媽討論一下？」

「我媽要是知道，可能不只吃安眠藥了。」葉子急急下樓，奔出消防通道，進入大樓電梯。「我要去看看那女人長什麼樣子！」

「……」韓杰跟進電梯，用胳臂抵著王小明不讓他進來，只准他嵌在電梯門上，露出胖肚子跟一張臉。「妳的身體……吃得消嗎？不休息一下？妳跑了一整天了。」

葉子抹著淚，從包包裡取出藥盒，配水吞了些藥，又抹抹淚。

「芝苓她生什麼病？」王小明問。

「血癌。」韓杰盯著王小明，示意他別再囉嗦了。

□

他們出了大樓，匆忙走過幾條街，往另一棟大樓去。

葉子爸爸的公司就在這棟大樓，她見到爸爸要與那女人離去，便想去攔他們。

她臉色發白、腦袋有些發暈、手腳也隱隱痠軟，見到此時對街遠處的爸爸剛攔下一輛計程車，讓身邊女人上了車——在這短暫瞬間，她腦袋裡有個想法，要是爸爸讓那女人獨自上車，自己回公司加班或是準備回家，她便要過去給他一個擁抱，跟他好好長談。

但這念頭轉眼破滅。

她爸爸笑嘻嘻地也跟著上了車，還讓女人將頭倚上他的肩。

葉子頓時覺得天旋地轉，一股氣衝上心頭，不等紅燈轉綠就想衝過馬路追車，被韓杰一把拉住，雙腿一軟就要倒下。

「韓……韓大哥！你……你有沒有看見？」王小明顫抖地急急湊上來。

「看見了。」韓杰托著葉子胳臂，盯著遠處的計程車。

那女人背後，還跟著兩個女人。

在葉子和計程車司機眼裡，便只見到一男一女上了車；但在韓杰和王小明眼中，卻是一男三女上了車。

韓杰想起了葉子不停提及的兩只紅包。

陸

男人攬著女人的腰進房。

他們在落地窗邊擁吻片刻，女人轉進浴室放水，男人拉了拉領口站在窗邊，透過窗戶倒影，微笑望著女人脫下上衣的背影。

他剛轉身走向女人，便聽見房內電話響起。

他走至床邊接起電話，臉色一變，掛上電話示意女人穿回衣服，要她先進浴室。

女人搖搖頭。

男人默然，坐在床沿。

門鈴響起。

女人提起包包，上前開門。

葉子站在門外。

她怒視著女人，一雙拳頭緊緊捏著，因憤怒而顫抖。

這女人她不僅認識，且十分熟稔，是她爸媽的大學同學，常去她家作客。

是看著她長大的長輩。

她小時候喊她妘姨，這幾年都喊她妘姊。

「芝苓……」妘姊苦笑，指了指房內坐在床沿的葉爸爸，走過葉子身邊，喃喃說：「談開了也好，給我個答覆，不管結果如何我都接受。」

妘姊說完便走向電梯，等電梯開門，步入電梯。

韓杰在電梯門關上前也閃身進入電梯，與妘姊一左一右站在電梯裡，一同下樓。

電梯緩緩往下，鏡子裡只映著兩人，但韓杰眼裡，電梯裡除了他與女人之外，還有王小明——

和另外兩個「女人」。

「韓……韓大哥……」王小明哆嗦著往韓杰身旁擠去，還微微抬手想拉韓杰胳臂。他低著頭，像隻害羞的倉鼠般偶爾挑眼瞧瞧妘姊左邊的女人和右邊的女人。

她們都望著王小明。

左邊女人面容清秀，白衣白裙，臉色青蒼冷然，口唇發白，一身白衣濕淋淋的，一頭長髮像剛從泳池出來般滴答著點點水珠。

右邊的女人紅衣紅裙，濃妝艷抹，粉白膚底上畫著藍紫色的眼影和一雙鮮明粗眉，雙頰則是抹著桃紅色腮紅，配著血一般的口紅。

韓杰手抱胸，盯著紅裙女人那紅袖口下微微透著屍斑的手，突出指外的指甲有兩、三公分長，鮮紅如血。

韓杰很快注意到那女人雙手加起來只有八片長紅指甲，因爲她雙手無名指尖沒有指甲，指上只有兩處詭異疤痕。

這讓韓杰無法不想起葉子從爸爸枕頭裡抖出的第二個紅包，裡頭裝的那兩片完整紅色指甲。

電梯門開啓，妘姊走出飯店，招了部計程車坐上駛遠。

兩個女鬼與女人同在後座，都回頭望著騎機車跟在後頭的韓杰。

「韓……韓大哥……」王小明擠在後座，囔囔地說：「你……你覺得紅衣服跟白衣服哪個好追啊？」

「我怎麼知道！」韓杰嘖嘖地說：「你追追看就知道了。」

「可是她們看起來好兇……尤其那個紅衣服的……我比較喜歡白衣服的，好像比較清純；不過紅衣服的也不錯，好漂亮啊……」

「……」

「韓大哥，她們會喜歡我嗎？」

「我不是說我不知道。」

「你……你幫幫我好不好？」

「幫你什麼？」

「如果她們等等兇起來，我一定打不過她們，你能不能幫我把她們打到沒力，然後把她們綁起來……綁起來的意思，就是全身固定起來，四肢都不能動……接下來就換我……啊！韓大哥，你別誤會，我不是變態，我只是想告白而已，我想和她們聊聊專長和興趣，例如生前喜歡什麼之類的……」

「……」韓杰望著後照鏡裡，揪著他肩頭、放風箏般飄在他機車後座上的王小明，說：「我比較想把你們三個綁在一起全打回陰間。或是直接打到魂飛魄散。」

「什麼！」王小明哀求說：「我……我只是想交個朋友而已，你受太子爺的指示來幫助我，我已經答應你不再嚇著活人，也不去廁所偷窺啦！」

「太子爺是派我扁你。」韓杰煩躁地說：「不是派我抓女鬼綁在椅子上讓你爽！」

「我都說我只是想聊聊而已。」王小明抗議。「我哪有想爽她們，除非她們也不反對。我會徵詢她們的同意呀，我很紳士的，被女生拒絕也不會生她們的氣，我只會生我自己的氣，所以我才……我才……」

「我管你生誰的氣，你他媽最好不要惹我生氣！」韓杰焦躁地與王小明對話，一面追著計程車駛入一條小巷。

計程車停下，妘姊下車，紅裙子與白裙子也同時下車。

她們一同上樓。

「韓……韓大哥……」王小明緊張地說：「她們為什麼……要跟這女人回家呀？」

「因爲葉子想錯了。」韓杰望著公寓梯間，那逐樓閃過窗口的人影。「兩個紅包是她媽媽放的。她們的目標不是她爸爸，是這女人。」

「啊？」王小明哆嗦地說：「她媽媽……要那個法師派女鬼來對付老公的外遇對象……」

「吳天機，不簡單……」韓杰恨恨地說：「那兩個紅包裡完全沒味道，連我都騙過了。」

「現在怎麼辦？」王小明問。

韓杰沒有回答，而是望著樓上，見一戶燈亮，立時上前按電鈴。

「我是芝苓的朋友，她有事託我跟妳講。」韓杰一聽對講機動靜，不等對方開口，直接這麼說。

「噫……」對講機那端傳來一陣含糊不清的聲音。「不……認識……」

「這麼急？」韓杰冷冷地說：「剛進門就上了人家的身？吳天機要妳們對她做什麼？」

「……」對講機那頭一聽吳天機三個字，霎時靜下，跟著發出幾聲粗大呼吸聲。「不認識……吳天機……」

「烏蒙流茅山術治鬼，鹽醃火烤釘穿犬咬雞啄……還有一大堆，我沒說錯吧。」韓杰冷笑說：「妳猜猜看，如果我現在報警，警察去找吳天機，他會不會怪妳們辦事不力？他又會用哪招來處罰妳們呢？」

對講機靜默幾秒，然後喀啦一聲，公寓大門打開了。

韓杰走進公寓。

「韓大哥！」王小明連忙跟上。「你……你要跟她們打架了？」

「幹嘛？」韓杰說：「你心疼啊？」

「可……可不可以不要打臉？」王小明揪著韓杰胳臂說：「你把她們打醜我就不要了。」

韓杰停下腳步，深呼吸兩口氣，轉頭望著王小明。「我可以在你臉上也補幾拳，讓你們王八配綠豆，好不好？」

「不好……」王小明感到韓杰的不耐，嚇得退開老遠，不敢再囉嗦。

韓杰步上四樓，見妘姊家鐵門微微敞開；他默默望著屋內，盤算著接下來會發生的事。他右手放入口袋，左手推門進屋。

妘姊家中乾淨雅緻，客廳電視開著，但卻無人。

韓杰穿著鞋子走進屋，一步步往房中走，見妘姊坐在主臥室梳妝台前，對著鏡子塗著口紅。

妘姊慢條斯理地塗著口紅，隨手翻看梳妝台上的化妝品，一一往臉上塗抹，使臉上的妝與紅衣女鬼的濃妝樣子逐漸相近。

「別害人了，出來吧。」韓杰手插口袋站在門邊，緩緩地說：「我可以解開吳天機對妳們施下的邪術，以前他師父陳七殺也喜歡用這套害人，那時我……」

「噫！」妘姊一聽「陳七殺」三個字，猛然轉頭怒視韓杰。

「呃？」韓杰愣了愣，突然感到脖子一緊，只見一雙纖瘦冰冷的手自後緊緊掐著他脖子。

妘姊則像頭獵豹從梳妝台蹦起，還順手從梳妝台上抄起把剪刀，飛快衝向韓杰，高高舉起剪刀要刺他臉。

韓杰一腳踢在妘姊肚子上，將她踢開老遠，插在口袋中的右手揚起，撒開一片香灰，同時，他食指中指間捻著一片尪仔標；尪仔標上的字樣閃動著光芒，拖曳著絲絲紅煙。

韓杰感到後背一片寒氣逼來，一張青蒼哀愁的美麗白臉湊在他臉旁，冰冷身子整個貼上他後背——

但隨即像觸電般彈開。

「我的背，被一個大流氓用火尖槍畫上十幾道疤，比岩漿還燙。」韓杰揪著搭在他頸際的冷手往後猛退，轟隆撞在牆上。

他聽見背後傳來一陣女人的痛苦哀嚎，嘿嘿笑著說：「想上我的身？妳擲過筊杯沒？」

他見妘姊筆直彈起，再次朝他奔來，立刻將那片尪仔標啪地往身前一擲。

啪！尪仔標響亮落地，發出閃耀紅光，一片艷紅潑墨般從地上掀起，擋在妘姊與韓杰之間。

韓杰揮手揪住那片艷紅布巾往後一鞭，鞭得白裙子女鬼淒厲慘叫，跟著他再往前一鞭，妘姊彷如觸電般雙眼一吊，一個紅影從她身上飛騰離體——是那紅裙子濃妝女鬼。

韓杰左手揪著白裙子女鬼，拖著她往前，跨過暈倒在地的妘姊，猛一甩右手上那條如煙如水的艷紅布巾唰地捲上那紅裙子女鬼腰際和胳臂，將她也拉近身邊，跟著俐落地將兩隻女鬼背貼著背綁在一起。

她們顫抖地痛苦慘嚎。

白裙子女鬼頭臉身子濕濡一片，紅裙子女鬼臉上的妝都哭得花了。

「韓大哥，你不要那麼粗魯！」王小明急急忙忙地撲來，想解開綑在紅白女鬼腰間那圈如同雲霧般的艷紅布巾，但他的手一觸及紅巾，立刻痛得尖叫鬆手，滾開老遠。「那是什麼東西!?」

「太子爺七寶之一，混天綾。」韓杰瞪了王小明一眼，將妘姊抱上床，捻了些香灰在她額上點了點，拉了條薄被替她蓋上，跟著提起那混天綾，拖著兩隻女鬼往外走，出了妘姊家，還順手關上門，繼續拖著兩隻女鬼下樓梯。

「韓大哥、韓大哥，你要弄死她們啦!你好殘忍，那東西很燙耶！」王小明追在後頭尖叫，只見綑著紅白女鬼的混天綾閃耀著紅光，像一條用岩漿編織成的圍巾，牢牢綑著一雙女鬼，燙裂了她們衣物，焚燒她們的體膚。

「……」韓杰不理王小明的嚷嚷，拖著女鬼跨上機車，發動引擎駛出巷弄，騎上一處清冷山郊。

韓杰拉著混天綾將兩隻女鬼綁在樹上。他抓著混天綾像抓著有黏性的水一般，能任意甩動甚至隨心使之變形。

他從口袋取出一小袋香灰，捏在手上往兩隻女鬼腰際、胳臂上的混天綾綑縛處一吹，混天綾那炙熱紅光立時黯淡許多。

紅裙子和白裙子女鬼不再慘嚎，而是喘氣抽噎，像是減緩了大部分的燒灼疼痛。

「妳們是吳天機養的鬼，對不對？」韓杰拍了拍手上香灰。

兩隻女鬼垂著頭，不答話。

「我可以幫妳們。」韓杰笑著說：「我的功夫妳們見識過了，我比吳天機厲害對吧，我的拳頭可以打爛他的臉——我剛剛在那女人身上抹了香灰，至少一個晚上妳們上不了她身，天亮之前妳們要回去向吳天機報告戰果，他如果知道妳們失敗了，會怎麼對付妳們，妳們心裡有數。」

「妳……妳們痛不痛啊？」王小明搓著手湊了上來，先替白裙子女鬼抹了抹汗，再替紅裙子女鬼抹了抹汗，他拭去紅裙子女鬼臉上濃妝，哇了一聲。「妳……妳好美，幹嘛畫濃妝？我不喜歡女孩子畫濃妝，像妳旁邊的妹妹那樣清秀不是很好嗎……」

韓杰一腳踹開王小明，繼續說：「我如果現在放開妳們，妳們哪裡都沒得去，還是得回吳天機身邊，妳們身上有他的咒，不得不回去。我可以替妳們解咒，還妳們自由——不過妳們要告訴我，吳天機到底想做什麼？」

「對呀對呀，我也可以幫忙照顧妳們。我姓王，我生前的興趣是ACG……」王小明又湊了上來，一口氣講出好幾部動畫片名，然後被韓杰用混天綾也綁上大樹。

此時混天綾不再熱如熔岩，但仍將王小明燙得嚎啕大哭，韓杰拔了些草沾了香灰塞住王小明嘴巴不讓他吵人，跟著拍了拍手繼續望著兩隻女鬼。

「妳們自己決定。」韓杰這麼說。「要我替妳們解咒，還是回吳天機身邊？」

「唔……」白裙子女鬼顫抖地抬起頭，口唇欲張，一旁的紅裙子女鬼立時咧嘴想咬她，嚇得她低下頭，不敢多語。

「妳很兇喔。」韓杰皺著眉頭，調整混天綾，將王小明扯來擠進紅白女鬼之間，不讓紅裙子女鬼威嚇白裙子女鬼。

韓杰抖了抖外套，往白裙子女鬼站近些，用袖子替她拭了拭淚，左手撐在白裙子女鬼臉旁樹幹上，右手輕輕托起她下巴，對著她說：「妳不用怕，沒人能欺負妳。」

「啊！這……這招就是……」嘴裡塞著香灰草的王小明見韓杰這動作，儼然就是他先前說過的調戲絕活，立時睜大眼睛學著，生怕遺漏了任何步驟。

「大王……派吳老師……威脅……大伯……」白裙子女鬼緩緩地說：「逼他、逼他……」

「大王……大王要出來了……」紅裙子女鬼則齜牙咧嘴地要咬王小明，把他嚇得哇哇大叫。紅裙子一面憤怒威嚇，一面尖笑說：「大王一出來，會吃你……會把你心臟挖出來吃了！心臟、挖你們心臟！」

「大王？是第六天魔王？吳老師就是吳天機？大伯又是誰？」韓杰追問：「吳天機到底想幹嘛？陳七殺跟他是什麼關係？」

「大伯、大伯……逼他……吳老師……」白裙子女鬼悲戚哭著，前言不對後語，紅裙子女鬼則一個勁地威嚇說大王想挖出韓杰心臟。

「總之呢，大王指示吳天機害我，要挖我心臟。」韓杰問了半晌也問不出頭緒，見兩女鬼神智紊亂，莫可奈何，伸手在她們天靈蓋上比劃半晌，賞了她們幾巴掌，解開她們身上的烏蒙流茅山禁錮咒術後，便收去混天綾放她們下樹，獨自轉身騎車回家。

「韓、韓大哥……等等我！」王小明見兩隻女鬼跪坐在地，神情呆然，雖有些捨不得離她們而去，但見韓杰機車發動，便也不敢繼續逗留，嚷嚷追了上去。

「你幹嘛啊?」韓杰見王小明又撲上他機車後座,不耐地說:「我已經放了她們,也解去吳天機的咒術,她們現在是自由身了,你不是想追她們?」

「她們是鬼耶⋯⋯我一個人會怕!」王小明說:「她們講話怪怪的,好像精神不太正常。」

「你也是鬼。」韓杰說:「她們被邪術控制,心智受到影響,過一段時間或許會恢復正常,也或許不會。」

「那⋯⋯那我再觀察看看好了,我寧缺勿濫的。」王小明本來還想講些他瞧女孩子們的欣賞標準,但見韓杰從後照鏡裡盯著他的眼神有些不善,便乖乖閉嘴,不敢再囉嗦。

天上幾聲悶雷,下起了雨。

混天綾

如雲似水、彷如流體，能鞭能綑能燒，還能綁臂纏拳增加拳威，是七寶中用處最多的法寶。

柒

韓杰返回東風市場，停妥機車正要上樓時，被老管理員叫住。

「喔？」韓杰與那老管理員交談幾句，似乎有些訝異，撥了撥頭髮上的雨，快步上樓。

「韓大哥……」王小明仍跟在韓杰屁股後，不解地問：「管理員怎麼好像看得見我？」

「我幫他開的眼，是他要求的。」韓杰經過三樓、轉上四樓，見王小明還跟著他，便說：「你跟上來幹嘛？」

「我沒地方去……」王小明說：「你不准我去人多的地方，又不准我去女廁，那我能去哪裡？」

「我沒不准你去那些地方。」韓杰說：「我只不准你嚇到人。你也可以回家，你不是有家嗎？」

「我怕嚇到我爸媽，我偶爾會去看他們，見他們傷心難過，我也傷心難過……」王小明低下頭。

「早知如此，何必自殺。」韓杰哼哼地繼續上樓。

王小明也繼續跟上，嘟嘟囔囔地說：「韓大哥，先前芝苓說……這東風市場裡有不少『朋友』，有沒有……漂亮的啊？」

韓杰不想理會王小明這問題，走過廊道轉折，見到葉子抱膝坐在廊道盡頭小窗邊。

此時十點二十分，距離子時尚有幾十分鐘。

「怎麼了？」韓杰來到葉子面前，見她臉色發白，渾身濕透像淋了場大雨。「妳沒帶妳爸爸回家？」

「我叫他自己回去，跟媽好好談。」葉子撐著地板站起。「他們是大人了，他們的事本來就是他們自己來解決，我不想管他們的事了……」葉子邊說，本想轉身看窗，但腳步不穩、搖搖欲墜，被韓杰伸手挽著胳臂。

葉子轉身抱住了韓杰，將頭臉埋在韓杰胸口，嗚嗚哭了起來。

「我爸跪在地上哭，求我體諒他，他說他跟媽之間早就沒有愛了……」

「這種事有什麼好哭的。」韓杰望著窗，苦笑幾聲，說：「妳不因爲自己的身體哭，卻因爲這種事哭？」

「什麼叫『這種事』……」葉子邊哭邊罵。「他們是我爸媽，他們……他們一直那麼相愛……他們、他們……」

「相愛又怎樣？離婚又怎樣？」韓杰說：「可以結婚就可以離婚啊，可以相愛也可以不愛啊。離婚的爸爸媽媽還是妳爸爸媽媽呀，又不會變成陌生人……他們離婚了各自再婚，妳多賺個乾爸乾媽乾爺爺奶奶什麼的，更多人一起疼妳不好嗎？」

「你什麼都不懂！」葉子哭著埋怨。

「妳在演八點檔啊？」韓杰稍稍推開葉子，瞪著她，語氣冷峻地說：「妳的身體比他們婚姻重要多了，愛這種鬼東西，來來去去，這個不愛了就找下一個愛。人命走了，就回不來了，妳懂不懂？啊！」

「呃！」葉子本來還想辯駁，卻被韓杰臉上出現的奇異變化嚇得呆然——韓杰大半邊臉和下巴滿布一塊塊紅斑，臉色青慘難看，脖子上還有圈明顯勒痕——跟鬼沒有太大分別。

「夠了，別再讓我更……」韓杰開門拉葉子進屋，將她推上沙發，自己則摀著脖子往餐桌走去。他腳步踉蹡，臉色愈加青慘，摀著頸子張大口吸氣，發出嘶嘶喘鳴聲。

「韓大哥，你怎麼了？」葉子不解地望著韓杰。「你的臉怎麼會變那樣？」

韓杰撐著餐桌摸找桌上雜物，取了萬金油塗抹太陽穴和鼻子醒腦，跟著胡亂抓著臉上的紅斑，紅斑似乎令他痕癢難耐，他喘氣嘶鳴喃喃地說：「原來如此……哼哼、哼哼……」

「韓大哥剛剛用了一張尪仔標。」王小明也鑽入韓杰家中，說：「他之前說用過法寶之後會有副作用，會不會就是這個……」

「什麼？」葉子還不知道韓杰驅走女鬼的經過，見韓杰摀著頸子、模樣痛苦，連忙上前關切，卻被韓杰厲聲喝退。

「別靠近我，快去洗個澡換個衣服！」韓杰大聲說：「然後乖乖吃藥，乖乖待到早上，不要再給我惹麻煩了——」

「唔！」葉子被韓杰的暴喝嚇著，不禁有些委屈，但見他臉色越來越古怪，本來臉上像是過敏的紅斑痕跡顏色不但加深，且擴大到整張臉；而他頸上勒痕也逐漸發黑，像是墨印上去的一般——她想追問，但見韓杰兇巴巴地瞪她，只好乖乖進廁所，自己放熱水洗了個澡。

她洗完澡，想起自己沒帶換洗衣物，將門開了一條縫，躲在門後想喊韓杰，便見地上已經擺了乾淨衣物。

她換上衣服後走出廁所，見韓杰背對著她坐在餐桌前，氣喘吁吁地研究著那些廣告紙。

王小明則被香灰化成的繩子綁著雙手雙腳，倒吊在天花板那老舊吊扇下。

「韓大哥……」葉子捧著濕衣回到沙發旁，從包包取藥吃了，走近王小明身邊，問：「你又說了什麼話惹他生氣？」

「我……」王小明瞥了韓杰背影一眼，與葉子四目相望，慚愧地用手摀住臉。「對不起，我下次不敢偷看妳了……」

「……」葉子垮下臉，這才醒悟原來王小明是因爲剛剛想穿進廁所看她洗澡，才被韓杰綁在吊扇下。她不再理會王小明，而是轉身往韓杰走去。

韓杰用手撐著頭，盯著餐桌上凌亂廣告單中其中兩張。

上頭香燒字跡寫著——

烏蒙流術士使白衣凶鬼作祟，欲害人性命。

烏蒙流術士使紅衣凶鬼作祟，欲害人性命。

「這是什麼？」葉子忍不住好奇，想湊近看仔細，又被韓杰喝開。

「喂喂喂……」韓杰焦躁地指了指自己臉上紅斑，說：「妳現在跟我的案件扯在一起了，離我遠點，別碰我……」

原來紅裙女鬼與白裙女鬼的案件早已壓在韓杰的小櫃上，只是韓杰先前見「烏蒙流」三字便跳過不接。他雖未在那案件上簽署名字，但他使用混天綾制伏女鬼，等同與吳天機、葉太太正式牽扯上關聯，葉子便也從他的普通朋友，變成了案件關係人。

他不能藉由太子爺交代的案子，向一切關係人收取任何好處。

包括年輕女孩的一個擁抱。

「你……我……」葉子聽韓杰沒頭沒腦地說那兩隻女鬼和自己和他的臉之間的關係，仍有些不明白。「你的臉跟脖子變成這樣，是因為剛剛我抱你的關係？」

「脖子是使用尪仔標的副作用。」韓杰撝著脖子，虛弱喘氣起身，脫下外套和上衣，只見他胸前也遍布紅斑，他指著臉和胸前紅斑。「這是被妳抱過的副作用。」

「太子爺怎麼一大堆奇怪規矩？」葉子訝然地問。

「妳自己問他啊……」韓杰抓著身上發癢斑痕，無奈走進廁所。「如果妳長得醜一點，可能就不算收取利益啦。」

「對呀。」王小明遠遠地倒吊附和。「被美女抱本來就是好處啊……芝苓如果是老阿婆，我也不想偷看，也不會被綁著啦……」

葉子來到餐桌邊，看桌上一張張廣告紙雖然凌亂，卻大略分成三邊，她仔細看了那些香燒字內容，只見左邊廣告紙大都寫著：

摩羅欲喚醒古屍害人。

摩羅迷惑一女。

摩羅在深山洞中鑿開破口，與山魅耳語，蠱惑山精鬼魅。

「摩羅……」葉子愣了愣，立時知道這「摩羅」指的就是韓杰先前提過的「第六天魔王」，跟著她又見第二堆廣告紙裡寫的是：

烏蒙流術士擄一婦人。

烏蒙流術士私煉凶鬼。

烏蒙流術士勾結黑幫。

「烏蒙流術士……該不會是指吳天機吧……」葉子哦了一聲，望了望小櫃上已經簽名的三疊廣告單。她知道餐桌上這些廣告單都是韓杰不願接的案子，不是和第六天魔王有關，就是和烏蒙流有關。然後她望向最後一部分廣告單，那些案件雖也與鬼魅或是江湖術士有關，但都或多或少牽扯到政要黑道或是警界風紀問題——韓杰似乎也挺避諱經手處理這類案件。

「為什麼？因為那些東西比鬼還麻煩呀……」

韓杰洗完澡後，拿著毛巾擦頭，聽葉子詢問，便這麼回答：「太子爺給我的尪仔標是用來打鬼的，不是用來擋刀擋子彈的……我把惡鬼打進地獄、打得魂飛魄散，也沒人會來替他們報仇；但那些黑道下有小弟跑腿、上有官員撐腰，每件事情背後都拖著一大串髒東西，我吃飽閒著去招惹他們。」

「所以……你那麼煩躁，就是因為小文這陣子只叼這些案子出來……」葉子這麼說時，轉頭望向窩在一處高櫃子上的小文。

小文籠子上的小門從來不關，牠也不常進籠，而是四處待著，還會叼些廢紙、衛生紙甚至是韓杰的破內褲襪子在家中各處鋪些小窩小巢，一個地方待膩了就換另一個地方。

「是啊。」韓杰上前踹了那高櫃子一腳，將小文震得嚇飛起來，在空中繞了繞，落下籤筒，叼了卷廣告紙出來，往韓杰頭上扔。

「……」韓杰彎腰撿起廣告紙，揭下橡皮筋，打開一看——

紅裙女鬼返回烏蒙流術士藏身處叩首求饒，白裙女鬼四處遊蕩。

「媽的……」韓杰捏著那廣告紙轉回餐桌重重一拍，坐下抓著頭，煩躁至極。「那蠢女人，我不是替她解開咒印了嗎？這麼忠心？還是我沒解成？」

「紅裙女鬼……」葉子望了望那張新單。她趁韓杰洗澡、自己研究那些廣告單時，與王小明有一搭沒一搭地聊著剛才韓杰驅鬼經過，大致知道了事情始末，此時見到這廣告單，便說：「這表示……那兩隻女鬼的案件並沒有結束，所以小文才又叼出後續發展給你……」

「是圈套……」韓杰頸上勒痕與臉上紅斑更加明顯，令他呼吸困難得連話都說不清楚。「全都是圈套，是一個大局……妳、太子爺、吳天機、第六天魔王，還有那隻蠢鳥……你們全聯手了，目的就是想整死我……」

「什麼？」葉子聽韓杰這麼抱怨，不禁一頭霧水，正想追問，卻見韓杰搖搖晃晃撲上床鋪，伏在床上，一動也不動。

客廳那扇朝向廊道的小窗微微震動起來，像是有風颳過一般。

小窗內貼著報紙，葉子從報紙與窗戶玻璃間隙，見到外頭晃動的人影，轉頭看了看時間，剛過十一點——

子時開始了。

刺耳的電話鈴聲讓葉子睜開了眼睛。

客廳只有一扇對著長廊的小窗，小窗還貼著報紙，室內昏暗，但廚房方向映入的陽光顯示此時已是白晝。

葉子挪動身子，轉頭望了望客廳時鐘，上午十點。

她窩在客廳的單人沙發上，沙發外觀雖破爛老舊，倒是寬大舒適。

她身上蓋著一件寬大外套，一旁桌上擺著一袋便利商店購來的早餐，裡頭還有支新牙刷。

韓杰背對著沙發，坐在餐桌前低聲講著電話，語氣略顯焦躁。「什麼？沒這個人？王仔，你有沒有認眞查——就算改名也找得出來吧！名片上不是有電話，還有辦公室地址嗎？那傢伙總要用水用電吧，那些水電費帳單……什麼，你都查過了……登記人全部都是假身分？」

韓杰又問了幾句，掛上電話，揉著頸子深深吸氣；他頸上因使用了混天綾造成的勒痕仍未消失，頭臉上被葉子抱著所引起的紅斑倒是已經消退。

葉子翻了翻便利商店袋子，取出牙刷如廁梳洗，跟著拿早餐來到餐桌前，向韓杰鞠了個躬。「韓大哥，謝謝你。」

「謝我什麼？」韓杰伏在餐桌，茫然抓著頭，他眼前攤著一張張廣告紙，胳臂下還壓著一本小學生作業簿，像是在做著筆記；他寫在作業簿上的字跡潦草，醜陋得像小學低年級生一樣——他向來不習慣做筆記，只將相同案件的廣告單夾成一疊。但此時每張廣告紙上的線索全纏在一起，哪一張屬於哪一案都難以辨認，令他不得不花點工夫整理分類——這麻煩事可讓他頭疼不已，寧可多打幾場架。

「謝謝你收留我一晚。」葉子揭開三明治和牛奶吃起。

「這有什麼好謝的。」韓杰聳聳肩，突然問：「妳知道妳媽媽和吳天機怎麼認識的嗎？」

「嗯？」葉子說：「我……我不太清楚，但我可以幫你問她。怎麼了，韓大哥，你終於要對付他了嗎？」

「我還在考慮……」韓杰無精打采地搖了搖眼前那鐵菸盒，跟著打開菸盒，將裡頭的尪仔標全倒在桌上。

一共十六片。

十六片尪仔標裡有不少重複的圖樣，大都畫著像是兵器、道具之類的東西。

韓杰懶洋洋地分類，將同樣的尪仔標擺成一堆。

「混天綾、火尖槍、風火輪、乾坤圈、豹皮囊、九龍神火罩、金磚……」葉子知道尪仔標的重要性，不敢伸手去拿，而是伸長了脖子遠遠看著。她見這些尪仔標一共分爲七種，每種數量不一，其中火尖槍、風火輪和乾坤圈都只剩一片，豹皮囊與混天綾各兩片、金磚有三片，而那九龍神火罩卻多達六片，忍不住問：「爲什麼這個九龍……神火罩有那麼多啊？」

「他給我那一大疊尪仔標時，每一種本來就不一樣多……」韓杰說：「九龍神火罩是最少的，全部加起來也只有十幾片而已，我很少用這個……」

「很少用？爲什麼？」

「用完會很痛，太痛了……」韓杰指著頸上勒痕。「比混天綾的副作用難受多了。」

「哦……」葉子這才知道每樣尪仔標使用後的副作用不一樣——他和太子爺的約定是用完所有尪仔標，工作就算結束，他的爸爸媽媽和姊姊就能輪迴轉世；但爲了防止韓杰取巧快速濫用那些尪仔標，因此每一樣尪仔標使用後，都會使韓杰的身體出現副作用，令他痛苦幾小時至幾天不等。

「如果這是我最後一場仗，這批軍火是夠用了……」韓杰望著十六片尪仔標。「但要是輸了……這些案子算成功還是失敗呢？」他喃喃自語，又望著桌上那一大堆與第六天魔王、吳天機有關的案件。

他稍稍歸納整理後的結論，整件事相當簡單——

第六天魔王大概打算趁他乩身任務結束前、尚未與新人交接的空檔時刻，找他麻煩；爲此第六天魔王找上吳天機幫忙，四處搞鬼惹事，爆出一堆擾人案件，想一口氣耗盡他的尪仔標，打算在他彈盡援絕之際對他出手。

葉子正想問什麼，突然感到手機發出震動，她見上頭有十餘通未接來電，趕忙接聽——

是她媽媽打來的。

她走去角落講了好半晌電話，終於掛斷，又回到餐桌旁，對韓杰說：「待會我媽會帶我去醫院複診，我可以替你打聽吳天機的事情，你還想知道他什麼事？」

「我想知道他的本名。」韓杰哦了一聲，說：「吳天機是個假名，就連他名片上的電話、網路，甚至辦公室水電都是不同人替他申請的。我請警察朋友幫我查點事情，但他們什麼也查不出來——世界上很多隱姓埋名的人，但那些人不會一邊隱姓埋名一邊印名片到處發，還到處惹事生非。吳天機這陣子幹出這麼多事情，大概全是針對我……敵暗我明，這對我很不利。我想知道他更多事情，再考慮下一步怎麼做……」

「好。」葉子點點頭，突然想到什麼，四處望了望。「王小明呢？」

「這裡空房間很多。」韓杰答：「我讓他自己挑了一間，要他乖乖待著。這些老鄰居裡也有幾個清純妹子，他表現好的話，我會替他介紹一下。」

「哦。」葉子莞爾一笑。「我以為韓大哥你把他打得魂飛魄散了。」

「他是蠢，不是壞。就算是壞，也有打兩拳跟打到死的分別。」韓杰哼哼地說：「上頭沒要我見鬼就殺，我也沒有這種嗜好，我又不是變態……不然我也不會住在這鬼地方陪那些『老鄰居』這麼多年啦……」他說到這裡，嘿嘿一笑，又揚了揚拳頭。「我告訴妳，這世上有兩種蠢蛋，一種是只會用拳頭解決問題的人；另一種是被人踩爛鼻子也要裝模作樣說無論如何都不該用拳頭解決問題的人。」

「這世上好人也有兩種。」葉子嘻嘻笑著說：「一種是看起來就很和藹很慈祥的好人；

另一種是像韓大哥你這樣看起來很兇、說話很尖酸，但其實是好人的人。」

□

「我的樣子有很兇嗎？」

韓杰探頭對著機車後照鏡左右打量著自己的臉，回想著過去某些女人伏在他身上誇讚他某些角度看起來像某個偶像明星時的情景。

上午送葉子返家後，他在市區亂晃，上租書店看了幾本漫畫，滑了半晌手機，研究手機裡那些廣告紙照片上的蛛絲馬跡，又與他那警界朋友通過幾通電話之後，才晃到了這處捷運站出口，準備與葉子會合。

此時已是下午，在不知第幾波人潮出來後，葉子終於現身。

韓杰見葉子在捷運站出口東張西望，正要喊她，她便已經看見他。

葉子咧嘴擠開笑容，跑了過來。

「別跑、慢慢走……」韓杰見葉子臉色青白，雙眼紅腫，像是大哭過，有些驚愕。

「妳……檢查結果怎麼樣？」

「沒問題。」葉子笑了笑，接過韓杰遞來的安全帽。「醫生說我的情況不錯，我媽跟醫生抱怨我這幾天常往外跑，但醫生說平時有活動、有感興趣的事，比在家裡悶悶不樂更好——我現在只要按時吃藥、等待骨髓移植，跟正常人沒兩樣，只是體力差一點就是了……」

葉子跨上韓杰機車，見韓杰從後照鏡裡望她，像是心中懷疑，便哈哈一笑說：「他們談了一夜，我媽答應離婚，不愧是高級主管，連談判都很果斷。」

「……」韓杰這才知道葉子哭泣的原因，不語半晌，說：「有件事我不知道該不該跟妳說，昨天王小明應該有告訴妳，我們跟著妳爸那女人回家的後續經過了吧，那兩個女鬼不是平空出現，是有人派她們去的，那個人……」

「我知道……」葉子點點頭，說：「我媽承認她找吳天機幫忙，除了想讓我身體好轉之外，也想挽救她的婚姻……但她不知道吳天機派鬼害人，甚至還把那種東西引到家裡來。昨天她和爸談判後就已經放棄他了，她答應我不會再和吳天機聯絡，也不想對付那女人了——我媽本來不知道那個人是她，她曾經是我媽最要好的同學之一。」

韓杰本來想說，倘若她媽媽嘴上說歸說，私下仍與吳天機同謀騙鬼害人，那麼他的矛頭便不得不指向她媽媽了——但他沒說出口，而是默默載著葉子來到一家速食店用餐。

「妳打聽出什麼？」韓杰將薯條往嘴裡塞，又大口吸起可樂。

「我媽說吳天機是朋友介紹給她的。」葉子吃著漢堡，說：「她沒有去過吳天機的工作室，都是約在餐廳見面，平常用電話或是網路聯絡，所以她也不知道吳天機的本名……」

葉子見韓杰若有所思，便說：「不如這樣好了，我自己約吳天機出來，套套他的話。」

「不行！」韓杰差點將嘴裡的可樂噴出，大力搖頭，嚴厲地說：「妳千萬別做蠢事，那樣會害死我，也會害死妳自己！」

「爲什麼呢？」葉子見自己的提議被視作蠢事，不禁感到委屈。「他又不知道我幫你套話，我就說我想替媽媽對付那女人呀——我當然不會眞的那麼做，但這個理由挺有說服力的不是嗎？」

「妳當他白痴啊！他知道我們認識，會信妳才有鬼！」韓杰嚴厲地說：「要是妳爲了幫我害著自己，這責任我要扛的，不但會害到我，可能也會牽連到我底下家人的輪迴證。妳千萬安分一點，不准亂來，我自己會想辦法查清楚！」

「你怎麼查？你不是說連警察朋友都查不出他的身分嗎？」葉子嘟嘟囔囔地問。

「我今晚處理完事情，明天就去找他師父問清楚。」韓杰這麼說。

「他師父……啊！是你說的陳七殺？」葉子瞪大眼睛。

「對，我不想再兜圈子了，我要直接去找陳七殺問清楚。」韓杰點點頭。

「你們……不會打起來吧？」葉子怯怯地問。

「他不動我，我也不會動他。」韓杰笑著說：「他要動手，我也只好還手。」

「那……你今晚的事情會很凶嗎？」葉子問：「我可以跟去看嗎？」

「凶是不凶，但一群三姑六婆有什麼好看的。妳不回家好好休息？」

「我想在還活著的時候，看看更多事情。」葉子笑著說：「認識更多人，甚至是……不同世界的朋友……」

「醫生不是說妳身體沒問題？」韓杰皺起眉頭。

「現在血癌死亡率沒以前高了。」葉子說：「但我還是得做好心理準備呀，要是病情惡化了，我在床上動不了的時候，回想過去兩年每天關在家裡，什麼也沒做、什麼也沒玩，等爸爸媽媽回家吃飯……結果……他們卻……」她說到這裡，吸了吸鼻子，喝了口可樂，說：「我覺得在這時候認識韓大哥你，說不定是我的福氣，要是我眞變成了鬼，流浪街頭被壞鬼欺負時，拜託你千萬要來保護我囉。」

□

韓杰在等紅綠燈時，呆然望著後照鏡裡向他做鬼臉的葉子。

「你發什麼呆啊？」葉子提醒。「綠燈了。」

「……」韓杰催動油門，半晌才說：「我實在搞不懂我到底在幹嘛。」

「不懂什麼？」

「不懂我幹嘛要帶個認識沒幾天的小丫頭去處理鬧鬼案件。」

「哈哈，這叫當局者迷，旁觀者清。這其實很好懂啊。」葉子嘻嘻笑著說：「因爲韓大哥你是好人，所以被我一番話打動。你也不忍心看一個人明明還能跑能跳，卻像隻被剪了翅膀的鳥關在籠子裡等死，所以雖然嫌麻煩，但仍願意帶我去玩——就像你雖然常罵小文，但沒有關著牠，而是打開籠子，隨牠在家裡蹓躂一樣。」

「我關著牠牠怎麼叼籤給我？」韓杰哼哼地說：「妳別老說自己在等死，不能說是求生嗎？」

「是，我會努力求生。」

「還有，我也不是帶妳去玩。」

「是，韓大哥你是去替太子爺辦案。」

「知道就好，等等記得乖一點，別開口亂講話。」韓杰提醒。「鬼有時情緒變化很大……前一秒看起來正常，下一秒翻臉也是有的……我剛開始時不懂，吃過不少虧。」

「是喔……」葉子笑著說：「王小明看起來就很正常啊……不，我是說他的情緒好像很一致，雖然有時有點超過，但至少比較像人，不會突然發狂。」

「那是因爲有我盯著他。」韓杰說：「鬼是人變的，很多人在比自己強和比自己弱的人面前是兩種樣子；王小明是不是那種人我不知道，但如果他在東風市場亂來，我可不會放過他——或者說那些老鄰居也不會放過他。他們會撕了他。」

「撕了……他？」葉子吐了吐舌頭，像是有點不明白鬼被撕開是什麼樣子。

他們有一搭沒一搭地閒聊著人和鬼，又經過半小時車程，來到一處社區大樓外。這社區大樓高聳新穎、管理森嚴。

韓杰停妥機車，帶著葉子來到管理室前，請管理員通報住戶，然後搭乘電梯上樓。

電梯在十一樓停下，梯間一戶人家大門敞開，一對年輕夫妻在門外接應。男人身材渾圓，穿著襯衫、戴著眼鏡，神情疲憊；女人挺著數個月大的肚子，臉上帶著濃濃的黑眼圈，像是許久沒好好睡上一覺了。

「我要你們準備的東西準備好了吧？」韓杰在那對夫妻帶領下步入屋內，抖了抖外套，見他們遲疑地望著葉子，便說：「別擔心，她是我的助手。」

「助手……」男人說：「我記得你說過你都獨來獨往……」

「他獨來獨往時容易衝動。」葉子插嘴說：「這件事情和平處理會比較好對吧，我是和平使者喔。」

「是、是是……」男人點點頭。「我真的不希望……和幾位長輩鬧僵……」

夫妻倆領著韓杰和葉子，繞過客廳往餐桌走去。

葉子望著客廳裡盤坐在柔軟地毯上、懷中抱著一本書的男孩；男孩約莫四、五歲大，穿著特別訂製的兒童西裝，胸口別了個大蝴蝶結，戴著厚重眼鏡，雙眼也有兩個大大的黑眼圈，茫然無神地看著葉子和韓杰。

餐桌中央擺著幾支粗蠟燭，周圍擺了十餘道菜餚，彷如年夜飯般豐盛。男人招呼韓杰和葉子入座，女人則忙著添飯——並不是替韓杰和葉子添飯，而是在餐桌上擺上四碗飯，再分別在每碗白飯插上三支點燃的線香。

男人跟著在四碗白飯旁擺上四個不同杯子，倒入不同飲料——高腳杯裝葡萄酒，小瓷杯裡裝著熱茶，水晶玻璃杯裡裝著高級氣泡水，大馬克杯則是三種新鮮水果打成的果汁。

然後，夫妻倆緊張地拉來孩子一起入座，靜靜地坐著一動也不動。

韓杰望著滿桌菜餚，有些後悔剛剛吃了速食，但他還是不客氣地拿起筷子挾了隻雞腿進自己碗裡，正準備替葉子也挾一隻，但葉子立時搖頭；她正配水吃藥，化療後她的食慾只有過去的二分之一都不到。

在前來途中，韓杰已經大致向葉子說明過這家人的情況。

這年輕夫妻一家子，受著四位「長輩」叨擾已有一段時間——她們是男人的四位姑姑，生前在事業上各有成就，感情要好，但在某次旅遊途中的交通事故一齊去世。

四位姑姑兩人未婚、兩人與丈夫離異且都未生孩子，她們過去便一直將這姪兒視爲乾兒子疼愛有加，男人也因四位姑姑同時離世而傷心不已。

兩年前他夫妻倆帶著才兩、三歲大的兒子參與家族掃墓，與親人閒談時，半開玩笑地稱要讓孩子認四位姑姑當乾奶奶。

從那天之後，小男孩眞的多了四個乾奶奶。

最初幾個月裡，夫妻倆聽聞兒子開始述說種種關於乾奶奶們的事蹟時，心中雖然驚恐，卻也充滿了感激——兒子聲稱在遊樂園溜滑梯差點摔下滑梯時，是三乾奶奶拉住了他；幼稚園進行機智測驗遊戲時，四乾奶奶偷偷告訴他答案；和鄰居小朋友爭搶玩具時，二乾奶奶替他搶贏了玩具；晚上睡覺前，大乾奶奶在他床邊對他說故事……那時候他們夫妻相信，在四位精明又熱心的乾奶奶照料下，兒子或許會有個相當安全且充滿長輩關愛的童年。

這樣驚恐與感激交雜的情緒過了一段時間，就漸漸只剩下恐懼了。

四位乾奶奶們似乎熱心過了頭，且行徑愈加誇張——

社區裡那個總愛取笑小男孩的女孩，從溜滑梯上落下摔斷了腿，小男孩睡前向男人供稱是三乾奶奶推的；幼稚園女老師跌倒扭傷了腳踝，小男孩供稱是四乾奶奶認爲那老師對其他孩子偏心所以略施小懲；大乾奶奶每晚講的故事越來越長，小男孩的睡眠時間便越來越短；二乾奶奶會偷偷將零食糖果塞入小男孩的口袋和小書包裡，讓他在幼稚園掏口袋找衛生紙時翻出一堆糖果，受到其他孩子投射來的異樣眼光——結果那些討要糖果討得有點粗魯的小孩們，也會紛紛受到「小懲」。

就在夫妻倆開始擔心孩子的人格會因此受到影響而偏差時，乾奶奶們自己先起了內鬨——在小男孩接近學齡時，四位乾奶奶的教育方針有些歧異。

留日的二乾奶奶認爲人生要勝在起跑點上，要大乾奶奶別再講稀奇古怪的床邊故事，該教導他外語對話；留法的四乾奶奶卻崇尚人本教育，認爲孩子應當有個充滿童趣的童年，要求讓小男孩每天待在公園裡的時間久一點，讓他接觸青草和土地；作爲中文系教授的大乾奶奶，對二乾奶奶那外語至上理論雖然沒什麼意見，但剝奪了她對小男孩講故事的時間就不行；經商有成的三乾奶奶對睡前該聽故事或是學語言沒什麼意見，但十分迷信風水，對家中擺設有非常多的意見。

夫妻倆漸漸開始夢見那些乾奶奶，每位乾奶奶每晚都交代許多事情，從教育方針到飲食叮嚀再到家具擺設方位甚至是小男孩將來的擇偶條件都有意見。

又跟著，乾奶奶們不但在夫妻倆睡夢中出現，也開始在他們清醒時現身。

因爲她們認爲託夢實在太沒有效率，夫妻倆醒來之後不是忘了大半，就是忘了哪則叮嚀是哪位乾奶奶提出的建議。

夫妻倆漸漸有種惡夢成眞的感覺，他們不敢忤逆乾奶奶們，卻也無法一一照辦——因爲就連乾奶奶彼此之間意見都不一致，順了這位乾奶奶便逆了那位乾奶奶；有時半夜乾奶奶們自己吵得不可開交，玩具、課本嘩啦啦地滿天亂飛，有如恐怖片場景。

夫妻倆請來家族長輩出面協調，家族長輩又帶著不知哪找來的法師幫忙，那法師收下豐厚酬勞前來作法幾次，拍著胸脯再三保證已超渡了四位長輩，隔兩天便滾下樓住了幾個月醫院，收下的酬勞全成了醫藥費，還倒貼不少。

小男孩偷偷和男人說，乾奶奶們不願發長輩脾氣，所以不當場現身，卻把氣全出在那假法師身上。

那時，小男孩的媽媽又懷上了孩子，意見不合的乾奶奶們開始爭論下一胎的教育主導權應該歸屬誰了。

約莫在一週前，就在夫妻倆瀕臨崩潰之際，終於在出門送小男孩上幼稚園時，被領命找來的韓杰攔下。

長談之後，他們與韓杰約好了今晚飯局。

今晚是四位乾奶奶的忌日。

餐桌上除了韓杰大動作挾菜往嘴裡塞之外，其他人都靜悄悄地不吭一聲，連筷子都不敢碰。

客廳燈光一陣閃爍，然後暗下，接著是廚房、廁所的燈光先後滅去。

最後是飯桌上的吊燈暗去——男人在客廳燈光閃爍時，便已點燃餐桌中央的幾支蠟燭。

一陣風吹來，吹滅了三支蠟燭，最後一支蠟燭也搖搖欲滅。

「放輕鬆點，各位乾奶奶，今晚我來陪大家吃飯聊天，不是來嚇孩子的。」韓杰淡淡地說，起身從男人手中取過打火機，又將熄了的蠟燭點上。

葉子吸了口氣，夫妻倆也一齊哆嗦，他們同時見到四張空椅子漸漸浮現出四位乾奶奶的身影，那身影逐漸從模糊轉為清晰，如同真人一般——只是臉上氣色稍微黯淡了些。

四位乾奶奶不約而同望著韓杰，再望向男人，紛紛露出哀淒眼神，喃喃地說：「兒啊，你……又請來新的法師來對付媽媽們？」「我們過去對你，不比你親媽差呀……」

「四位乾媽，我並不想對付妳們，我想跟妳們好好聊聊……」男人長長嘆了口氣，難過地說：「這樣下去不是辦法……」

「這樣下去怎麼了？我們只不過想疼疼我們的乾孫子。」「我們一直保護著他。」「是你要小志認我們做乾奶奶的……」「乾奶奶關心乾孫子天經地義的呀！」

四位乾奶奶一人一句。

「各位乾奶奶……」韓杰嘴裡塞著菜，用筷子敲了敲桌面示意輪到他說話了。「我不懂教育、不懂怎麼帶小孩，但我當過小孩，人人都當過小孩，妳們難道不覺得一個小孩有五個奶奶是一件很奇怪的事情嗎？」

「什麼五個奶奶，只有四個！」四位乾奶奶連珠炮似地說：「阿琳命苦，早過世了，我哥鰥寡好多年啦。」「我還等著阿琳來當正牌奶奶呀，這樣我們順位要調整一下，但等了好久就不見她現身。」「小志有四個奶奶疼愛，那是多麼有福氣的一件事呀！」

「好、好、好……」韓杰連連點頭，他不曾有同時與這麼多乾奶奶爭辯的經驗，一時連話都插不上。「等等、等等！有一堆奶奶照顧當然很幸福，但妳們意見都不一樣，妳要小孩子聽誰的呢？要學英文還是日文？晚餐要吃雞還是魚？床頭要朝東還是朝西？」

「當然聽我的，我是她們大姊。」「誰說大姊講的話就該聽？應該講道理。」「床頭朝東朝西不要緊，但床尾不對門、床下不堆物、窗比腰高才行呀……」「我是留日的，但我認爲英文更重要，我比較客觀，聽我的才對。」

韓杰拉高分貝打斷乾奶奶們的話，說：「各位乾奶奶們的意見當然重要，但是小孩還是應該先聽自己爸爸媽媽的話不是嗎？幾位乾奶奶以前也是先聽爸爸媽媽的話對吧。」

「不對。」「我們都聽爺爺奶奶的話，我們爸爸媽媽在家裡不敢忤逆爺爺奶奶。」「是呀，我還記得有一次爸爸他……」幾位乾奶奶似乎被韓杰的問話勾起了許多童年回憶，話題一下子聊及幾十年前老家往事了。乾奶奶們講得興起，還不時問男人：「你記不記得，我們以前跟你講過呀，你爺爺他呀，呵呵……」

「時代不同了，各位奶奶……」韓杰焦躁地扳著手指，似乎漸漸感到要在口舌上勸服這些乾奶奶，比用拳頭把作祟惡鬼打下地獄還困難些。「年輕夫妻有他們的管教方式，這麼多乾奶奶妳一句她一句，小孩子連覺都睡不好了，怎麼健康長大呢？」韓杰說到這裡，指了指小男孩，又指了指夫妻倆。「妳們看，妳們乾兒子乾媳婦和乾孫子看起來都累壞啦——鬼太近人，會削弱人的陽氣，也容易引來居心不良的鬼魅近身……」

「放屁！我在日本學的是科學，誰信你這套鬼話！」「不喲二姊，妳別鐵齒，有些事寧可信其有……」「是啊，老二妳忘了現在自己也是鬼呀。」「妳們信他那妳們滾遠點，我才不信，眞有壞鬼魅敢來搶小志，我一個人打跑他們。」「原來世上眞有壞鬼魅呀，那我們更要留下來保護小志呀！」乾奶奶們各種意見雖然交錯紛雜，但留在這兒的意願卻相當一致。

葉子見韓杰臉越來越臭，彷彿耐心漸漸流失，便突然插嘴說：「各位乾奶奶，聽我說幾句吧，大家都是女人，應該體諒人家媽媽懷孩子辛苦、生孩子辛苦，孩子畢竟是他媽媽親生的，怎麼也該讓他媽媽自己來帶呀……」

四位乾奶奶彷彿被葉子說中痛處，紛紛瞪向她。「妳這小妹妹又是誰？大人說話輪得到妳插嘴？」「妳幾歲呀？妳生過孩子？」「我們就是體諒他媽媽辛苦，所以幫忙照顧孩子呀。」「上次小志在溜滑梯差點跌下來，要不是我拉著他……」

「四位姑姑！」一直沒有開口的男主人，突然重重一拍桌子，站起身來，顫抖地說：「我很感激妳們從小對我的疼愛，但是……不能再這樣下去了，美鳳已經懷了第二胎，小志也快要上小學了，眞的……不能再這樣下去了……」

他邊說邊離座，在餐桌旁伏地跪下，重重磕起頭。

「請妳們離開我們家吧。」

女主人也撫著肚子起身，來到丈夫身邊，一齊跪下，向餐桌四位乾奶奶磕頭。

小男孩不知所措地望著四位乾奶奶，他並不討厭她們，他在最初知道自己身邊有著四個乾奶奶的時候，也不覺得驚訝或是奇怪，他以爲所有小朋友都能見到她們，以爲所有小朋友都和他一樣有許多乾奶奶——但他漸漸發覺身邊老師和小朋友都莫名其妙地受傷，且遠離他、害怕他，不和他玩了。

他也起身，來到媽媽身邊，一齊跪了下來。

四位乾奶奶站了起來，神情哀淒，紛紛望向韓杰，眼神中流露出濃濃的怨怒。

但她們什麼也沒有做，而是緩緩消失。

客廳、廚房、廁所的燈光閃爍一陣之後重新大放光明。

「她們……她們走了？」男主人摀著紅腫額頭，暈眩站起，害怕地東張西望。

「事情解決了？」葉子望著寧靜四周，遲疑地問。

「……」韓杰沒有回答，只是哼哼一笑，站起身來，準備告別，並推辭了男主人塞來的紅包。「我之前說過了，不收錢的。」

韓杰沒有再多說什麼，也沒理會葉子不斷問話，領著她下樓上車，駛出巷弄，繞上大街。

玖

「韓大哥，你要騎去哪？」葉子見韓杰機車行駛方向不是往東風市場也不是往她家，不禁有些好奇。

「抓穩點。」韓杰從後照鏡裡望著葉子，哼哼一笑：「怕的話閉上眼睛，不過如果妳喜歡刺激，也可以看看。」

「看什麼？」葉子正有些不明白韓杰這麼說是什麼意思，便見到前方一輛廂型車頂尾端坐著一個老婦人直勾勾地望著自己——正是剛剛的四乾奶奶。

三乾奶奶站在後方一輛機車後座上，雙手按著騎士雙肩。

二乾奶奶側坐在左邊一輛汽車頂上；大乾奶奶則在右側人行道上狂奔。

四位乾奶奶圍繞在韓杰機車前後左右，緊追著機車。

「哇！她們……她們該不會怪我們挑撥離間，想找我們出氣吧！」葉子見四位乾奶奶眼神怒得像是要噴出火一般，嚇得哇哇大叫。

「找我出氣？」韓杰哼哼冷笑幾聲，在某個路口突然轉彎，拐進小巷弄裡。「只好算她們倒楣，找錯人了。」

四位乾奶奶追入巷弄，飛快逼近韓杰的機車。

葉子雙手抓著車尾握柄，見幾位乾奶奶全力飛奔，探長了手撈她手腕，手腕被扒了幾下，出現幾條瘀痕，嚇得她驚慌大叫，身子往前撲貼上韓杰後背，環抱住韓杰腰間，想盡量遠離那些乾奶奶。

「喂喂喂！老天睜眼喔，跟我無關，情況緊急。」韓杰嚷嚷叫著，像是在向「上頭」喊話，解釋著葉子抱他可非不法利益，而是緊急避難下不得不爲的舉動。

但老天似乎不接受這樣的解釋，韓杰開始感到背後像爬開一片螞蟻般刺癢起來。他加速駛轉入另一條巷弄，嚷嚷喊著：「我口袋有符，快拿出來撕了！」

「口袋？符？」葉子聽韓杰這麼說，連忙伸手在他外套口袋掏摸翻找，果眞摸著一小疊符——那些符其實只是裁切成長條狀的廣告廢紙。

上頭寫著金色符字。

「一張就夠，那些符很貴的！其他放回去！」韓杰低頭見葉子將整疊符都掏出準備撕毀，連忙喝止。

「你不講清楚！」葉子只好再將其他符塞回韓杰口袋，只留一張符抓在手上；她感到乾奶奶的手搭上了她的肩，扒抓著她後背，甚至在她頸後吹氣、在她耳際輕語。

「你們好狠的心吶，爲什麼要拆散我們和小志？」「你們對我乾兒子說了什麼？」「你們故意說我們壞話！」

葉子在感到頭上假髮幾乎要被扯下之際，撕開了手上的符。

一陣金光從她手中碎符溢開，像是風、像是水，流過她的胳臂、裹上她全身。她耳際嗡嗡響起一聲聲彷彿遠山的鐘鳴，以及韓杰吟唸的咒語。

幾位乾奶奶不約而同鬆開了手，滾退老遠，卻又不甘心地瘋追在後。

葉子身上的金光時亮時暗，每當乾奶奶們逼得近時，韓杰咒語便會唸得大聲些，葉子身上金光也會稍微亮點；乾奶奶們退得遠時，韓杰便又閉嘴竊笑，甚至減速誘她們追來，像是故意捉弄她們般。

「韓大哥，剛剛發生了什麼事？」葉子趁著機車緩下速度時，重新戴好假髮髮帽，緊張喘氣問：「你想怎麼對付她們？」

「妳看下去就知道了。」韓杰哼哼一笑，見乾奶奶們氣呼呼地又追上來，便重新加速，轉入另一條小巷。

這條小巷狹窄，兩側牆高，前方數十公尺處也是面牆，竟是條死巷。

「呀！韓大哥，前面沒路！」

「噓，別吵著鄰居。」

韓杰在死巷盡頭停下，還微微甩尾調轉車頭，令機車打橫，車頭稍微朝向入口，冷笑望著四位氣得橫眉豎髮追入巷裡的乾奶奶。

「呀！你們沒路可逃了！」「是條死巷子！」「把他們的腿打斷——」乾奶奶們飛梭竄來。

韓杰高高揚起那張早已捏在手裡的廣告紙符，符上隱約可見龍飛鳳舞的金漆字跡。

一陣金光符字從他手上耀開，猶如一面牆，阻在他與四位乾奶奶之間；同時，死巷兩側牆面、地上一齊亮起金光，上空鋪開一片金色符字，就連巷口也立起一面金光符牆，整條死巷六面符字牆猶如一座巨型獸籠，將四位乾奶奶困在其中。

兩人下車，韓杰抖了抖外套，反手抓癢；葉子則縮在角落，用手摀著臉，從指縫偷看那四位乾奶奶——此時乾奶奶們的面容便與電影裡的淒厲惡鬼沒有兩樣，個個露出想將他們生吞活剝的神情。

「妳還好吧。」韓杰對葉子說：「妳現在知道這種事情沒想像中好玩了對吧。這不是遊戲。」

「很……很好玩呀，只是……有點危險，剛剛……」葉子氣喘吁吁地望著手腕上被乾奶奶抓出的瘀痕，說：「接下來怎麼辦？」

「接下來才要開始眞正的談判囉。」韓杰推了推幾面符字牆，調整積木般將幾處牆面推向乾奶奶們，令她們佇身空間一下子窄縮許多，逼得她們不得不背貼著背，直挺挺地站著。

「這小伙子好厲害呀！」「我眼睛睜不開了。」「他讓乾兒子跟我們翻臉，現在想弄死我們！」乾奶奶們咆哮哭叫著。

「……」韓杰見四位乾奶奶罵聲不斷，便敲敲符牆，令符牆金光更亮，像是調高烤箱溫度一般。

「韓大哥……」葉子抓住韓杰胳臂大力搖動，急急地說：「你要讓她們魂飛魄散？她們……她們是惡鬼嗎？」

「差點就是了。」韓杰冷冷地說：「鬼的力量有高有低，有些人死去多年也難成惡鬼，有些人死去不久就又凶又惡；這四個老女人一不開心就讓鄰居小孩跌斷腿、幼稚園老師扭傷腳；她們敢推我的車，當然也敢推其他人的車，哪天推大力了，說不定就推走幾條人命——」他說到這裡，按著乾奶奶頭頂上方那面符牆，將上方符牆壓低，逼得四位乾奶奶抱膝蹲下，縮成一團。

「我……我只是推那小女孩一下……誰教她老是……笑我家小志呀。」三乾奶奶邊哭邊替自己辯解。

「妳在世時，見到鄰居小孩嘲笑小志，也會這樣對她動手嗎？」韓杰這麼問。「人間有法律，鬼界有規矩，就算做鬼，也要守規矩的——那就是不能隨意動手傷人，妳們不知道嗎？」

「我們怎麼會知道呀！」乾奶奶們嗚嗚哭了起來，她們的戾氣似乎被符牆金光烤散大半，虛弱許多。「從來也沒人……教我們怎麼當鬼呀。」

「過去怎麼當人，現在就怎麼當鬼啊。」韓杰這麼說：「妳們可以疼愛乾孫子，但不能過度干涉人家；妳們遠遠地看、偶爾託個夢就行了——這規矩不是我訂的，是上頭訂的；跟妳們乾兒子也沒關係，我不是他請來的，是我主動找上他的——也是上頭派我找他的，因爲妳們踩線了。」他這麼說時，見四位乾奶奶愈漸虛弱，便按了按符牆，令金光黯淡許多，繼續說：「妳們要慶幸上頭只派我來『勸勸』幾位大姊，要是勸不聽，我只好讓妳們再也見不到乾孫子啦。」

四位乾奶奶聽韓杰這麼說，紛紛嚎啕大哭，還邊哭邊罵：「你這混蛋別講那麼多了，你乾脆殺了我們。」「上頭是誰那麼狠心呀……」「我們心願未了就意外死了，好冤呀……」「你不讓我們陪著小志，我們當鬼也沒意思！」

「四位奶奶……」葉子見乾奶奶們嘴硬，又見韓杰不發一語，怕他眞要將她們烤乾，連鬼也做不成，連忙說：「韓大哥剛剛也說過了，鬼太近人，會害著人——韓大哥說過人死後變鬼，腦袋可能會有些錯亂，所以妳們現在可能還想不透自己的做法其實對小志不好、對他們全家都不好；小志快要上小學了，他在家有爸媽照顧，在學校有老師同學，妳們要放手讓他自由發展，這樣他身心才會健全呀……」

「妳臭丫頭……說來說去，就想說小志不需要我們……」「嗚嗚嗚嗚我好苦呀、好冤好怨呀！」「這世上沒人需要我們……」「我們還留著幹啥？快呀！動手呀！渾球……」

「我說乾奶奶呀，妳們想要乾兒子、乾孫子，再另外認一個不就行了？」葉子說：「妳們一樣可以教他做人處世，一樣可以對他講故事，一樣可以要他孝順妳們呀……」

「妳當收養野貓野狗呀，我們去哪認個新乾孫子？」「說什麼蠢話，再認一個還不是跟現在一樣，又說上頭不准這個不准那個！」「上頭瞎了眼呀……」

「誰說的，我就認識一個男孩子，年紀跟妳們乾兒子差不多，三十歲了還很幼稚，他是挺需要乾媽照顧的。」葉子這麼說。「且他也不怕鬼近他身，因爲他已經死掉變鬼了……」

「誰啊？」「世上有這種人？」「妳要介紹新乾兒子給我們？」

四位乾奶奶被符牆金光烤得暈眩茫然，喃喃地問。

「哦！」韓杰聽葉子這麼說，倒像是聽見了個好點子般睜大眼睛，揚了揚手收去符牆金光，說：「妳們要是嫌平時當鬼日子無趣，想認乾兒子、認識些鄰居朋友找話聊，可以跟著我回家；要是還不服氣想找我報仇也成——但我保證我一定會還手。我還手通常都很大力。」

□

「韓大哥……我不明白你的意思……」

王小明愕然望著韓杰和他身後四位乾奶奶，以及佇在一旁尷尬竊笑的葉子。

「你不是想學怎麼用電腦？我替你找了四位老師，教你怎麼用鬼身碰凡世實物。」韓杰清了清喉嚨說。

「老師……」王小明呆愣愣地說：「可你剛剛說的是乾媽……」

「什麼乾媽，是乾奶奶！」大乾奶奶這麼說，瞅著王小明埋怨起來：「他又不是小孩子，他是大人了！我才不要這麼難看的乾兒子。」

「大姊妳傻啦？這東西給妳當乾兒子不要，當乾孫子妳反而要？」二乾奶奶立時接話：「我才不要這麼大的乾孫子，眞是噁心！」

「是呀，姓韓的，你不是說整層樓有許多小孩嗎？爲什麼挑這隻怪胎給我們？」三乾奶奶和四乾奶奶分別說：「他是白痴嗎？我們這把年紀都會用電腦，他不會用？」

「唔……」王小明被這突然殺進門的四位乾奶奶一陣沒來由地挑剔，不禁感到委屈，不明白自己招誰惹誰了。

他本來靜靜待在三樓一間韓杰安排給他的空房裡，一整天不是上廁所照鏡子，就是望著窗外痴痴妄想，一心盼著晚上「鄰居」現身時，韓杰帶他上樓認識個好女孩。

韓杰來是來了，卻帶了四位老婦人上門，要他跪下磕頭認她們做乾媽甚至是乾奶奶。

「各位乾奶奶……」韓杰見四位乾奶奶就快將王小明罵哭，連忙插嘴說：「他不是一隻怪胎，他跟妳們一樣生前是人；他電腦用得可溜了，但不同的鬼特性不同，有些人死後成鬼，需要很久的時間才能觸碰到凡世萬物。他是個可憐的孩子，生前孤單沒朋友沒人疼，死後很多東西不懂——四位乾奶奶既然嫌生活無趣，不如就認他當乾孫子，教他點做鬼處世的竅門和道理。」

「韓大哥，我媽媽跟奶奶都還在世，我不需要乾媽和乾奶奶……」王小明怯怯地躲在韓杰身後，低聲說：「電腦我自己可以慢慢學，不須要麻煩四位老太太……」

「什麼老太太，我們有很老嗎？」「臭小子，你知道你媽媽和奶奶還在世，那你還自殺？你就捨得讓她們傷心？」「你這種宅小子生前應該每天上網打遊戲吧，結果死了還摸不著電腦，你長得跟豬一樣，連腦袋也笨得跟豬一樣！」

四位乾奶奶圍了上去，包圍住王小明不停數落起他。

「東風市場裡雖然有其他小鬼，但這棟大樓當年失火，那些小孩子多半連著家人一起成鬼，他們本身都有爸爸媽媽在身旁照料的。」韓杰這麼說：「四位乾奶奶不嫌棄，大家交個朋友，跟左鄰右舍混得熟了，我再介紹其他孩子給妳們認識。」

「省省吧你！」四乾奶奶搧著手，獨自晃到窗邊垂淚，像是還想著小志。「你當孫子和流浪狗一樣路邊隨便認都行吶？」

「這屋子大粱蓋得亂七八糟，難怪有災。」三乾奶奶打量起王小明這房間——東風市場三樓大多房屋都已清空，但也有些屋主舉家搬走後，屋內還堆著家具雜物，閒置至今。王小明這間房裡不但有沙發床鋪，還有一台老舊得像是古董般的電腦主機，搭配著體積龐大的映像管螢幕。

「總之呢，你就當幫我個忙，當個乖孫子，討幾位乾奶奶開心。」韓杰攬著王小明的肩，低聲說：「如果你學會碰東西，我會想辦法弄台電腦或是手機給你上網，你不是有幾部卡通積了好多集都沒看了，你不想知道後續發展嗎？」

「韓大哥，我追的那些是『動畫』，請不要叫它們『卡通』……」王小明喉間像是塞著許多委屈想抗議，但是他還是忍不住優先抗議起韓杰使用「卡通」這個詞彙。他快速對韓杰解釋起他心中「卡通」和「動畫」這兩種詞彙之間的分別。

「子時快到了。」韓杰一點也不想和王小明討論那種話題，哈哈一笑，攤開手退遠，對著四位乾奶奶和王小明說：「細節你們自己慢慢談吧，談不成也沒關係，就當沒緣分，總之別給我惹麻煩——不，是別給『上頭』惹麻煩，各位在陽世的一舉一動，上頭都有在看的。你們在陽世惹了麻煩，上頭就會找我麻煩，到時我也不得不找你們麻煩。」

韓杰這麼說時，認真地伸手向上指了指。

四位乾奶奶和王小明也不約而同往上瞧了瞧。

拾

韓杰將王小明和乾奶奶們帶回東風市場之後，默默觀察幾天，見他們與老鄰居們相處和睦、沒起事端，這才放心獨自行動。

這晚他步出台東火車站時，已經入夜。

他在火車站旁租了輛機車，騎了好半晌，抵達山郊一處小廟前。

小廟那四十餘歲的廟祝與他是舊識，早先接到他電話，一大早便將廟裡小房打掃乾淨，連被套都換上新的，見他終於到來，興沖沖地帶他進房。

「什麼？韓大哥你睡在廟裡？我以為你住旅館……」葉子的聲音自韓杰手機傳出。

「妳當我在旅行呀，住旅館？上頭可不會替我出錢！」韓杰不耐地說：「妳每隔一小時就打來，要是剛好我在打架，打得半死不活，害我分心了怎麼辦？」

「好吧，我不吵你了……」葉子說：「但我一個人在家裡好無聊……我可以自己去東風市場嗎？乾奶奶們對王小明的宅男打扮有很多意見，老是挑他毛病，我想買些紙衣給他，老爺子說會教我怎麼燒給他。」

「我是建議妳別亂跑……唉，算了，腳長在妳身上，我也管不著。」韓杰說：「不過妳別待太晚，子時之前一定要離開。如果真有事，就向老爺子求救吧，他是東風市場裡除了我以外，膽子最大的——他是市場裡的老鄰居，不管活鄰居還是死鄰居，都給他面子。」

韓杰掛上電話，見廟祝搓著手還站在門邊，便問：「阿福，幹嘛？」

「阿杰，是太子爺派你來的吧，太子爺有什麼吩咐？……」那叫作「阿福」的廟祝怯怯地說：「我這幾年可都沒亂來喲，我有按照你的吩咐，定時接濟鄉里，什麼海邊淨灘、掃街清理積水、遊民餐會什麼的我都出錢出力……虧了太子爺保祐，家裡幾位哥哥生意興隆，我老婆孩子也健健康康沒生什麼大病，這小廟香火越來越旺——啊呀阿杰你別誤會，我現在自己做小本生意，在賣吃的，生意也不錯，留著這間小廟只是興趣，收來的香油錢，扣掉管理成本，全拿去做公益了，每筆帳都清清楚楚。」阿福一面說，一面奉上一本帳本。

「不錯呀，這樣挺好的；要是全天下大廟小廟都跟你一樣，我就不用這麼忙了。」韓杰隨手翻了翻帳本，也沒細看就還給阿福，說：「其實我不用看，要是你亂來，太子爺一吩咐我就知道了，要是他沒吩咐，我也懶得理。」他這麼說：「我這次來，跟你無關，是要忙別的事，借你廟睡兩天而已。」

「啊？這地方還會有什麼事……」阿福呆了呆。

「是啊，還能有什麼事。」韓杰無奈一笑。

「啊！該不會和他有關吧……」阿福聽沒自己的事，本來鬆了口氣，可是聽韓杰這麼說，兩隻眼睛瞪得極大，驚恐地問：「他……他不是退出江湖了？他這幾年都挺安分呀，我一直替你盯著他。」

「你盯著他？」韓杰哦了一聲。「他最近怎樣？」

「最近？」阿福不解地說：「他一直都是那樣子，幾乎不出門，一週裡只有一、兩天上市場買點東西，平時在老家種菜養雞，偶爾才有些朋友來看他，這幾年都是這樣過──我在市場裡有些朋友會替我注意他。」

「你別緊張。」韓杰點點頭，說：「我只是想向他打聽個人。」

「那……我先回店裡忙了……」阿福搓著手。「我怕老婆一個人忙不過來，晚點再來看你。」

「等等。」韓杰從口袋裡掏出幾張符塞給阿福，對他說：「這符的用法跟時機就和以前一樣。晚上你別來，平時白天最好也別來，廟裡有事我會替你處理。這幾天你家生意還是照做沒關係，但低調點，別特別替我打聽他，我臨走前會通知你。」

他見阿福捏著他的符，手微微發顫，像是在害怕，便拍拍他的肩，嘿嘿笑著送他出去：「沒事沒事，都說只是找他聊聊，打聽個無名小子而已。」

□

「這間三太子廟是我以前處理過的一件案子。」

韓杰坐在小廟裡看電視吃著肉羹麵，和葉子通著電話。

電話那端的葉子似乎已和老管理員混得熟稔，在他巡視大樓時，便獨自窩在小小的管理室裡，他們還交換了手機通訊軟體的帳號──老爺子手機玩得挺熟練，最近還沉迷某款熱門手機遊戲，與市場住戶小孩們組了個遊戲公會，一起防守據點。葉子本便是那遊戲的玩家，在老爺子遊說下，也加入了他們的公會。

「我揍過他幾次，也救過他全家，他看到我就像看到太子爺本尊駕到一樣。」韓杰拒絕了葉子傳來的遊戲邀請，他對那遊戲興趣缺缺，之前便拒絕好幾次老爺子的邀請。「他家裡幾個哥哥成就都不錯，就他接了這間廟，打著太子爺的名義報明牌；有次真讓他開出幾個號碼，他大肆宣揚，招來更多賭徒上門奉上香油錢要明牌，結果連續報出的明牌都沒開，害一堆人輸得亂七八糟找上門來，在廟裡潑大便、還砸爛了神像，當真惹毛太子爺派我來教訓他——那時候我剛好在追陳七殺的案子，我追著陳七殺從台北一路打到台東，順路就繞過來揍這個阿福一頓——當時他被我揍了，想找個靠山替他報仇，跑去跟陳七殺通風報信，想聯手對付我，結果他自己連同懷孕的老婆都差點被陳七殺獻給第六天魔王當祭品，最後是我救了他們一家。」

「哇！」葉子的聲音在電話那端傳出。「好像很精彩耶，韓大哥你回來告訴我完整的經過好不好？」

「再看看啦。」韓杰吃完麵條，說：「我要辦正事，時間也晚了，妳快回家，沒事就不要再打給我了。」

他說完便掛上電話，穿上外套出門騎車。

□

東風市場樓頂東側堆了些廢棄家具，西側有處小菜圃，其餘地方倒挺空曠。葉子與管理員老爺子站在燒金紙桶子旁，將手中一件件紙衣送入桶中，讓火焰吞噬。

王小明蹲在遠處，呆愣愣地望著金紙桶裡的火，他頸上繫著個項圈，鎖了條長鏈子，那鏈子一路連入東風市場三樓，綁在韓杰安排給他的住家門把上。

因為他前兩天受不了乾奶奶們安排的嚴厲課程，趁著三乾奶奶不注意時偷偷逃家，才跑不遠就被四位乾奶奶揪了回來，揪著耳朵輪番臭罵了好幾個小時。

韓杰為了安撫大發雷霆的乾奶奶們，捻著香灰造出一條長鏈子，讓乾奶奶們鎖著王小明——葉子為此自責不已，讓乾奶奶們照顧王小明本是她的提議，但似乎反而害了王小明。

這幾天四位乾奶奶們白晝便窩在東風市場三、四樓歇息，晚上四處串門子與鄰居閒聊，輪流指導王小明碰觸凡世實物。

她們其實一點也不喜歡韓杰硬湊給她們的乾孫子，她們嫌他樣貌討厭、嫌他穿著難看、嫌他笨拙痴傻、嫌他說話不得體，但她們指導起王小明時的認眞和嚴厲，可比一般課堂上的老師還要熱情，甚至激烈。

她們不但努力教導王小明碰觸陽世實物，還試著教導他上流社會各種社交禮儀、應對進退，甚至是高深的金融知識和外國語言，想將他從一個足不出戶、沉迷電玩漫畫的宅男，改造成彬彬有禮、討人喜歡的上流文藝青年。

她們想要證明給韓杰，以及韓杰的「上頭」看，她們確實有教育孩子的熱誠和能力，只盼韓杰和上頭通融通融，撤去乾兒子一家屋內室外的禁咒符法，讓她們能夠重回乾兒子家。

葉子在乾奶奶們要求下，從東風市場一樓香燭店裡討來一本老舊紙衣目錄，讓乾奶奶們親自東挑西揀——她們對服裝品味也大不相同，討論半天亦無結果，但香燭店裡紙衣庫存本便只剩幾套，葉子索性全數買下，一口氣全燒了。

老爺子在金紙桶裡灑了三杯酒，捻著香拜了幾拜，朝遠處的王小明招了招手。

王小明懶洋洋地走近金紙桶，伸手入桶撈了撈，撈出一件件新衣。

「好了沒呀！」「這麼慢。」乾奶奶們飄上頂樓，不耐地催促，見王小明腳邊堆著幾件沾著灰燼的衣褲，便迫不及待地要他換上。

王小明無奈地脫下他那卡通T恤和運動褲，換上鮮艷襯衫，再套上鮮艷西裝外套；有件小號西裝長褲怎麼也穿不下，只好改穿另一件大號西裝短褲——乾奶奶們見了他那寬鬆且滿布污漬的運動褲就有氣，時常爲此罵他沒衛生。

他穿上新皮鞋和長筒襪，整個裝扮看起來像是從某部偵探漫畫裡走出來，且膨脹變形的小學生一般。

葉子還替王小明繫上一個大紅色領結，掩飾他頸上的項圈。

王小明雙眼無神，對一身古怪裝扮也不以爲意，似乎已經放棄反抗。

反正他連自己的人生都已經放棄了。

陳七殺老家距離阿福那太子爺廟只數公里，韓杰不一會兒便騎到了陳七殺老家外。他見老三合院大門關著，但窗子隱約透著光，便停妥機車，走進三合院內空地，來到老宅關上的木門前，靜默半晌，像是盤算好了如何開口，才舉手敲了敲門。

「誰呀？」裡頭一個蒼老的聲音傳出。

「老朋友。」韓杰這麼說。

門板上一面小板揭開，露出一條橫洞，陳七殺在門後透過那橫洞盯著韓杰好半天，才說：「你來幹嘛？」

「來聊聊你新徒弟。」韓杰將吳天機的名片湊近那橫洞。

「他不是我徒弟。」陳七殺冷冷地說。

「他比你行。」韓杰說：「他的身上和法術沒氣味，差點騙了我；但他派出的女鬼，其中一個喊你大伯。」韓杰見陳七殺一聽女鬼，神情有異，便繼續說：「她們一紅一白。」

「他派她們……做什麼去了？」陳七殺瞪大眼睛，額上青筋畢露，像是惱怒至極。

「去害一個女人，被我壞了好事。」韓杰這麼說。

「……」陳七殺盯著韓杰的雙眼，像是要噴出火來，緩緩地開了門。

「你別瞪我。」韓杰說：「我沒傷她們，我用以前對付你的方法破了吳天機的咒，還她們自由——但她們似乎離不開他。我不知道她們和你是什麼關係，但如果她們繼續害人，我也不會給你面子，上頭也不會准我放水。你很清楚這一點。」

「白的是我姪女，紅的……」陳七殺開了門，也不招呼韓杰，自己轉身往房裡走。「是我親女兒。」

「你眞大方，連女兒都送給那小子替他做事。」韓杰也不客氣地跨門進屋，屋內便只是個尋常的鄉下老宅模樣，有小桌有電視，四周櫃子堆滿雜物。「還是你覺得這樣就不關你的事了？」

「誰送他了！」陳七殺轉過身，兩隻眼睛滿布血絲，一雙拳頭捏得死緊，像是隨時要撲上來掐死韓杰一般。「是他硬搶去的……是那……那……摩羅選上了他……派他來……奪走了我所有東西……」

他這麼說的時候，扯開衣服，露出枯朽胸膛上那條鎖骨至腰脅的巨大縫痕，裂縫以粗線縫著，縫得歪七扭八。

「你……」韓杰見那縫痕怵目驚心，愕然上前，一把揪住陳七殺手腕，用拇指按著他脈搏，瞪著他半晌。「你已經非活人？你……你……」

「摩羅大王……嫌我老了，不中用了……」陳七殺甩開韓杰的手，窩回藤椅，雙眼黯淡無光，喃喃地說：「他將以前給我的東西，全給那小子了……」

「你以前答應過我。」韓杰說：「如果第六天魔王重新找上你，你一定要通知我。」

「通知你？」陳七殺抬起頭，嘿嘿地笑。「通知你幹嘛？通知你又能怎樣？你那風火輪再快，有摩羅大王的手腳快？」他這麼說時，伸手比了比胸口，說：「他這麼多年沒找我，一現身就在我身上挖了個洞。你要我怎麼通知你？」

紅光。

「……」韓杰吸了吸鼻子，仔細聞嗅著房中氣味，轉頭見客廳後方一處小房門簾下透出

「裡頭都是新煉的。」陳七殺說：「很久沒煉，生疏了。」

「不介意讓我開開眼界吧。」韓杰這麼問，也沒經陳七殺允許，便大步走向那房間。

他進房前，頓了頓，右手放入外套口袋捏著尪仔標，才掀簾踏進房間。

兩坪大的隔間小房裡殷紅一片，三面小櫃上擺著各式各樣的瓶瓶罐罐，那些瓶罐中有陶罈、瓷罐和玻璃瓶，有些透明的瓶子裡裝著古怪的液體和不明內容物，瓶身罈口上都貼著符籙封條。

「眞的都是新的。」韓杰似乎感到那些瓶瓶罐罐透出的氣息裡散發出的凶猛敵意，不敢久留，連忙退回客廳，拉了張椅子在陳七殺面前坐下。

「味道好重。」韓杰揉了揉鼻子。「吳天機的把戲一點味道都沒有，他眞的青出於藍。」

「他身上沒味兒，是因爲他只是個空殼子。」陳七殺哼哼地說：「那小子不像我眞材實料，我的道行是自己上山下海修煉來的，他只懂點皮毛——摩羅大王看上他的性格，而不是他的力量……」

「哦？」韓杰倒是出乎意料。「吳天機是個草包？這表示他不難對付囉？」

「不。」陳七殺冷笑說：「摩羅大王安排了厲害打手給他，那小子不像我，我孤僻、不愛與人合作；那小子不一樣，他滑頭得很。」

「吳天機另外還有打手啊。」韓杰東張西望，打量著房內種種擺設，只覺得屋內亂中有序，幾處地方都放著奇異陶罈，加上陳七殺坐的位子，彷彿一個陣，將韓杰圍在中央。「包不包括你？」

「包括。」陳七殺點點頭，再次揭開髒黃衣服，露出可怖疤痕。「你難不成認爲摩羅大王在我身上動這手腳，是想替我延年益壽吧——這當然是讓我重新獲得力量，方便殺你。」

「好吧。」韓杰無奈地攤攤手。「我問歸問，也早做好準備了。」

「你可別怨我。」陳七殺悶吭幾聲說：「摩羅大王他活動好一段時間了，你現在才找上門，給我這麼長時間準備，只能怪你自己偷懶過頭。」

「你說的對。」韓杰聳聳肩。「我這兩年鬆懈了，開始替退休後盤算後路。」

「你擔心退休後沒了太子爺法寶護身，會被仇家找上門是吧。」陳七殺笑著說。「所以聽說你這兩年只辦一些雞毛蒜皮的屁事，不像早幾年人到哪拳頭到哪，拳頭到哪火尖槍到哪。」

「是啊。」韓杰乾笑兩聲，左顧右盼。「老朋友上門，不請我喝杯茶？」

「冰箱裡有幾罐啤酒，想喝自己拿吧，特地買來等著你。」陳七殺翻了翻白眼。「有沒有過期我就不知道了……」他說到這裡，語氣有些怨懟。「如果你認眞點，說不定可以逃過一劫……當初你是怎麼對我保證的？」

「當初我逼你放棄烏蒙流茅山術，逼你退出江湖。」韓杰起身，來到小冰箱前，打開冰箱門，從堆滿古怪動物臟器的冰箱中翻出半打啤酒，又從冰箱旁雜物堆中翻出一袋花生。

他回到陳七殺面前，翻看啤酒，只見早已過了保存期限，那袋花生也有些發霉，便皺著眉頭取出一罐啤酒放在陳七殺面前，自己打開一罐，湊近鼻端嗅了嗅。「酒裡沒下毒吧。」

「就算下毒也毒不死你。」陳七殺說：「太子爺不是給了你一副不死身？」

「是死不了，但該痛該苦的還是少不了。」韓杰說：「只是他很寬容，總是讓我撐到完成任務之後才開始受罪。」韓杰又聞了聞啤酒罐口，輕啜幾口，剝了幾顆花生吃下，皺起眉頭埋怨。「這花生都發霉了，有黃麴毒素，會致癌的，你家沒人吃的東西？」

「你踏進來之前，我這破房子裡已沒活人了，還囤著人吃的東西做什麼？」陳七殺也打開啤酒，咕嚕嚕地喝了起來。

然後潺潺流出的啤酒透濕了他身上那件泛黃汗衫。

酒是從他胸腹裂口縫痕中流出的，他的身子經第六天魔王改造，早已與常人不同。

「是我不好。」韓杰望著陳七殺被酒透濕的襯衫，隱隱有些內疚，他喝了幾口酒，喃喃地說。「是我怠慢工作，讓那第六天魔王重新找上你，害得你……」

「害我不要緊。」陳七殺捏扁空啤酒罐，隨手扔了。「但那兩個丫頭是我這些年的寄託，我知道自己做過許多天地不容的事，但她們無辜，我記得你同意報應不該波及無辜，不是嗎？」

「是。」韓杰想了想，說：「她們不該是你的報應，而是那吳天機和第六天魔王主動幹出的壞事。」

「還有你的怠惰。」陳七殺說：「所以等會你死在我手裡時，可別怨我，怨你自己。」

「我承認是我怠惰。」韓杰點點頭。「但我不會白白受死，我會還手。」他喝乾了過期啤酒，又開了一罐，還吞了幾粒發霉花生。

「好難吃。」跟著他從口袋取出三片尪仔標拍在桌上。

「豹皮囊、乾坤圈、火尖槍……」陳七殺見韓杰拍在桌上那三片尪仔標上的字樣微微閃動螢光，彷佛已經發動，不禁呵呵大笑。「一出手就全力以赴，我該謝謝你這麼看得起我。」

「你是我這十幾年來碰過最厲害的高手，我怎麼敢大意。」韓杰聳聳肩，繼續大口喝啤酒。「動手吧，要不要倒數？」

「倒數？呵呵……」陳七殺莞爾笑了兩聲，也挪了挪身子像是準備有所動作，客廳電話卻陡然響起。

鈴聲尖銳得彷佛火災警報一般，令韓杰嚇了一跳，連陳七殺也瞪大眼睛，踉蹌地起身去接，還讓自己扔在地上的空罐絆了一下，跌跌撞撞地接起電話，對著電話那端說：「姓吳的，那小子找上門了，你這龜孫子……你答應過不會讓那兩個丫頭幹那些事的，你說話算不算話？」

陳七殺憤怒地罵了好一陣，這才氣喘吁吁地將話筒遞向韓杰。「他想跟你說話。」

「啊？他打電話到你家找我？」韓杰愕然起身，緩緩走向陳七殺，接過他手中電話，湊近耳邊。「喂——」

拾壹

「老爺子，你覺不覺得乾奶奶們對王小明太嚴厲了？」葉子與老爺子下樓，隨口問。

「哼，我才懶得管幾個瘋婆子怎麼教那小子。」老爺子不置可否。「惡人自有惡人磨，算那小子活該。」

「王小明不是壞鬼，他只是不懂得和人溝通。」葉子無奈地說：「這樣好像對他不太公平。」

「他自殺。」老爺子說：「害他父母白髮人送黑髮人，這是自私，也算是一種壞。」

「好吧。」葉子仍有些不忍：「至少他沒有主動害人呀。」

「如果主動害人，還給他上課呀，該拿棒子打他了。」老爺子哼哼地說。

「好啦，我回家了。」葉子說：「你別待太晚了，最近天冷，你早點回家睡覺。」

「別忘了今晚公會戰呀，對手等級很高，妳可別忘記啦，妳是我軍陣中主力之一。」老爺子揚了揚手機，提醒葉子返家後務必要參戰——東風市場這遊戲公會規模不大，但在老爺子熱情經營下，戰力高昂——他那小管理室外還有張手寫告示條，提醒東風市場公會那些大小朋友們每週公會戰時間甚至是戰術細節。

他目送葉子離去後，便窩回小小的管理室，轉了轉小電視聽新聞，滑著手機瀏覽遊戲網站，還不時拿筆在紙上寫些筆記，像是在思索等會兒公會戰戰術。

他突然感到一陣寒意，拉了拉領子，坐直了身子，卻見本已過街口的葉子又走了回來。

「忘了東西啦？」老爺子正想問她怎麼又繞回來了，但與葉子四目相望，卻突然住口半晌，然後厲聲喝問。「妳想做什麼？妳哪裡來的傢伙？妳爲什麼……」

葉子眼神冰冷，毫不理會老爺子，自顧自地上樓。

老爺子放下手機，追出管理室，一路追上三樓，一把拉住葉子手腕。「妳爲什麼上她身？」

葉子大力甩手，一把推開老爺子——她這一推，力道奇大，令老爺子摔下好幾階，撞上擺在二、三樓間，作爲兩界鄰居界線的香爐小桌。

「混蛋東西……」老爺子撐身站起，腳踝疼痛，見葉子繼續上樓，連忙從小桌上抓起一束香急急點燃，一支插在香爐上，嚷嚷喊了幾句，跟著從領口裡掏出護身符，一跛一跛地追上樓。

□

韓杰持著話筒，望著眼前的陳七殺。

陳七殺一張臉微微發青，全身殺氣奔騰。

韓杰左手抓著話筒，右手捏著三張發光尪仔標微微舉起。

「你終於去見陳老師了。」話筒那端，吳天機的聲音聽來依舊從容。「代表你打算要認眞對付我，所以想探我的底？」

「人家說沒你這個徒弟。」韓杰不耐地說：「我不想跟你廢話，你直接說清楚吧——第六天魔王找你幫忙，準備要找我麻煩，是不是這樣？」

「差不多。」吳天機呵呵地笑。

「你們搶了陳七殺供養多年的女兒和姪女，威脅他幫忙對付我，對吧。」韓杰盯著陳七殺，繼續與吳天機對話。「我當年逼他放棄修法，說上頭會保著他，不讓邪魔找他麻煩；你們這樣搞，害我說話不算話。我現在很後悔沒早幾個月上門打爛你的臉。」

「那只能怪你自己了。」吳天機繼續呵呵笑，說：「對了，你朋友眞不少，我有點羨慕。」

「你想說什麼？」韓杰皺了皺眉頭。

「我覺得對陳老師有點過意不去，想賠他一個乾女兒。」吳天機說：「葉芝苓不錯，年輕漂亮，你覺得怎麼樣？」

「……」韓杰瞪大眼睛。「你想做什麼？」

「我沒做什麼，只是遠遠看著她，看她坐在樓頂圍牆邊傻乎乎的樣子。」吳天機說：「你住的地方戒備森嚴，我不像你有太子爺法寶，不敢靠太近，我怕你那些鄰居欺負我，只好派出陳老師的女兒上樓探探路，有機會的話，就推她一把，嘿嘿……」

「我勸你別亂來。」韓杰吸了口氣。「你知道當年爲什麼我放陳七殺一馬，而沒有宰他嗎？因為他雖害死不少人，但被他害死的那些傢伙幾乎都是壞蛋；他替黑道黑吃黑，很少傷及無辜。你知道你這麼做，下去之後會有什麼後果嗎？」

「我知道。」吳天機哈哈大笑幾聲。「我很早之前就知道了，所以我……」

「所以什麼？」韓杰罵了幾句髒話，厲聲說：「你給我聽好，你最好乖乖……」

陳七殺突然往韓杰撲去，咧開嘴巴，伸出烏青長舌，再啪嗤一聲自己咬斷。

黑血從他嘴中噴出，濺滿韓杰整張臉。

同時，他一手抓住韓杰手腕，一手掐著韓杰脖子，五根指頭有三根掐進韓杰頸肉之中。

韓杰左手抓著的電話話筒此時也倏地竄出幾根手指，牢牢扣住韓杰左手。

「吳天機——」韓杰大吼，只覺得喉間劇痛，被濺了滿是黑血的臉也發出劇痛，他閉緊眼睛用手指彈起捏在右手的三片尪仔標。

尪仔標飛騰上空，金光閃耀，其中一片炸出一只手鐲大的金色圈圈，磅地砸在陳七殺喉嚨上，砸得他鬆手彈開，轟隆撞上客廳櫥櫃再摔落下地。

那是七寶之一的乾坤圈。

韓杰抓著手鐲大的乾坤圈，當成指虎搥擊扣著他左手的電話筒和怪手，將那話筒怪手數指砸得骨斷指裂，見那怪手仍不鬆手，便扯著話筒怪手往豎立在他身旁那柄直挺挺的古代長槍——火尖槍的槍頭湊去。

怪手一觸及火尖槍槍頭，立刻激烈顫抖燃燒起火，終於放開韓杰的手。

韓杰將乾坤圈交至左手，倏地一抖，將本來手鐲大小的圈圈抖成直徑四十公分的金圈；

右手一把抓起火尖槍，以槍尖挑著第三片猶在空中飛轉的尪仔標，猛力一撥，將那尪仔標彈向伏在角落的陳七殺。

陳七殺剛剛遭乾坤圈一擊，喉頭凹陷、腦袋微微歪斜，伏在地上彷如負傷猛獸，一見尪仔標射來，噫呀嚎叫蹦起，將打到臉前的尪仔標一把抓住扯得碎爛，卻被尪仔標炸出的橙煙籠罩住頭臉，使他眼前亮晃晃的什麼也看不見——橙煙退去，一只暗沉沉的皮袋子罩住了陳七殺的頭，袋口束緊他頸子，且不停爬探緊縮，像是想將陳七殺整個人吞進這小皮袋子裡。

「是豹皮囊！」陳七殺雙手揪著罩著他腦袋的豹皮囊嘶吼咆哮，十指指甲都扳得斷裂，卻仍扯不開。

豹皮囊的袋身似有彈性，甚至能夠生長變大，十餘秒間已經壓歪陳七殺腦袋、咬上他肩頭、束住他雙臂。

另一邊，韓杰射出豹皮囊制住陳七殺後，跌跌撞撞地向後退開，連忙從口袋掏出幾把香灰，往頭上破口連抹數次，這才止住破口不停湧出的黑煙與鮮血。

他抓著火尖槍，見陳七殺搖搖晃晃逃入那紅光小房中，本想趕去追擊，但想陳七殺已非活人，且被豹皮囊束住，終將消化殆盡，涉險追進小房也沒益處，便轉身想逃出老宅，打算趕回台北去救葉子。

他又從口袋裡掏出一片尪仔標——上頭畫著兩只帶火木輪，寫著「風火輪」三字。

但他一近大門，就被門邊兩隻陡然變大的黑色草紮人揮臂撂倒，手中那片風火輪尪仔標也落在地上。

兩隻草紮人像是被淋上黑墨般漆黑一片，一個撲向韓杰、一個轉身將大門拉闔關起。

老宅客廳如地震般劇烈震動起來。

紅色小房裡炸出耀眼紅光。

客廳四角幾罐陶罈和奇異擺設啪啦啦地紛紛炸開，湧出一團團怪煙，怪煙裡爬出一個個半人半獸、奇形怪狀的惡鬼，往韓杰飛竄撲來。

韓杰蹬開黑草人，從地上蹦起，掄動乾坤圈和火尖槍，接連打翻好幾個迎面撲來的惡鬼，卻被一個惡鬼繞至後背，架著他往前衝撞。

韓杰腰肋撞上一只矮鐵櫃，嘔出幾口血，反手持乾坤圈砸開身後怪影，轉身將那乾坤圈當成飛盤擲出——乾坤圈脫手後，彷彿能自行鎖定惡鬼，砸凹一個惡鬼腦袋便立時反彈擊向下一個惡鬼腦袋，最後往韓杰方向彈回。

韓杰挺起火尖槍挑著彈回來的乾坤圈，搖晃槍尖，將乾坤圈當成呼啦圈在槍柄處飛轉，晃出陣陣金光，耀得近身惡鬼個個摀眼後退。

韓杰舉槍劈倒幾個近身惡鬼，接著再甩出乾坤圈，追砸遠處惡鬼。

「老傢伙……這些鬼東西怎麼跟你以前煉的那些差那麼多？有大半都是第六天魔王臨時拉來的傭兵對吧？」韓杰撫著劇痛腰肋處，心想或許是剛剛被那惡鬼壓著撞鐵櫃，肋骨斷裂了。

他背抵著牆，單手持火尖槍迎戰撲來的群鬼，火尖槍槍身雖看似金屬，但揮動起來卻輕盈得像是蒼蠅拍，所及之處火光閃耀，將接連逼近的魔物惡鬼盡數砸死、刺死、劈死、燒死。

他背後牆面陡然伸出數隻漆黑鬼手，勒他脖子、架他胳臂、抱他大腿，甚至往他胯下撈抓。

「幹！」韓杰連忙夾緊大腿，不讓鬼手得逞，同時倒轉火尖槍，往背後牆面猛一插，嘩地一片金紅大火爬上整面牆，將數十隻鬼手全燒得躲回了牆裡。

韓杰踉蹌往前奔出幾步，接住彈回的乾坤圈，卻聽見紅房裡發出陣陣嗡鳴響聲，突然感到一股巨大的怪異吸力將他往紅房方向吸。韓杰急忙持著火尖槍往大門逃，一槍刺入大門，令熊熊烈火伴著大門裂痕四面燒開，想要破門逃跑。

但那大門竟浮出一張巨大鬼臉，巨鬼臉捱著火燒，痛苦地用口緊緊咬著火尖槍；同時，更多黑草人自門邊站起，前仆後繼抱住了火尖槍。

那些黑草人身上奇異的墨黑似能稍稍防火，在火尖槍熱燙燒灼下，還能夠撐上好一段時間才被燒垮。

「喝……」韓杰一時破不了門，火尖槍嵌在門上被群鬼死命扣著，只得單手揮動乾坤圈，磅硠硠地打翻幾個欺身的怪影和黑草人。

四周地板像是海浪般掀動翻騰起來，蹦出幾隻黑色小鬼，抱著韓杰小腿向上一抬，將他雙腳抬離地面。

大門上的巨鬼臉和黑草人也同時鬆口鬆手，一齊放開火尖槍。

騰在空中的韓杰立時被那古怪吸力吸向紅房。

磅硠一聲，他身子雖被吸入小紅房裡，卻將火尖槍打橫架在門外，死命揪著火尖槍柄不放，整個人橫騰在小紅房空中。

狹長小紅房末端牆壁上也有張巨大鬼臉，那鬼臉張大嘴巴，吸力便來自那張鮮紅大嘴。此時整間老宅和紅房裡只有韓杰受吸力影響，其他雜物則紋風不動。

陳七殺就在那張巨大鬼嘴裡掙扎蠕動，彷彿成了鬼嘴裡的舌頭。豹皮囊已罩住陳七殺大半身子，讓他只露出一雙枯朽手掌不住掙扎，兩隻腳奮力踢蹬，死撐著身子不被豹皮囊吞沒。

「嘎！」一隻隻黑小鬼、黑草人蹦著跳著，追到紅房門邊，揪著韓杰咬他胳臂、扳他手指，想要逼他鬆手。

「陳七殺你有完沒完！你已經死了，乖乖給我滾下陰間，或是立刻魂飛魄散——」韓杰一面怒罵，揮動乾坤圈砸退小鬼，再猛力將乾坤圈朝前方巨大鬼臉嘴巴擲去，磅硠砸中巨鬼臉嘴裡的陳七殺——乾坤圈深深嵌在豹皮囊上，那應當是陳七殺胸膛位置。

陳七殺掙扎幾下，雙腿無力地攤平，鬼臉巨口吸力陡然耗弱，韓杰也因此落在地上；他暴怒蹦起，對著四周扳他手指、啃他手臂的黑小鬼們一陣暴打。

幾個黑草人竟趁韓杰落地時，不顧火尖槍熱燙，搶起火尖槍抱著逃遠不讓韓杰拿；黑小鬼一個個被打歪了腦袋，卻還是死命哭嚎抱著韓杰雙腿亂咬。

紅房牆上那面巨大鬼臉歪斜消失，陳七殺撲倒在地，雙腿卻不停踢蹬施力，往韓杰一吋吋蹭地爬來，兩隻露在豹皮囊袋口外的手掌，像是企鵝短翅般張開，死命抵著豹皮囊吞噬他身子。

兩側木架上的瓶罐劇烈震動起來，擁出更多鬼，一隻隻抱上韓杰的身子、揪著他胳臂，不讓他逃，也不讓他伸手進口袋掏香灰或是拿其他尪仔標。

「你到底在執著什麼？」韓杰奮力抵抗那些不停往他身上聚集的惡鬼，還被爬至腳下的陳七殺用硬撐在豹皮囊外的枯手一把抓住了腳踝。

「嘶——嘶嘶——」陳七殺身子顫抖著，但抓著韓杰腳踝的枯手卻堅如鐐銬，任憑韓杰大力抬另一隻腳重踏他身子，也不放手。

兩個小鬼分別抱著鮮紅蠟燭和燈油，攀著牆繞到韓杰上方，淋了他一身油，將蠟燭往他身上一扔。

韓杰整個人燒了起來。

「陳七殺，你老得失智啦？你用火燒我？」韓杰暴怒痛罵：「你忘了我是從火海裡爬上來的？」

「嘶……嘶……」陳七殺被韓杰照著腦袋位置猛踏幾腳，似乎逐漸力竭，卻仍不放手。豹皮囊底下隱隱透出陳七殺的聲音。「我……沒忘……我知道，你燒不死……我也知道……你嘴裡……」

「哇啊！」韓杰整個人燒成了火人，痛得大叫，四周惡鬼仍死命衝來，一個個往他身上撲。

韓杰閉眼低著頭，舌頭在口裡翻攪一陣，挑出一片尪仔標。

這是他在進屋前預先藏在嘴巴上顎處的尪仔標——他習慣在進行少數凶險任務時，在嘴裡藏一片尪仔標。

不是乾坤圈，也不是混天綾，更不是火尖槍和其他幾樣法寶。是他最不喜歡用，而剩下好幾片的尪仔標——

九龍神火罩。

「好熱……」韓杰咬著那片尪仔標，齒間發出亮紅光火，溢出滾滾熱氣。「看到沒有，這才叫作火——」

韓杰後背上耀起紅光，那紅光比他身上燈油燭火更加炙熱、比火尖槍的火更加炙熱。

九條紅色火龍從他肩背上那一條條醜陋紅疤痕爬起，口吐三昧眞火，燒爛他衣服，在他身上亂竄，所及之處，惡鬼全燒成一團團火球。

韓杰推開身上壓著的群鬼，強忍渾身火灼劇痛往外奔逃，卻踉蹌撲倒在地，原來陳七殺仍緊抓著他的腳踝不放。

此時他身上燈油火焰引燃了四周木架，紅房門外整間老宅都燒起大火，竟是幾隻黑小鬼在外放火，像是想要跟他同歸於盡。

「放手、放手、放手呀混蛋——」韓杰對著陳七殺抓住腳踝的手一陣猛踹，終於踹斷了他的手，奮力往門外爬。

韓杰竭力爬出紅房、爬往客廳，將手伸向落在客廳遠處的火尖槍——一旁還倒著幾隻被火尖槍燒焦的黑草人和黑小鬼。

繞在他臂上的兩條火龍倏地竄向火尖槍，與火尖槍上的火焰融合爲一，韓杰抬手指揮火龍，令火龍叼著火尖槍飛騰上空，倏地往大門射去，轟隆一舉擊爆大門，拖著韓杰的身子飛射出門外。

全身燃火的韓杰飛梭在黑夜空中，他視線不清、全身劇痛，揪著火龍尾巴勉強指揮飛空方向，但拖著他騰空的火尖槍與數條火龍在助韓杰逃離惡鬼一段距離後，便像是結束任務般倏地消散。

韓杰斜斜往下墜去，轟隆摔進陳七殺老宅旁的田裡。

他痛苦地撐起身子，搖搖晃晃地走出幾步，便無力跪倒下地，呆愣愣地望著陳七殺燒成火海的老宅。

此時老宅那小紅房裡，陳七殺全身都被呑進豹皮囊，豹皮囊袋口束起，緩緩蠕動，似在消化一般。

韓杰身上餘火未消，恍惚地爬了一陣，跌進田邊一條大排水溝裡，再也無力爬起。

乾坤圈

能自由變化大小，小如手鐲當指虎用，也能放大橫掃千軍，擲出後會自動追擊飛回手中。

拾貳

「答應我，我離開之後，你要好好地活下去，繼續做你該做的事，知道嗎？」

「放心，我會用力活到找到妳的那一天。」

「你怎麼可能找得到我？那時候我很有可能是外國人。」

「外國人更好呀，嘿嘿。」

「我可能會變很醜。」

「那時我都老了，沒那麼挑。」

「我可能變成個男人。」

「呃……那我可以教妳打拳，當妳的拳擊教練……」

「哈哈，我才不要打拳……如果可以選擇的話，我想要變成一隻鳥。」

「當鳥有什麼好，像小文那樣成天拉一堆屎、找我麻煩；拜託妳投胎投準一點，變個大美女，或是金髮大美女好不好？到時候我的任務應該結束很久了，到時候我……」

「到時候我根本不記得你，你也根本認不出我來。」

「說不定可以。」

「怎麼可能。」

「我有預感我認得出來。」

「不可能，你這樣我反而不想乖乖跟他們走了，我要在底下亂來，我要惹是生非，跑給他們追，最好被打得魂飛魄散……我不想讓你枯耗一輩子的時間，追逐著一個幻影。」

「那怎麼行！我好不容易才幫妳弄到這機會，妳要是那樣搞，我豈不白白捱揍啦！」

「所以你要答應我，忘了我吧。還完債之後，找個好女人，好好過下半輩子；那是你應得的，也是我的心願。」

「好……我答應妳……」

滂沱大雨，雷聲隆隆。

縈繞在他耳際的溫柔女聲逐漸遠去，依偎在他懷裡的長髮和臉龐觸感只剩一陣陣刺痛。

那刺痛逐漸擴大，從他五臟六腑和一根根骨頭裡向外透出，有時又從全身皮膚往內鑽刺，令本來的溫柔幻夢變成了地獄般的惡夢。

「阿杰……阿杰！」阿福的聲音沙啞地響起。

「嘶——」韓杰長長吸了口氣，終於睜開了眼睛。

他全身的燒傷刺痛並未因驚醒而結束，反而隨著落在身上的暴雨更加劇烈——他身上大部分衣物都被燒得焦黑一片，褲子與焦爛皮膚沾黏在一塊。

阿福穿著雨衣、戴著口罩，用一張床單裹住韓杰全身，花了好半晌勁又推又拉，終於將他拉出排水溝，攙著他登上停在田邊小徑的小貨車。

韓杰因全身灼傷劇痛反覆暈了又醒、醒了又暈，眼睛時睜時閉，嘴巴喃喃講著碎語，在尚未天明前，被阿福扛回了小廟裡。

阿福慌亂地在小廟裡外忙進忙出，先是從小貨車上扛下一個橘色大型塑膠箱子——這種箱子在海產店裡十分常見，是用來養殖魚蝦的箱子。

跟著他又從小貨車裡提出兩大袋東西，打開來，是一包包蓮藕切片。他倒了數包蓮藕切片進大塑膠箱裡，之後小心翼翼地攙著韓杰坐入箱中，在箱中放水，且不停打開一包包切片往箱子裡倒，直到全部倒入箱中後，這才喘著氣癱坐在一旁，望著只剩顆腦袋露在大箱水面外的韓杰，說：「你說找那老傢伙聊聊，結果放火燒了他老家……」

「燒掉他家那把火，是他自己養的鬼放的……」韓杰泡進水裡後，神智清醒許多，還從水裡捏出一片蓮藕切片嚼食起來。「我的火不燒人也不燒房子……只燒鬼跟燒我……」

「臨時找不到新鮮蓮藕。」阿福說：「我跑了好幾家賣場才找出這些包裝蓮藕片，不知道行不行……」

「行……」韓杰緩緩吃著蓮藕切片，說：「多……多謝你了……如果沒有這些蓮藕，我可能要……好幾天……才能動……」他這麼說的時候，焦爛臉皮上微微泛起煙霧，他被火灼壞的皮膚正緩緩癒合。「虧你沒……忘記……蓮藕能治我皮肉傷……」

「怎麼可能忘呀，我現在半夜作夢還時常夢見以前那些事，就算到我死之前都不會忘吧。」阿福抹著汗，打著哈哈說：「我看過書了，知道太子爺削肉抽骨，他師父用蓮花莖做他骨頭，用蓮藕肉補他的肉，用荷葉當他衣服——你骨頭沒斷吧，我跑遍幾家花店也找不到蓮花……」

「被死小鬼扳歪幾根手指……」韓杰緩緩從水裡抬起左手，望著在那紅房中與黑小鬼們爭搶火尖槍時，被小鬼們扳斷的幾根手指——他喀啦啦地一一將手指扳正。

「哇，你這樣不痛嗎？」阿福見韓杰像是玩玩具般將手指扳正，不禁駭然。

「應該會痛吧……」韓杰說：「反正現在我全身裡外都痛到頂了……手指再痛點，也沒有分別了……」

「是啊。」阿福嚥著口水說：「我記得你說過九龍神火罩裡九條火龍吐出的三昧眞火能燒燬四方惡鬼，但也會燒得你生不如死。」

「我得打個電話……」韓杰像是猛然想起什麼，在水中掏摸一陣，取出那金屬菸盒，揭開數了數裡頭的尪仔標後，急著想要從水箱出來，又被阿福按回水裡。

阿福從口袋裡取出手機，問了韓杰號碼，將電話遞給韓杰。

「是……是……我人在東部，明天一早我立刻回去。」韓杰與電話那端講了半晌，本來緊張的神情終於鬆懈——

葉子安然無恙，正在韓杰家中沉沉睡著。

管理員老爺子還點了幾個「鄰居」在韓杰門外守著。

「多謝你了，老爺子……」韓杰結束通話，對阿福說：「最後幫我個忙，幫我訂張火車票，越早越好，我回去匯車錢給你……」

「什麼！」阿福瞪大眼睛。「這麼急？事情還沒結束？」

「結束？」韓杰無奈說：「才剛開始呀……」

「剛開始就打成這樣……」

「我也不想啊……人家踩上門了，我能不還手嗎？」

「你躲幾天養好傷、準備好了再還手不行嗎？你這身體怎麼跟人家打？」

「不行，我朋友被盯上了，我得回去守著她。」

「朋友？是女人吧，她漂亮嗎？」

「都說是朋友了，跟漂不漂亮沒關係呀……你那麼醜，當年我也盡量救你啦……」韓杰翻了個白眼。

「這倒是，你是太子爺乩身，救世濟民、除惡懲奸呀……」阿福嘆了口氣，突然說：「你現在這樣子……我看還是別訂火車票了，我開車送你回台北比較方便。」

「不。」韓杰搖搖頭。「我不想把你扯進來，那個第六天魔王肯定認得你，他很記仇的……」

「第六……」阿福倒吸了口氣。「果然是那個摩羅大王！那傢伙又想惹事？」

「是啊，還趁我退休前動手腳……」韓杰哼哼地說：「他是故意的，他全計畫好了，他知道我尪仔標快用完了，想趁這機會報當年的仇……」

「如果是這樣……」阿福呆愣片刻，驚恐地說：「那我更要幫你了，如果你倒下，摩羅大王轉頭找我麻煩，我……我自己不要緊，但我老婆孩子怎麼辦？」

「你能幫上什麼忙？」韓杰皺著眉頭問。

「我至少能開車送你回去啊。」阿福說：「台東到台北開車不比火車快，但至少你在我車上可以安心休息換藥；不然你現在這樣子，就算勉強走去火車站，肯定嚇壞所有人，然後被鐵路警察押去醫院就醫吧……」

「這倒是……」韓杰默然半晌，點點頭。「謝謝你了，阿福……這次我欠你一個人情……以後有誰欺負你，我幫你討回來……」

「阿杰，要是眞有人欺負我，我家族幾位哥哥都有本事幫我討回來。」阿福哈哈笑著：「妖魔鬼怪欺負我，才眞得靠你了；妖魔鬼怪裡最凶那隻，大概就是你現在要對付的傢伙了，你要還我人情，就趁這次全力揍死他吧，別讓他再來人間作怪了……雖然過了那麼久，我一想到那傢伙，全身雞皮疙瘩都起來了……」

「我答應你，我盡量揍……」韓杰這麼說的時候，感到腳踝處有些痕癢，便伸手抓了抓。

□

數小時後，阿福載著韓杰返回陳七殺住處。

此時仍下著大雨，陳七殺老宅四周拉起了封鎖線，有些鑑識人員仍忙進忙出，他們並未發現陳七殺的屍身，但卻在紅房與冰箱裡發現許多一時難辨是人是獸的古怪肉塊。

陳七殺的身體被豹皮囊吞噬，一點也沒剩下。

豹皮囊則煙消雲散。

韓杰穿著雨衣，在阿福陪同下向看守員警打了聲招呼，將手機遞給他。員警和電話那端講了半晌，又將電話遞給現場前輩講了半晌，終於放行讓韓杰與阿福進入火場。

韓杰與阿福在燒得屋頂都塌陷了的老宅裡冒雨找了大半小時，終於在近門處找回了那片尪仔標——

風火輪。

沒有使用過的尪仔標，即便被水浸濕、甚至被火燒焦，都能恢復原狀。

對韓杰而言，弄丟任何一張未使用過的尪仔標可是件大事，因為那表示他永遠也無法功成身退。

他們找回了尪仔標便開車北上——臨走前還吩咐守在現場的年輕員警替他將租來的機車送返租車店；那菜鳥員警儘管覺得古怪，卻也不敢深究——先前在電話那端要他配合韓杰任何要求的人，可是在警界身居要職的大長官。

□

「你朋友長什麼樣子，像不像她？」阿福駕著小貨車，駛在海濱公路上，窗外大風大雨，海面波濤洶湧。

「我快忘記她的樣子了。」韓杰倚著窗，全身仍微微散發蒸煙，蒸煙中帶著淡淡的藕香氣味。「說話倒是有幾分像，都差不多天真。」

「所以……」阿福望了韓杰一眼。

「……」韓杰默然半晌，說：「先把眼前的事處理完再說吧，我沒想過以後的事。」

「你明明有想過。」阿福說：「上次我打電話給你，你說你退休後想跟老龜公把那小拳館擴大營業，還要結合健身，然後開幾家分店。」

「本來是這麼計畫沒錯呀。」韓杰嘆了口氣。「但最近知道那第六天魔王又要活動，我就再也不敢多想了。」

「不是吧……」阿福瞪大眼睛。「你沒信心能贏他？」

「我尪仔標快用完了。最能打的火尖槍、乾坤圈都用掉了。」韓杰一想至此，恨恨地說：「那吳天機算得很精，他一口氣搞出這麼多案子，就是想一口氣耗光我的尪仔標。他等待一個對我出手的好時機。」

「你之前說吳天機是摩羅大王新收的小弟，那這個吳天機跟陳七殺哪個比較厲害？」阿福問。

「沒交手過，還不知道……我連他什麼來頭都不知道。」他這麼說時，忍不住把腳抬上座位，不停抓著腳踝。「媽的，台東的蚊子胃口這麼好？我這身燒焦爛肉也要叮？」

「蚊子？」阿福呆了呆，他倒是沒被蚊子叮著。「是那些蓮藕修補肉體時，新長出的皮肉在發癢吧。」

「那才不會癢，只會痛而已……」韓杰在小廟泡了數小時蓮藕水，身上大部分灼傷皮膚正緩慢癒合，不時還會有些焦皮爛肉從身上脫落——但他肩背上的紋身和火尖槍紅痕倒不會隨著新生皮肉而有所改變，過去不論他被惡鬼或邪術士打得如何皮開肉綻，癒合後便仍是那樣子——彷彿永遠停留在被太子爺踩在腳下用火尖槍割傷剛癒合的模樣。

那是他過往犯錯的印記，太子爺不准他將之洗乾抹淨。

火尖槍

太子爺首要神兵，穿魔裂鬼、御槍飛天、無堅不摧。

拾參

「哇！韓大哥！」葉子本來窩在東風市場梯間的小管理室裡，遠遠見阿福攙著韓杰走來，連忙奔出迎接，見他臉上新皮焦肉斑剝恐怖，嚇得怪叫起來：「你……你在台東抱了什麼女人呀，怎麼會變成這樣？」

「我沒抱女人……」韓杰吃力上樓。「陳七殺召出一群鬼抱著我，還放火燒我……」

「他們放火燒你？你身上的傷是被火燒出來的？」葉子攙著韓杰胳臂時，甚至感到衣袖底下不時發出像是乾裂碎皮因摩擦而龜裂的細聲，不禁嚇得花容失色。「那你怎麼辦？」

「我放更大把火燒回去……」韓杰答。

「把陳七殺老家都燒掉了。」阿福在一旁幫腔，對葉子咧嘴一笑。「阿杰急著趕回來要救的女人就是妳對吧。」

「韓大哥你急著趕回來救我？」葉子驚訝地問。「爲什麼？我昨天沒有危險呀……我只是，可能有點累，忘了時間，老爺子替我開了韓大哥家門讓我進去睡一晚。」

「不是喲。」王小明佇在三樓，對走上樓的葉子說：「芝苓，妳昨天嚇死大家了。」

「啊？」葉子露出困惑神情。「我怎麼嚇大家了？」

「紅裙子昨天上了妳的身。」王小明說：「本來妳已經要回家了，但下樓沒幾分鐘又回頭往頂樓走，老爺子一路追著妳，他發現妳被附身了！」

「我被附身？然後呢？」葉子愕然，她對王小明敘述的情景一點印象也沒有——只知道自己最後不知怎地，沒有回家參與老爺子的公會戰，而是模模糊糊地在韓杰家中窩了一晚，一早醒來自個下樓吃了早餐，回到管理室裡滑手機打發時間。

「妳上了樓頂，本來要跳樓，被老管理員帶來一堆老鄰居擋下……」王小明說：「那紅裙子很凶呀，老管理員不是她的對手，但另一個白裙子不知道爲什麼，不讓紅裙子對妳出手，她們吵成一團。老管理員叫來其他『鄰居』上樓幫忙，僵持半天，最後是白裙子把紅裙子拉走，可能妳當時昏昏沉沉，所以沒印象……」

王小明說到這裡，搓著手嘻嘻笑著說：「韓大哥，我注意到有幾位鄰居妹妹挺可愛的、又熱心，你可不可以……」他說到一半，見韓杰變臉，以爲惹他生氣，連忙退遠，但見韓杰雙腿一軟，癱軟失神差點摔下樓去。

「韓大哥，你怎麼了？」葉子與阿福托著韓杰胳臂，二樓幾個年紀較大的鄰居遠遠聽見騷動，也趕來幫忙，大夥兒七手八腳將韓杰扛上了樓。

「他背上好燙，是用了火尖槍！」「看，他的手扭成這樣，是乾坤圈呀。」有個大叔奔下東風市場一樓的中藥行抓藥；有個大嬸從葉子手中搶過韓杰家鑰匙，跑入浴廁在浴缸裡放起水——東風市場一、二樓的鄰居們，似乎對韓杰使用尪仔標過後的副作用和急救手段十分熟悉。

「借過喔。」一個漂亮女人對葉子笑了笑，走去廚房，拿了個碗出來，到小櫃前取了小半碗香灰，跟著在韓杰餐桌旁翻箱倒櫃，找了些亂七八糟的瓶罐，每罐倒了些在碗裡，跟著撒入浴缸。

葉子想起這女人就是她初次見到韓杰時，從韓杰家中走出的女人。

她還記得她叫作美娜。

一個阿婆從韓杰廚房外後陽台拔了點蘆薈，在韓杰臉上塗著；剛下樓找藥的大叔也捧著一堆藥材全扔進浴缸水中，阿福與眾人七手八腳將韓杰抬入浴缸。

「怎麼這次這麼嚴重？」「他好久沒這樣啦……」「他一次用了幾片尪仔標呀？」「他這次對付的傢伙這麼凶？」

美娜替韓杰在水中剪開先前阿福替他換上的T恤，見到他全身焦皮爛肉混雜著生長到一半的新生皮肉，也嚇傻了眼。

阿福見東風市場鄰居們各個手腳俐落，反而沒他幫忙的餘地，不禁訝然，他退出廁所，與葉子互望一眼。「原來這裡大家都是高手啊……」

韓杰肩背上的紅痕微微崩裂，隱隱透出亮紅光芒，那是他使用火尖槍之後的副作用；他雙手十指則古怪地彎扭成怪異姿勢，還不時發出喀啦啦的聲響，這則是乾坤圈的副作用。

「喂，韓大哥在台東到底發生了什麼事？」葉子急急地問阿福。

阿福花了點時間，和湊上來打探消息的東風市場鄰居們稍微解釋了韓杰昨晚行動緣由，韓杰雖未親自向東風市場的鄰居們說過他與第六天魔王和陳七殺間的糾葛，但偶爾酒後曾向美娜透露自己過去對付過一個難纏魔王，這耳語幾經輾轉，東風市場的人也隱隱約約知道韓杰過往仇家之中，有個凶狠角色。

大夥聽阿福聲稱韓杰此時對手便是那傳聞中的狠角色，都露出驚恐憂愁的面容，加上昨夜老爺子上樓嚷嚷救人，還扭傷了腳，令幾個街坊老鄰居不由得擔心起來，深怕平靜了許久的東風市場，要不平靜了。

大夥兒又在韓杰家裡聊了半晌，見韓杰仍沉沉睡著，漫無頭緒，紛紛下樓。

「我晚上要陪乾爹吃飯。」美娜似笑非笑地望了葉子一眼。「阿杰就交給妳照顧啦。」

「你們……」葉子點點頭，但仍忍不住問。「認識很久了？」

「我跟大家一樣，都是鄰居。」美娜呵呵一笑，推門離去。「偶爾當當對方客人，有時他做我生意，有時我做他生意，嘻嘻……」

葉子望著美娜身影，微微發愣，聽廁所發出聲響，連忙進去探望，只見韓杰雙肩綁著繩子，繩子另一端則綁著浴缸上方的毛巾架。

那毛巾架特別以鐵片釘牆加固，像是防範韓杰在浴缸裡療傷時睡著溺水的措施——葉子知道韓杰曾說過水也溺不死他，但被水嗆著的痛苦卻仍會存在，且傷病同樣會令他的身體痛苦煎熬。因此韓杰雖難死，但也不敢隨意受傷捱打，傷了病了仍得求醫吃藥。

「我知道他以前曾經做錯事，但他明明替太子爺工作，又沒偷懶，爲什麼還要這樣折磨他？」葉子嚷嚷地說，拉了張板凳，坐在浴缸前，不時揭開幾包鄰居從樓下市場買來的蓮藕片扔入浴缸讓韓杰修補身體。

「我不是太子爺，我沒辦法回答這個問題呀……」阿福倚在門邊嘆了口氣，說：「以前我也做錯事，太子爺事後也沒追究太多……可能太子爺對待自己的乩身，比對待一般人更嚴厲吧；畢竟他給了乩身非人的力量，不管嚴一點，要是乩身用那力量爲非作歹，他在天上也沒面子……」阿福說到這裡，頓了頓又說：「其實這次太子爺已經有通融啦，火尖槍和乾坤圈的副作用都是等他平安回家才發作；要是早幾小時跟九龍神火罩的傷一起發作，阿杰就算身體修補好，腦袋大概也要疼壞了啦……」

「這哪叫通融……」葉子望著韓杰醜爛的臉，說：「他既然可以踩著韓杰命令他做事，又爲什麼坐視那些魔王、壞人到處做壞事呢？神仙怎麼不親手除掉那些魔頭呢？」

「阿杰曾經說過，天庭神明不會直接干涉人世，尤其是與神靈無關的凡人行徑，那是凡人自己要解決的問題。但有些邪靈會借人之手爲惡，或是惡人借鬼靈作惡，這時候神明也會降駕乩身出面處理。」阿福說：「這也是摩羅大王要找那個什麼吳天機的凡人幫忙的原因啦。如果他直接殺進人世，太子爺就有理由親自拿火尖槍捅他了，所以他老喜歡拐些誤入歧途的法師術士聽他指揮，弄些活人當成祭品讓他解饞，太子爺也只能動用乩身處理。」

阿福呼了口氣，指指自己。「我和我太太，還有當時未出世的孩子，以前差一點就被陳七殺騙去給摩羅大王當成零嘴啦……」

「我知道。」葉子點點頭，說：「昨天韓大哥有說過。」

「他這麼急著趕回台北，大概就怕妳被那姓吳的逮去當祭品，不然他可以在我那小廟裡養傷。」阿福說：「可能妳讓他想起他以前愛上的一個女孩。」

「他以前……愛上的一個女孩？」葉子呆愣愣地望著阿福。

「啊……那是好多年前的事了……」阿福探長脖子，望了望暈死在浴缸裡的韓杰，像是怕被他聽見般，退得遠些，將葉子招出廁所才低聲說：「那時阿杰和那女孩子，年紀跟妳現在差不了多少……那女孩得了絕症，住在醫院裡……」

葉子微微露出訝異的神情。

她也是個富家女孩，有個強勢蠻橫的父親。父親在生意上橫衝直撞的結果，就是得罪了許多人。

那些人之中自然也會有人企圖報復。

有些人出動白道，有些人聘僱黑道，有些人雙管齊下，但都讓她父親豪氣干雲地擋下了。

也有些人，透過某些門路，能夠動用邪道。

有個法師買通了陰司判官，將她祖宗十八代的人間記錄改得面目全非，安上了千百則罪名，拔去她家幾世善因福報和庇祐，令她父親生意一落千丈之外，還使她一家人在死後將要輪迴成畜牲。

那時韓杰才擔任太子爺乩身沒兩年，憑著一股初生之犢的狠勁打贏了陳七殺，一身傷都尚未痊癒，便領了小文的香燒籤令，動身對付那邪法師，因此認識了她。

那時的她已是絕症末期的待死之身，他則是個求死不成的不死乩身，見人揍人、遇鬼揍鬼，天不怕地不怕，不怕痛更不怕死——

只怕死不了。

他替她揍翻了那邪法師、揍翻了黑白兩道數路仇家惡棍，甚至揍翻了領著受賄判官指示前往陽世阻止他一路追查下去的陰差們。

他本來準備等那收賄判官親自上凡找他關說時，狠狠揍他一頓，還要扯爛他的烏紗帽，但他並未如願揍著那判官。許久之後才聽說對方當時還沒來得及親自出手，就被陰間另一批城隍陰差逮著把柄，在底下解決了。

最後韓杰成功替她修回被刪改過的人間記錄，阻止她投胎成畜牲。

這其實本來不在他工作範圍之內，那本是地府私事；他爲此事揍了不少上凡接手的陰差、得罪了好幾路鬼使，跟陰間幾股勢力都結下粱子，自己也耗了不少尪仔標，打了無數場與任務無關的架，吃足了苦頭。

然後，他們度過了她生命中最後一段時光，從那之後，他再也不敢輕易對與案件相關的女人有什麼非分之想，頂多花錢買些女人排解寂寞，銀貨兩訖。

這樣一來，就不須要再面對那種前無去路後無退路的刻骨銘心了。

九龍神火罩

化出九條火龍焚魔燒鬼，是七寶中威力最大的法寶，但火龍凶惡不易駕馭。

拾肆

「嗯……你還記得那個女生假髮戴哪個牌子嗎？」

葉子望著韓杰，從碗裡舀起一匙粥遞向他。

「啥？」韓杰吸著葉子舀來的粥，聽她這麼問，一臉茫然。他在滿滿蓮藕香灰中藥水的浴缸中泡了一夜，在阿福和葉子及老鄰居幫忙下，換上乾淨衣服，躺回床上靜養。

「呃！咳咳咳！」阿福聽葉子突然將話題轉往韓杰不想提及的往事上，連忙大聲咳嗽，拿了錢包就往門外跑。「我再去買點東西，我跑遠點看能不能找到新鮮蓮藕！」

葉子見阿福跑遠，轉過頭繼續問：「他說你以前愛上過一個……得了絕症的女孩。」

「……」韓杰沒有理會葉子，只是從被子裡抽出手，張張闔闔，像是在確認拳頭恢復程度，然後他挪了挪身子，試著坐挺些。

「呃？跟我想像中不太一樣……」葉子見韓杰兩隻手上焦皮都落盡後，新生出的皮肉模樣沒有想像中細嫩，便伸手觸了觸。

「不然妳以爲是怎樣？」韓杰不解地問。

葉子又捏下韓杰臉上幾塊碎焦皮，說：「我以爲你新長出的皮膚會比較細嫩、比較白……怎麼像是完全沒有變一樣？」

「我這是天罰，妳當是果酸換膚啊……」韓杰嘖嘖幾聲，緩慢確認身體各處回復程度，他肩背上的紅疤仍微微發疼、手指也痠軟無力。

他吃了幾口粥，感到胸口有些窒悶，還嗆了幾下，咳個不停，一片片紅斑突然又在他頭頸上泛起。

「怎麼……回事？」葉子愕然，連連道歉：「該不會是我剛剛碰你臉上那些脫皮害的吧，還是因爲我餵你吃粥？連這樣都不行？」

「不、不關妳的事……」韓杰連連搖頭，伸手指著小櫃上那幾疊廣告紙，試著翻身下床。「把那些紙全拿給我……抽屜裡有毛筆跟紅墨水，通通拿給我……」

他搖搖晃晃來到餐桌坐下，接過葉子捧來的香燒廣告紙和筆墨，揭開那朱砂墨水瓶蓋沾了紅墨，一口氣將堆積了二十來份與第六天魔王和吳天機有關的案子，全簽上名字和日期。

小文飛到餐桌上，歪著頭盯著韓杰手下一張張廣告紙。

「蠢鳥，皮繃緊點，準備開工囉！」韓杰一面簽名，一面瞪著小文，不時用筆尾彈牠尾巴，還抬起頭，望著天花板：「這樣你滿意了沒？啊？說話啊？」

「韓大哥，你一口氣接下這麼多案子，沒問題吧……」葉子見韓杰賭氣似地不停在香燒紙上簽名，不禁有些擔心。

「我還嫌接得太慢了，眞後悔沒早點跟他攤牌。」韓杰哼哼地說：「我要全力反擊了！」

「反擊……」葉子還不明白韓杰口中的反擊是什麼意思，便見到小文振翅飛了起來，來到籤筒旁，喀啦啦地叼出一卷又一卷廣告紙卷，扔上小櫃。

紙管上還泛著煙，甚至隱約可見點點燒灼亮光。

韓杰要葉子拿筷子將那些熱燙紙管挾進碗裡給他，還不時探手抓扒腳踝。

他覺得腳踝痕癢難耐。

葉子捧來一大盤熱騰騰的廣告紙卷，小心翼翼地取下紙卷上的橡皮筋，將之一張張攤開，仔細瞧著內容，大都是先前累積案件的後續線索——

三個時辰前，古屍生牙長爪。

厲鬼群聚地下市場，伺機而動。

大批犬魂聚集橋下，惡性漸凶。

其中有張廣告紙上的內容令韓杰一愣——

欲知吳天機與摩羅合作緣由，看看你臭腳。

「看看我……臭腳？」韓杰翻到這張廣告紙，一時愕然，他一面抓著腳踝，一面喃唸複誦，跟著低頭往腳踝癢處望去，只見腳踝上有一圈古怪割痕微微泛紫，像是被墨透入皮膚一般。

「哇，這是什麼？」韓杰低頭抓著腳看了半天，只見那古怪割痕竟像是一排數字。

葉子取出手機，對著韓杰腳踝那割痕拍了幾張相片，還沒拿給韓杰細看，便聽韓杰叫了一聲。

「陳七殺！」韓杰瞪大眼睛，想起陳七殺在被豹皮囊吞沒之前，曾緊抓著他的腳踝不放——當時他全身滿滿攀著惡鬼，大家咬他手、搥他身、扒他臉，甚至放火燒他，他根本沒注意陳七殺當時不顧一切抓著他腳，竟是用指甲在他腳上割下這串數字。

「這數字是陳七殺刻的？」葉子驚問。「這是他在你身上留下的詛咒？」

「不……」韓杰搖搖頭。「這是……他老婆那保險箱的密碼。」他指著葉子手機照片上那串數字前還有一個歪七扭八的字——「恬」。

這是他妻子姓名最後一字。

當年陳七殺憑著烏蒙流茅山術替黑道大哥剷除道上惡敵，賺了大筆金錢，購入不少房產。陳七殺被韓杰擊敗後，答應韓杰終生不再使用烏蒙流茅山術，當著韓杰的面，將幾件重要法器與他妻子骨灰一齊放入北部某間房內的大保險箱裡。

「密碼只有四個字？」葉子翻看著照片，見照片上韓杰腳踝的烏青割痕，便四個數字——

6712

「不……」韓杰抓著頭說：「當年密碼有八個字，我按四個他按四個……然後關上保險箱門，照理說誰也打不開——但他肯定是打開了，昨晚他家那些鬼如果沒有當年那些法器，養不出來。」

「所以他打開了保險箱，拿走了法器，卻留下密碼給你？」葉子不解地問。「如果他把保險箱裡原有的東西拿走，又何必通知你——他放了其他東西進去，想要你去開保險箱？」

「吳天機的祕密。」韓杰重新看了看那香燒字跡，喃喃地複誦字跡內容：「欲知吳天機與摩羅合作緣由，看看你臭腳……」

「你說過……」葉子喃喃地說：「第六天魔王、吳天機找上陳七殺，把他弄得半死不活，還控制了他女兒和姪女的魂，逼他在家裡煉鬼、布置陷阱對付你，而他卻在保險箱裡留下吳天機的祕密，想要你去看？」

「這意思是……陳七殺雖然表面上幫助那魔王，但心有不甘，暗中留了這條線索給你？」葉子說到這裡，頓了頓，繼續說：「但也可能……只是另外一個陷阱，想騙你上當？」

「有可能是陷阱，但應該也有重要情報……這是小文叼出來的籤，要我重視這條線索。上頭那傢伙雖然混蛋，但不至於報假消息給我。」韓杰焦躁地抓著頭，苦惱地說：「我早忘記那時我按了什麼數字了……」他抬頭瞪著天花板罵：「媽的，就喜歡裝神弄鬼，你如果知道，為什麼不直接寫在紙上啊，成天打啞謎整我呀！」他轉頭朝小文大吼：「笨鳥，還不給我叼個明牌出來啊！」

小文卻絲毫不理會韓杰的怒罵，從容理了理毛，便飛上小籠裡吃起飼料，又悠哉地四處亂晃。

「那怎麼辦？」葉子搖搖頭說。「請鎖匠打得開嗎？」

「可以，只是有點麻煩……如果保險箱裡真有陷阱，藏著厲害惡鬼，一般鎖匠怎麼擋得住，要是傷及無辜，說不定他又要加我利息，媽的！」韓杰拿起電話，撥了個號碼，和電話那端講了半晌，這才掛上電話，搖搖晃晃起身找外套。

「韓大哥，你現在要出去？」葉子見韓杰似乎想要出門，不禁有些驚訝。

「我很想休息，但上頭不准……」韓杰指著自己剛長回的皮膚上那逐漸擴大的紅斑。

「我這兩天幹的事情是我私下自行調查，並不在那些案子裡，等於我好幾天沒工作了。」

「哪有好幾天！大前天你才阻止了兩個女鬼害……那女人不是嗎？」葉子過去叫她妘姊，但此時只願叫她「那女人」了。

「這筆單簽下一陣子啦……既然上頭催得急，表示這案件拖不得，今晚會有新受害人。就當熱身吧。」韓杰揚了揚手中幾張香燒廣告紙，那是他原本小櫃上三疊簽名案件裡最後一案。

「可是……」葉子急急地問：「你現在的身體，還打得贏鬼嗎？」

「應該打不贏鬼。」韓杰哼哼笑地說：「不過這件案子裡只有騙子跟蠢蛋，沒有神也沒有鬼。」

「我陪你去吧，你現在這樣子，要是有個萬一，我還可以幫你報警……」葉子喃喃地說。

「……」韓杰默然一陣，點點頭。「這件案子妳倒是能幫上點忙。」

□

計程車停在距離市區有點距離的一處小鎮街上。

韓杰與葉子下了車，先是撥了通電話給阿福。數十分鐘前，阿福剛提著幾袋東西返回東風市場，撞見下樓的韓杰與葉子，本也要跟來，但韓杰安排了另一件任務給他。

此時阿福人在距離韓杰約莫兩小時車程的郊外守著，等韓杰另外找去的一路人馬。

「王隊長會帶鎖匠去跟你會合，我處理完這傢伙，會立刻趕去。」韓杰低聲吩咐完，接著又撥了通電話，對電話那頭講了差不多的事情。「在我到之前，你們千萬別自己動手……」

他講完，望著手機亂按半晌才結束通話，像是一時還不習慣這舊型手機——他那智慧型手機在陳七殺老宅大火裡燒爛了，他小櫃裡有個抽屜堆著不少支不同型號的舊型手機，且積著十餘張預付卡。

韓杰領著葉子深入小巷，不時取出紙條比對附近巷弄地址。

「為什麼我能幫上忙啊？」葉子好奇地問。「你要我做什麼？」

「幫我開門。」韓杰看了葉子一眼，嘿嘿笑著說。「要是我自己一個人來，要見他還得想辦法騙他們開門讓我上去。」

「幫你……開門？」葉子愣了愣。

「是呀……」韓杰一面向葉子解釋這件案子的由來，一面比對地址，帶著葉子來到一處公寓前。葉子按照韓杰的吩咐，按下電鈴，將臉湊近對講機攝影鏡頭，說：「朋友介紹我來找神龍太子。」

喀啦一聲，公寓大門開了。

韓杰立時矮著身子繞過葉子背後，推門進入公寓，葉子則迅速跟上。

韓杰讓葉子走在前頭，自己靠牆側，盡量放輕腳步。

「爲什麼要我按電鈴他們才開門呀？」葉子壓低聲音問。

「因爲那豬哥只騙年輕女人，不敢騙樣子很凶的男人。」韓杰低聲回答。

「豬哥？他是神棍？」葉子仍然滿腹疑問，但聽上頭有開門聲，便不再多問，一步步上樓，來到三樓門前。

在門後接應葉子的是個長髮女人，她依稀瞥見葉子身後還跟著韓杰，像是有所警覺，伸手想關上鐵門。

「怎麼了？我朋友介紹我來找神龍太子……」葉子將皮包卡在門間，不讓女人關門。

「神龍太子有客人，請等等……」女人急急地說：「妳給我看看妳的證件……」

「證件？看什麼證件？」葉子說：「我是來改運的。」

「對啊，改個運還要看證件？」韓杰幾步竄來，揪住鐵門欄杆，緩緩將門拉開。

「喂喂喂，神龍太子現在有客人吶！」長髮女人想要攔阻韓杰進屋，卻被韓杰粗魯地推開。

韓杰冷笑兩聲，大步入房，轉身對葉子說：「謝啦，妳幫了我大忙。妳別進來，下樓等我。」

「啊？爲什麼？」葉子還沒反應過來，韓杰已經關上鐵門，也不理會她抗議，隨即關上木門。

「不好意思，我趕時間，讓我先吧。」韓杰嘿嘿笑著，也沒脫鞋，便走至客廳中央，雙手環胸，不懷好意地四處打量。「神龍太子呢？我要找他聊聊。」

客廳燈光昏黃，靠牆擺了張大神桌，飄散著濃濃的檀香氣味。

神桌上的神像頭戴金冠、右手持長槍、左手提金圈、雙腳踏火輪、胳臂上繞著長巾，擺著個威風凜凜的姿勢——儼然就是三太子哪吒的形象。

客廳牆上還框著幾幅龍飛鳳舞的毛筆字，上頭寫著——

飛天遁地翻江倒海

神龍太子斬妖除魔

一旁牆邊橫擺著幾張椅子，三三兩兩坐著幾個人。

全是女人。

韓杰望著一對母女，媽媽年紀約莫四十來歲，女兒像是大學新生；那對母女被韓杰瞪得渾身不自在，縮了縮身子，都低下頭。

韓杰從口袋裡取出那疊香燒符紙，用手墊在紙下細看那些香燒字——

四十歲婦人欲將女兒獻與神龍太子轉運

三十歲婦人欲將自己獻與神龍太子求財

二十歲婦人欲將自己獻與神龍太子求姻緣

二十歲婦人欲將自己獻與神龍太子懲戒情敵

「哇，都到齊啦！」韓杰逐一比對香燒廣告紙上的訊息與客廳幾個女人的年歲樣貌。

「今晚神龍太子生意興隆，難怪催我催得那麼急。」

「怎麼回事？外面在吵什麼？」一個尖銳的喊聲自房內發出。

「神龍太子大人！有個男人說他想見你，他……」負責接待的長髮女人急急往房內奔。

「哦，在裡面啊？」韓杰大步跟著女人往房內走去。

聚在客廳裡彷彿等候名醫看診的女人們紛紛探頭往廊道裡看，只聽見房裡磅硠傳出幾聲重響，跟著傳出女人尖叫與男人的哀號聲。

一個女人赤身裸體，抱著衣物往外奔跑，她四肢胸背都遍布著用墨汁寫的詭怪符籙文字。

「神龍太子大人，你在女人奶子上寫那什麼鬼東西我怎麼一個字都看不懂。」韓杰揪著一個矮胖男人從房中回到客廳。

那男人四十來歲，比韓杰矮了一個頭，身形渾圓肥胖，穿著一身寬鬆居士服，雙手摀著口鼻，還不停滴答著鮮血，像是捱了一拳；從房裡奔出的裸體女人則約莫二十來歲，縮在角落急匆匆地穿衣穿褲。

客廳眾人全驚慌地望著韓杰與被他揪來客廳的神龍太子，紛紛叫嚷起來：「神龍太子大人！」「你是誰？你爲什麼要這樣對神龍太子大人？」

「是這樣子的。我被一個兇巴巴的鬼纏住了，想找神龍太子大人幫我趕跑他，順便轉轉運。」韓杰揪著神龍太子走到神桌邊，磅地將他腦袋按在神桌上，隨手從供桌上取了顆蘋果吃，盯著神龍太子被自己按得扭曲的臉。「那隻鬼好煩，纏著我好多年，非要我幫他做事，我不幫忙他就搗蛋，搞得我頭痛鼻塞流鼻水呼吸困難全身發癢。神龍太子你快點大顯威靈，趕跑那隻鬼呀！快呀！」

「就算你被鬼纏上也要排隊呀，我們都等好久了……」「你好沒禮貌！」「你知不知道神龍太子是神靈子弟，你怎能這麼粗魯對他……」在客廳等候的女人們妳一言、我一語地指責著韓杰。

「神靈子弟？還會翻江倒海、飛天遁地啊……」韓杰揪著神龍太子耳朵，拉著他在客廳轉圈，細看牆上一幅幅歌頌他的毛筆字，還拿著咬了幾口的蘋果砸他臉、敲他腦袋。「你既然這麼厲害，怎麼不趕跑我身上惡鬼呀，還是說——」韓杰說到這裡，瞪著神龍太子。「其實你根本不會驅鬼，難道你是騙子？」

「我……我不是騙子！」神龍太子囁囁地說：「我幫神龍太子做事，我……我……」

「你幫神龍太子做事？你都做些什麼？」韓杰哦了一聲，盯著客廳幾個驚慌失措的女人，又瞧了瞧神桌上一張服務項目表，哼哼地說：「求財、改運、救姻緣、風水、相命……哦，你這神龍太子這麼多功能啊，不像我就只有一種功能。」韓杰扔下那砸爛了的蘋果，又取了一顆新蘋果咬了一口，對著神龍太子說：「你想不想知道是什麼功能？」

「不想！你什麼功能關我什麼事！」神龍太子對著長髮女人尖叫：「快報警，說有人……」

他喊到一半，韓杰便將手中蘋果重重往他嘴上一砸，砸斷他兩顆門牙——

「這就是我唯一的功能，不像你這麼多功能。」韓杰將上頭嵌著門牙的蘋果一把捏碎，握緊了拳頭向神龍太子展示他的拳頭。

「嘎呀——」神龍太子發出了有如豬隻被屠宰般的聲音。

「呀！」客廳女人們見韓杰出手凶狠，各個花容失色，妳推我擠地想往外逃，卻被韓杰拉著神龍太子擋在門前，一個也不讓她們走。

那帶著女兒一起來的母親，氣憤對韓杰罵著：「你……你這惡棍，你怎能對神龍太子大人使用暴力！」

「我也不想啊。」韓杰勒著神龍太子脖子，隨意揮拳勾他肚子和臉，對著那母親和幾個女人說：「我不是說了，有隻鬼纏著我，逼我動手打他，這神龍太子不是很厲害？不是能翻江倒海，不是能斬妖除魔，怎麼不打我一頓趕跑那隻鬼？他辦不到嗎？他打不贏我，也趕不跑鬼？難道他是個騙子？」

「你……你根本胡說八道！你……你只是在欺負人！你是流氓！」那母親摟著女兒，鼓起勇氣向韓杰怒罵。

「喔——」韓杰瞪著那母親，冷笑地說：「妳終於看出我在胡說八道啦？那妳怎麼看不出這神龍太子根本也是在胡說八道？妳送錢給這豬哥花還不夠，還把自己送給這隻豬爽；這豬哥爽完妳還想爽妳女兒，妳就乖乖把女兒帶來給他爽——妳心裡其實有點懷疑對吧，但妳害怕要是承認自己被騙了，那之前又送錢又被搞的，付出的一切都像是大便一樣沖進馬桶什麼都沒有了。妳不想認賠殺出，所以寧可繼續自己騙自己，逼自己相信這豬哥很行很厲害，還帶女兒來讓他舔、讓他爽、讓他鬼畫符，也不願意認錯，對不對呀太太？」

他說到這裡，繼續不停賞神龍太子巴掌，一面調侃地對其他女人說：「睜大妳們的眼睛，看仔細這頭豬公，從頭到腳哪一點像是神龍、像是太子啦？妳們光著屁股讓這隻豬在妳們身上鬼畫符、賞這隻豬錢花、讓這隻豬舔、讓這隻豬幹——以爲這樣就能發大財、轉好運、挽回愛人的心？」

「爸爸媽媽生給妳們的大腦，妳們就這麼糟蹋，連用都不用一下？」韓杰瞪大眼睛，又望回那摟著女兒的母親。「妳們笨到連神明都看不下去了，妳們知道嗎？」

「哇——」那母親發狂般尖叫起來。「你放屁！」

但神龍太子立時發出了比她更尖銳、更淒厲的慘叫聲，不但蓋過了她的叫聲，且嚇得她說不出話——

韓杰折斷他的食指骨，且緊抓他斷指不放，拉著他在門前晃來晃去，步伐中還帶著節奏，像是在跳探戈一樣。

「她們不相信我，我只好讓你自己說囉。」韓杰嘿嘿笑地對神龍太子說：「告訴她們眞相，說清楚你什麼身分，直到我滿意爲止。」他這麼說的時候，揪著神龍太子斷指轉了個圈，然後揪住他另一隻手的食指，微微施力。

「哇——對不起，是我不對！這些全是我編的，全是我吹牛唬爛的！我說謊騙妳們——」神龍太子被韓杰揪著斷骨食指跳了幾小節探戈，痛得尿濕一褲子，又被韓杰抓住另一指，再也不敢嘴硬，連連哀號地說：「我是個騙子，我什麼法術都不會，我……只是混口飯吃而已！」

韓杰放開了手，還在他屁股上踹了一腳，任這神龍太子撲倒在地。

「……」那母親見這本來敬如天神的大師滿臉鼻血、尿濕了褲子，跪倒在她面前對她們磕頭認錯，一時震驚得說不出話來，雙腿一軟像是要癱軟倒地。

「媽……」女兒紅著眼眶托住母親胳臂，抽噎地說：「我們走了好不好……我們不要信他了好不好……」

「等等，妳們被他騙了多少錢？我讓他還給妳們。」韓杰望著那母女和其他人。「當然，如果妳們不想討也沒關係，我還是會逼他吐出來，通通捐給慈善團體。」

他抓著神龍太子的頭髮，拖著他走。「你這地方藏了不少錢對不對，我知道你有個小金庫，裡頭有現金跟一堆金牌，給我打開它。」

神龍太子在地上蠕動半晌，本來有些不情願，但見韓杰彎腰伸手又要抓他的斷骨手指，連忙求饒說：「好好好！我去拿錢、我去拿錢！」

一群女人見韓杰讓出大門，有一人立時急急離去，女兒向媽媽耳語幾句之後，見媽媽仍崩潰無語，只好攙著她離去。

其餘幾人則怯怯地跟在韓杰身後，走近神龍太子那作法小房，擠在門外廊道，一一報出她們奉獻給神龍太子的供養金，從幾千到數十萬都有。

韓杰翻著神龍太子交出的帳本，簡單核對了她們的身分和數字，讓神龍太子從保險箱裡取出鈔票還給她們，一個女人接過錢，臨走時還在神龍太子胯下狠狠踹了一腳。

「我趕時間，今天就到這裡。」韓杰看了看時間，隨手抓了個提袋，將那些鈔票、金牌全裝進袋裡，對神龍太子說：「你現在有三條路可以走——一、去警局自首，說你是神棍，騙財騙色，乖乖上法院，然後乖乖坐牢，出來後好好做人；二、逃亡。但你可能還不知道，我剛剛打你的時候，你已經被通緝了，你幾個銀行戶頭也已經被凍結，名下車子跟房子很快就會被法院查封，你沒辦法動用半毛錢。接著，我會在你走投無路的時候，比警察更快找到你，折斷你另外九根手指；三、報警跟警察說你被強盜搶了，但沒有用，因爲我上頭那傢伙勢力很大，警界裡有不少他的人，警察會帶你進拘留室，請我去跟你喝咖啡對質，我會請他們迴避一下，然後把咖啡杯塞進你嘴巴裡。」

「你自己選一個吧。」韓杰打了個哈欠，提著大袋鈔票跟金牌往外走。「好重啊！」

「你……你到底是誰？你上頭……是誰？」神龍太子顫抖地爬出房門，望著韓杰的背影，含糊不清地問。

韓杰站在門前，回頭望了望趴在廊道裡的神龍太子，又望了望蜷縮在神桌角落負責接待的長髮女人，指了指神桌上威風凜凜的太子像。

「眞想知道的話，自己擲筊杯問吧。」

拾伍

「韓大哥！」葉子在一樓倚牆等待，見韓杰終於出來，手上還多了袋東西，連忙追問。

「上面發生了什麼事？你爲什麼不讓我進去？」

「因爲我揍人的樣子很兇，怕嚇到妳。」韓杰帶著葉子往街上走，一邊撥了電話招計程車。

「你又打人了。」葉子吐了吐舌頭。

「是啊。」

「難道沒有不打人也能解決問題的方法嗎？」葉子問。

「可能有喔，以後我如果想到的話，會試著用看看。」韓杰聳聳肩。「但等我想到方法，剛剛那個小妹妹應該已經被那隻豬哥舔光光囉。」

「那……神棍還會舔人？」葉子呆了呆。

「何止舔呀，說不定全身裡外都搞遍囉。」韓杰嘿嘿冷笑。「對付這種人，用拳頭最快了，幾秒就能讓他現形──更斯文的方法，我等著哪個大聖人、大菩薩想到了示範給我看。」

計程車很快來了，數十分鐘後，韓杰與葉子在一處郊區與阿福會合。

阿福身旁還跟著幾個人。

一個身穿夾克、叼著菸，年約六十出頭的中年人，身旁跟著兩個年輕手下，背後還躲著個瘦小傢伙——那瘦小傢伙也五、六十歲，戴著厚重眼鏡、齙牙外露，弓著身子、神情鬼祟。

「哪個是開鎖的？」韓杰望著中年男人身後三人。

帶頭的中年男人轉頭朝瘦小傢伙望了一眼，兩個年輕跟班伸手推了推他。瘦小傢伙呵呵笑地往前走了幾步，向韓杰點頭，說：「呵呵……我是鬼手老徐。你好、呵呵……」

「鬼手老徐？」韓杰打了個哈哈。「這外號你自己取的？」

「我師父外號『神手』，我是他最厲害的徒弟，但他不喜歡我，叫我『笨手』；後來我自立門戶，名聲越來越大，大家喜歡拿我跟師父相提並論，叫我鬼手，一個神、一個鬼……你叫我徐老鬼、徐老怪都可以，嘻嘻……」徐老鬼笑的時候，兩隻小眼睛瞇成一條縫。

「你那邊處理完了？」中年男人呼出一口煙，隨手扔下菸蒂踩熄。

「是啊。」韓杰點點頭，將提袋交給中年男人。「這些都是蠢蛋們的血汗錢，交給你處理吧——不能花喔，要捐出去。別讓我多跑一趟去打你們。」

「捐個屁，這些是證物，沒這些東西要怎麼辦他？」中年男人隨手遞給身後兩個跟班，吩咐他們。「你們清點一下送回局裡，徐老鬼交給我。」

「原來——」葉子聽中年男人說到這裡，忍不住啊了一聲。「你們是警察！」

「不然咧……」中年男人乾笑兩聲。「妳以為我們是流氓啊？」

「看起來差不多啊。」阿福在一旁忍不住嘀咕。「做的事情也差不多……」

「哦？」中年男人望著阿福，上前緩緩地說：「那你覺得我平常都做什麼事？」

阿福見他面露不善，連忙閃身繞到韓杰身後；徐老鬼倒是在中年男人背後，對著阿福擠眉弄眼、連連點頭，像是想附和阿福的話，卻又不敢明著講。

「別浪費時間了。」韓杰拍了拍中年男人的肩，指了指斜前方一條小巷，領著眾人往小巷走去，他見葉子怯怯地望著中年男人，像是有些害怕，便說：「人有好人壞人、鬼有好鬼壞鬼，警察裡有壞的，但也有好的——你們別冤枉王小隊長。」

他這麼說時，還瞅了中年男人一眼，調侃道：「這位王智漢小隊長當了一輩子警察，永遠是個小隊長，肯定是個好警察。」

「去你的。」王智漢爆了句粗口，見韓杰停在一處老公寓大門前，忍不住埋怨說：「那法師的保險箱就在這棟公寓？怎麼不早點說，我剛剛自己帶人上樓就行了。」

「我就是怕你自己上樓。」韓杰說：「要是保險箱裡眞有陷阱，我可來不及飛來救你們。」

就在韓杰與王智漢說話的當下，徐老鬼已開了公寓大門。

「嘩！」葉子和阿福只見徐老鬼才晃到門前沒幾秒就開了門，不禁咋舌。

眾人來到四樓，徐老鬼又飛快開了那戶人家的鐵門——這公寓的格局是前陽台進出，韓杰先讓眾人待在陽台，自個兒進屋開燈巡了巡。

他的手始終放在口袋裡，捏著混天綾尪仔標。

踩進陳七殺的地盤，他一點也不敢掉以輕心。

王智漢聽他在房裡喊了幾聲，這才領著其餘人進入房裡。房中角落擺著一個七、八十公分高的保險箱，韓杰已在保險箱周圍撒了一圈香灰，且在保險箱上方以香灰畫了個咒印，一手按著箱頂。

「我可以動手了？」徐老鬼一見保險箱，忍不住從隨身包裡取出一堆古怪器具，急著想要開工幹活。

「前四個號碼是6712。」韓杰這麼說。「後四個我忘了……」

「啊呀！你幹嘛說出來啊！」徐老鬼像是看電影被人說破劇情般抱怨起來。「我要自己猜啊，你這樣破梗還有什麼好玩的？」

「我們不是來玩的。」王智漢在徐老鬼腦袋上重重拍了一下。

「快點啊……」韓杰也不悅地催促。

「好了。」徐老鬼站了起來。

「啊？」韓杰與王智漢呆了呆，他們知道徐老鬼開鎖本事高明，卻沒料到高明至此。

韓杰見徐老鬼伸手就要打開保險箱，連忙抓住他的手，將他推遠，並向眾人說：「你們全都退開點！」

王智漢立時揪著徐老鬼，帶著阿福和葉子退出房門。

他們見韓杰背對著眾人，一手捏著尪仔標，一手緩緩拉開保險箱的門。

阿福和葉子透過韓杰背後，隱約見到保險箱裡竟蜷縮著一道小小身影，忍不住驚呼：

「啊！那是什麼？」「是個小孩子！」

韓杰後退一步，微微弓蹲著身子，像頭備戰的豹，門外幾人一看小孩身上膚色古怪、眼瞳裡一陣陣詭怪光芒，便知他不是活人。

小鬼模樣約莫三、四歲大，身邊散落著一張張糖果紙，微微張著口，虛弱地爬出保險箱，仰頭望著韓杰。

韓杰先是一呆，上前捏起一片糖紙細看了看，望著那虛弱小鬼，問：「我想起你了，我以前是不是吃過你的糖？」

小鬼點了點頭。

□

客廳燈光昏暗，阿福與徐老鬼隨意找了張椅子休息打盹，葉子則蜷縮在老舊沙發上蓋著韓杰的外套沉沉睡著。

在這之前，她已打過電話告知媽媽今晚又要在外過夜。她聲稱劇組有部作品無論如何也得完成，這是她目前最重要的事——

這是她父母過去加班晚歸甚至不歸時，慣用多年的理由。

葉子其實並非想要抗議什麼，她只是覺得跟著韓杰東奔西跑，要比窩在冰冷寂寥的奢華別墅有趣許多。她對媽媽說她因現在這個工作，結交了許多新朋友，聽他們講了許多趣事，令她覺得現在每一天，比過去許多年的生活全部加起來還要開心。

韓杰則與那小鬼窩在房中長談一夜。

王智漢倚在門邊聽他們對話，不時上陽台抽菸，還抽空下樓買了些零食餅乾回來；韓杰在幾包糖果餅乾上撒了點香灰施術，讓飢腸轆轆的小鬼飽餐一頓。

小鬼不善與人溝通，甚至聽不懂許多慣用詞彙，一段簡單的事情往往要反覆講述好半晌，經兩人再三追問，才能拼湊出大致詳情。

途中，王智漢聽到了一個關鍵線索，隨即撥了通電話給待命手下，要他們立即查詢那個名字──吳孟學。

這是吳天機的眞名。

十五分鐘後，王智漢手機便收到了手下的回報，包括吳天機眞實身分的資料照片──韓杰看了照片一眼，無論是眼睛形狀、鼻子和臉型，都與他先前親眼所見吳天機的樣貌大不相同，但一雙眼瞳裡隱隱透出的奇異神色卻有幾分相似。

這吳孟學，也就是吳天機，未成年時曾犯下重案。

那年他才十五歲，受害者是一名年紀與他相仿的女孩，和她年邁的奶奶。

她們被發現陳屍家中，女孩生前有遭受性侵的跡象，與奶奶的頭都被鐵鎚砸得不見原貌。

吳天機逃亡一小段時間之後主動投案，他第一次出庭時，身邊圍著大隊律師，全都是他父親律師事務所裡的一線戰將。

他是他年邁父親喪偶多年，臨老找了國外代理孕母硬擠出來的獨生子。

在大批猛將律師輪番上陣守護少主的情況下，受害女孩的中風爺爺僅能張著嘴巴，淚流滿面地看著年輕檢察官面紅耳赤地試圖戳破對方堅稱的那個亂七八糟的鬼故事——吳天機稱他與女孩相戀多年，卻被有精神疾病的奶奶惡意阻撓，他前來她家與她私會，被她奶奶發現，一時情緒崩潰，才對奶奶出手；女孩在勸阻拉扯間，被波及重傷身亡。

爺爺身體不能動、嘴巴也不能動，但他很清楚知道吳天機講的不是事實，他老婆是尊活菩薩，要不是上輩子修來的福氣讓這菩薩守著他，他十年前就活不下去了。他記得很清楚，不久前才聽孫女抱怨有個怪胎一直纏著她，她奶奶教她要嚴厲拒絕對方。

爺爺不曉得這是否成爲吳天機痛下殺手的原因，但他知道這個惡鬼將他心中的摯愛菩薩和摯愛孫女的頭都砸爛了。

總之，吳天機並沒有在牢裡待太久，他重獲自由時，距離三十歲還有好多年。

女孩爺爺則在宣判不久後不吃不喝告別了人世；吳天機的老父也沒能等到他出獄重逢，在吳天機入獄的第三年便離世，留下一筆豐厚遺產，且經過精心計畫，規避了各種稅務、刑案賠償等難關，讓吳天機一出獄便擁有常人須工作幾輩子才能擁有的海外資產。

王智漢一邊喝著提神飲料，一邊對韓杰講述這段過程，當年那檢察官雖忿忿不平，在吳天機出獄後企圖找出他繼承財產上的漏洞，但他老父規劃得天衣無縫，吳天機在獄中表現良好，出獄了也安分花錢，令檢察官拿他一點辦法也沒有。

王智漢冷冷地說，韓杰靜靜地聽，這確實是件令人憤怒的事情，但他與王智漢見過許多同樣讓人憤怒的事情，也不差這麼一件。

他們本來疑惑的是，吳天機既然在牢裡安分多年，出獄繼承了大筆遺產，還透過整形手術改頭換面，像是亟欲想擺脫過去，卻又爲何要學習風水異術興風作浪找韓杰麻煩。這疑問漸漸從韓杰與那小鬼的艱難對答中得到了答案。

吳天機環遊世界多年，一直在鑽研「辦法」。

他知道自己已經失去了當年保護他的銅牆鐵壁，包括「未成年」那面免死金牌，包括他爸爸和堅強的律師團。

長大後的他，如果再像以前那樣隨心所欲，肯定會受到數倍的責難，說不定還會丟掉一條命。雖然他不是那麼看重自己的性命，但他知道這世上有比丟掉性命更嚴重的事情等著他。

他在牢裡見過女孩的爺爺。

女孩的爺爺站在他床邊望著他，親口對他說，他已拒絕了輪迴轉世，他會在猶如人間鏡面的地底耐心等吳天機下來，與他結清一切恩怨，他要親眼見他墮下十八層地獄。

當時的吳天機靠著父親的庇蔭在牢裡過得十分舒適，但被女孩爺爺每夜拜訪，也忍不住崩潰——他向父親求救，他父親在外找了高人處理，讓女孩爺爺終於不再現身。

出獄後的吳天機環遊世界的目的，就是找到一些「辦法」——讓他能繼續隨心所欲、不用接受後續制裁的辦法。

更重要的是，他想找出讓自己不用「下去」的辦法。

他很清楚自己做過什麼事，也明白這件事情的代價。他不喜歡那個代價，他想要像過去一樣爲所欲爲，別的小孩不能做的事，他可以做；別的小孩必須做的事，他不用做。

他非常享受這樣的與眾不同，那會令他有種超脫凡人的尊榮感。

別人傷天害理，要還。

他不想還。

他不想下地獄。

他開始接觸通靈鬼魅之法，拜了許多異國大師，其中九成九是假貨；他很聰明，一旦發現對方是假貨便立刻另尋高明。

然後他得到了第六天魔王的賞識。那是他在投到一位東南亞高手門下、學法兩年後的一個夜晚，第六天魔王找上了他。

其實他在奇門異術的領域裡並沒有過人天資，甚至有些笨拙，但他的性格與企圖心實在太合第六天魔王的脾胃，他們一拍即合。

第六天魔王需要機伶的凡世跑腿，吳天機需要靠山庇蔭，第六天魔王表示他有本事與管道，可以讓吳天機即便身死，也能恣意遊走三界而不受陰司律法管轄、牛頭馬面拘捕。

這正是吳天機多年追尋的東西。

他立刻答應了第六天魔王，當晚就砍了把他當成兒子疼愛的師父，和他師父本來答應許配給他的女兒。

砍了他師父是第六天魔王的提議，天魔王聲稱要讓他見識如何不受人類法律限制的本事；連他未婚妻一起砍了，則是他的提議，他覺得她長得很醜，他是爲了討師父歡心才勉強自己和她湊成對的。

然後他在第六天魔王指示下，回到台灣，拜訪第六天魔王上一任跑腿——陳七殺。

他與陳七殺幾次長談——這漫長過程都是他親口告訴陳七殺的。

他以爲陳七殺和他是同一類人。

但他錯了，陳七殺與他仍然有些許不同。

陳七殺看在過去主子面子下，與吳天機深談幾夜，總是靜靜地聽，偶爾應個幾句。他老了，手腳都不靈光了。他當年與第六天魔王合作，是爲了在黑幫頭子手下嶄露頭角。他自知是惡人，但天下惡人並非個個相同。

陳七殺喜歡黑吃黑，喜歡將敵手斷頭斬手。每當他知道自己驅出的惡鬼將那些橫眉豎目的道上仇敵殺得屁滾尿流橫死家中或是山郊野外，心裡就會有種難以言喻的欣快感——彷彿又報了一次妻女當年遭敵對黑幫仇殺之恨。

他自認獻給第六天魔王的祭品，九成九都是死不足惜的惡人。

只是那百分之一的無辜傷者亡人，或許就是韓杰受命找上他的原因。

他被韓杰擊敗，大徹大悟，金盆洗手。

那時陳七殺窩在竹籐椅裡，望著吳天機雙眼閃爍著異樣光彩，口沫橫飛地講述將東南亞老師父和未婚妻綑綁起來宰殺是多麼有趣的一段過程時，便知道他們兩個雖都是惡人，但卻是不一樣的惡人。

陳七殺拒絕了吳天機提議合作的要求。

然後吳天機在第六天魔王指點下，盜走了陳七殺安放在靈骨塔裡的女兒與姪女的骨灰罈，且僞造了拘提令，將陳七殺本在陰間等候輪迴的女兒與姪女的魂魄拘提上陽世，作爲兵卒指使。

當吳天機領著兩女魂魄再次找上陳七殺時，他威脅說第六天魔王能夠捏造她們的人間記錄，讓她們打入煉獄，永世不得翻身。

陳七殺不得不答應吳天機的合作提議，他透過江湖上的舊識管道找人打開保險箱，取出往昔厲害法器，每日辛勤煉鬼，布置陷阱準備對付韓杰。

他煉鬼煉得專注、陷阱造得嚴實，他確實很想讓韓杰大嘗苦頭，他恨韓杰當年答應保他不受第六天魔王騷擾，最終卻未守承諾，不但讓第六天魔王徒孫找上他，還擄走他女兒姪女的魂，甚至剖開他身體，縫入第六天魔王賞賜的肝，讓他那副年邁老體能夠日夜工作煉鬼，且將自己都煉成了不人不鬼。

陳七殺知道即便自己擠出殘燭之力幫助吳天機，直至戰死，吳天機也不會守信善待他女兒與姪女——陳七殺身爲惡人，見過無數惡人、宰殺過無數惡人、也曾與無數惡人合作。他知道惡有許多面貌。

吳天機在描述東南亞師父和他未婚妻被他屠宰時，盯著他恨之入骨卻又莫可奈何的複雜眼神時，那種興奮得口沫橫飛的樣子，令陳七殺知道，這人絕非適合的合作對象。

陳七殺留在保險箱裡的小鬼，就是他對吳天機和第六天魔王做出的最後反抗。

這小鬼是當年陳七殺眾多鬼僕中最笨的一個，手腳笨拙、口齒不清，不僅無法出任務，就連家事都做不好，洗碗會打破碗，擦地會撞翻水桶，點香燒燭會燙傷自己。

這小鬼唯一的好處，是乖巧且善良。

當年韓杰大戰陳七殺時，被群鬼圍攻，躲在隱密處喘息，在最虛弱的時候被這小鬼撞見；小鬼本來有機會補韓杰一刀，或是喊來夥伴圍他，但小鬼卻沒有這麼做，而是分了顆糖給他吃。

韓杰後來饒過小鬼，讓陳七殺繼續供養他，讓他們相依為命，一來讓小鬼免於下地府受審；二來讓陳七殺在家中有個說話互動的對象，免得無聊透頂忍不住搞怪。

陳七殺前來取出法器準備煉鬼時，順便將小鬼關進保險箱裡，並且給了他一個簡單的任務，就是耐心等待韓杰打開門，然後把知道的一切全告訴他。

陳七殺儘管在家中布下天羅地網，但他曾與韓杰交手，知道他不但法寶厲害，且受神靈庇祐，頂著一身無賴硬命，水淹火燒都弄不死。他知道韓杰一定能夠成功脫困，他在最後一場惡戰裡唯一的目標，就是讓韓杰前來打開這個保險箱。

「什麼路？幾號？」韓杰望著小鬼，仔細反覆詢問再三，記下了一個地址。

那是處高級住宅區，吳天機老父親留下的大宅，吳天機本人並不常去，但他將當年女孩爺爺的魂魄囚在那兒——當年爺爺的魂魄被吳天機父親鉅資請回的法師收去供養，第六天魔王蠱惑了法師，收下爺爺的魂魄。

第六天魔王答應吳天機，一旦他成功誅殺韓杰，便替他修改爺爺魂魄的記憶，放出讓陰差找回，帶下地府作證，將凶案嫁禍他人，讓吳天機人間記錄乾乾淨淨，這樣有助他死後取得能夠遊走三界的特殊權限。

「好樣的！是那臭小子的把柄呀！」王智漢正要再去陽台抽菸，隱約聽韓杰與小鬼細碎講了個大概，連忙奔回房內，嚷嚷地問：「地址給我，我立刻帶隊過去把爺爺的魂找出，我想辦法通知我一個朋友，他剛好是個陰差——」

拾陸

王智漢在東風市場外的街邊停車，望著韓杰，遲疑地問：「你堅持不用我的方法，要自己解決？」

「你已經幫我大忙了，不然隨便闖進別人家裡翻箱倒櫃、開保險箱，這些事情可沒那麼容易。」韓杰拍了拍腿上那盆小小的金屬檀香爐。「我不想節外生枝，這樣對大家都好。」

那座小檀香爐蓋上貼著幾張封印般的符紙，是一小時前王智漢緊急調動幾名手下，殺去吳天機父親大宅裡找出的。

裡頭囚著當年被吳天機殺害那女孩爺爺的魂魄。

大宅雖座落在高級住宅區域，但平時無人，王智漢也不顧自己沒有搜索令，大剌剌地要徐老鬼開鎖進去，像是回自己家裡一般。

這大宅裡外幾道門上的鎖可不是尋常竊盜、鎖匠能打得開的，但徐老鬼並不是尋常鎖匠，他開鎖動作俐落得像是在開自家信箱拿信一樣輕鬆。

本來王智漢提議將檀香爐帶去他相熟的關帝廟暫放，等待他一位舊識陰差上來拘提——那位陰差故友過去曾協助王智漢處理過不少鬼靈糾紛相關案件。

王智漢直屬長官姓劉，過去曾受陳七殺威脅，差點丟掉性命，對當時出面相救的韓杰一直畢恭畢敬。這次一接到韓杰電話，聽陳七殺那烏蒙流似乎有重出江湖的跡象，嚇得魂飛魄散，千叮萬囑要王智漢鼎力襄助，務必要全力剷除第六天魔王，免得讓他沒辦法安心退休。

韓杰同意將檀香爐放入關帝廟裡是個不錯的提議，畢竟第六天魔王要的只是他的命，以及一個信得過的凡人差使，而不是向天庭全面宣戰，自然不可能爲了這魂魄硬闖關帝廟找關帝爺麻煩。

但韓杰卻擔心倘若因此嚇壞了吳天機，讓他狗急跳牆，可能會惹出更多麻煩。更重要的是，韓杰壓根不信任陰差。

即便王智漢拍胸脯保證他那陰差朋友挺講江湖道義，但韓杰曾被自稱很講江湖道義的大哥和朋友設局整過，更不吃這一套。

他寧可將爺爺魂魄帶回東風市場自行處理。

「……」王智漢攤了攤手，說：「你改變主意的話再打電話給我。」

「好。」韓杰開門下車，窩在後座的葉子也連忙下車，跟著韓杰返回東風市場。

韓杰領著葉子與阿福上樓進屋，見小櫃四周散落著一卷卷小文叼出的籤，便將那些新籤一一揭開檢視；葉子則在一旁幫忙將廣告紙裁成適當大小，捲成紙卷、綁上橡皮筋，放入空籤筒裡，還隨口問：「韓大哥，你都不用睡覺啊？」

「要啊……但我得等忙完了才能睡。」韓杰打著哈欠，一面把玩著他的金屬菸盒。「我在等那王八蛋打電話給我。」

「韓大哥，我聽不太懂你們剛剛說的東西。」葉子說：「你說第六天魔王答應替吳天機取得什麼遊走三界的資格——你不是說他是魔王嗎？魔王憑什麼替吳天機弄資格？他哪來的管道？天上神明怎不消滅那些魔王呢？」

「妳當打遊戲機呀，哪那麼容易消滅……」韓杰托著臉頰，緩緩地說：「地下太大了，幾千年來有些厲害的傢伙躲過了輪迴和審判，建立起自己的山頭，在底下權位比閻王還大。天庭那些神仙光是顧著人世就很累了，他們沒辦法干涉地底太多，只能擋著那些傢伙爬上人世。」

「就像黑道跟白道一樣囉。」阿福插嘴補充：「不管學校裡老師說得再漂亮，這個違法不能做、那個違法不能做，但實際上就是有些人可以橫著走；地下那些狠角色也一樣，不管是人間還是陰府，甚至連天庭神明都不得不給他們面子，就算妳不服氣，但他們就是有管道、有關係……」

「哦……」葉子聽阿福用黑白兩道的關係來形容神與魔、人世與陰間與天庭之間的關係，像是稍稍明白了什麼。

「阿福說的沒錯，總之呢，天庭無意干涉地下，地下的傢伙表面上也會給神明一點面子，全面開戰對兩邊都沒有好處。」韓杰哼哼笑著說：「至於私底下動手動腳的時候，爲了避免直接撕破臉，兩邊也會找點打手、使者、代言人、乩身什麼碗糕的——像是吳天機啦、陳七殺啦……」他說到這裡，指了指自己。「還有我。」

「第六天魔王是地下那些傢伙之中比較白目的一個。」韓杰繼續說：「這傢伙又奸巧又刁鑽，千方百計想要上來亂，好幾次被神明打回去。他時常躲在人間和地下的交界處，拐些修道練法的凡人在陽世替他幹壞事，弄些活人獻祭給他。」

韓杰說到這裡，阿福又忍不住插嘴：「以前我和我老婆差點被陳七殺獻給摩羅大王……」

韓杰繼續說：「太子爺和第六天魔王以前有點過節，是天庭所有神明盯他盯得最緊的一個；但太子爺在天庭和其他神明關係不好，老是獨來獨往，所以第六天魔王也喜歡找太子爺乩身麻煩，那傢伙知道只要自己別把事情鬧過頭，其他神明不見得會出手幫太子爺。」韓杰這麼說。「所以每當第六天魔王作怪時，太子爺歷任乩身都是最倒楣的傢伙。」他這麼說的時候，指了指自己。「我算好運了，退休前第二次碰到他……聽說以前有個前輩幹了一輩子乩身，跟第六天魔王幾任使者打架，像是在打世界盃一樣，每隔幾年就打一次，每打一次要躺好幾個月。」

「哇……」葉子瞪大眼睛，說：「那位前輩每次都打贏嗎？如果……太子爺的乩身打輸了怎麼辦？」

「打輸就打輸呀，舊乩身被打死打殘了，再找個新乩身就好啦。」韓杰聳聳肩。「地球幾十億人，不差我一個人。」

「……」葉子愕然。「這樣……當乩身不是很吃虧嗎？」

「所以他專找罪人，打贏有賺，打死也不吃虧。」韓杰冷笑說：「至於我吃不吃虧，有人在乎嗎？像我這種人，本來就跟垃圾沒兩樣。他讓我們這種垃圾發揮用處，天庭應該要頒個『資源回收大師』獎給他了，哼哼、哼哼哼……」

「韓大哥……」葉子聽出韓杰語氣中的無奈，隱隱替他不甘。「你以前是做錯事沒錯，但……你已還了這麼多年，有什麼罪，應該也都還清了不是嗎？」

「有沒有還清不是我說了算，要他爽才行呀，他利息算很凶的……」韓杰一面說，一面隨意在紙上整理小文新叼出來的廣告單，歸納新線索——他接下一件案子後，小文才會叼出案件後續線索，讓他追蹤查訪，進而得知案件更多的前因始末。

他一面寫著，嘴裡迸出的粗口髒話頻率越來越高。

他放下筆，揭開金屬菸盒，將裡頭剩餘的尪仔標倒上桌，緩緩數著。

此時剩餘的十二片尪仔標裡，有一片豹皮囊、一片風火輪、兩片混天綾、三片金磚和五片九龍神火罩。

就在韓杰默默望著在紙上記下的一條條線索，以及剩餘的尪仔標時，他老舊的手機突然響了起來。

他接起，冷笑幾聲，說：「這麼晚才打來，我等得不耐煩了。」

「……」吳天機先是靜默半晌，終於開口。「眞有你的，竟然讓你找到我老家，我以爲我夠低調了。」

「你是夠低調，低調得連長相都換掉了，孟學。」韓杰諷刺笑著，他在與王智漢潛入吳天機老宅、取走檀香爐後，還留了一張有他電話號碼的紙條在香爐原先放置的位置，並要王智漢通知高級住宅管理處，要管理員天一亮就想辦法聯絡屋主，說是家中被人舉報藏有違禁品。

「我好佩服你，竟然能活著從陳老師家離開。」吳天機說：「想必用了不少尪仔標吧……」

「別說廢話了。」韓杰哼哼地說：「我挑明了講，我沒把檀香爐送進大廟守著，是因爲我怕把你逼急了，你發狂起來傷及無辜，事情鬧得太大我上頭會沒面子，他沒面子發我脾氣沒差，但我底下親人還得靠他面子才有好日子過。我跟你背後那傢伙交手過，我知道他只是想找我麻煩，未必想把事情鬧大。你們要玩，我就陪你玩，就照你的計畫玩，七天後東風市場決一死戰。中間你要偷襲、要布陣都行，我當然會還手，有空也會去破壞你的陣、砸你的場。」

「不過——」韓杰說到這裡，加重語氣說：「你不准再對無辜的人出手——這是我唯一的要求，我們現在講好規矩，大家照這規矩走；七天後你贏了，我的命跟這檀香爐都讓你帶走，但如果你沒分寸、傷及無辜，我會帶著檀香爐去每間大廟掀桌砸場，把地府陰司勾結魔王替凡人手下串供滅證的事情鬧大，搞到天上大神不得不插手，第六天魔王可能會躲回地底避風頭，沒人替你撐腰，你多年來的如意算盤可要砸囉。」

吳天機在電話那端靜默好半晌，終於開口：「這提議也不壞，就照韓大哥你的意思來吧，我想摩羅大王應該也同意私怨私了……不過我想多問一句，因爲我實在很好奇——我猜，你在陳老師家被我那通電話嚇著了，你擔心我對葉芝苓出手對吧？其實我那晚只是嚇唬你、想讓你分心而已，順便測試一下那兩隻女鬼究竟聽不聽我的話。我知道她們的印被你解開了……你放心吧，我不會傷害芝苓的，我巴不得她活久一點，她媽媽怎麼說也是我一位大金主呢。」

「我以爲你不缺錢。」韓杰哼哼地說。

「當然缺，怎麼不缺。」吳天機大笑說：「我爸又不是留給我幾百億，只留幾億而已，我也揮霍好多年了，總有花光的一天。」

「別囉嗦了，不管你以後想怎麼搞鬼，忍耐七天再說吧，七天後如果你贏了，挖出我的心獻給天魔王，之後你想怎樣我也管不著了。」韓杰冷冷地說：「不過你最好做好準備……」

「做什麼準備？」吳天機哦了一聲。

「你未必會贏。」韓杰說：「你有七天時間，做好下地獄的準備。」

「哇……」吳天機呵呵笑了笑。「這個遊戲，好像很刺激耶……」

韓杰掛上電話，將桌上尪仔標收回菸盒，只留下三片「金磚」在桌上。

他隨手取了個空碗，將三片金磚尪仔標疊著一起撕開。

「哇！」葉子與阿福見韓杰一掛上電話就撕尪仔標，還以爲吳天機立刻就要殺來，嚇得東張西望起來。「他要來了？」

「沒那麼快啦。」韓杰搖頭。「我要休息了，現在大白天的，那些鬼東西力量不強。」

韓杰還沒說完，金亮耀眼的光芒便從他手中撕開的三片尪仔標斷處耀起，兩道金流自他手中落進碗裡，轉眼堆出滿滿一碗金粉。

「哎喲！」韓杰見金粉堆滿一整碗之後竟還不停止，在小碗上聚成一座小山，還在碗邊洩開一大圈金粉。

葉子立時去廚房想找個新碗來裝，左右看了看也找不著，便從流理台裡揀了個髒碗洗淨擦乾，她出來時，只見韓杰將整碗堆成小丘的金粉全倒入阿福翻出的一罐空奶粉罐裡。

韓杰還摺了幾張廣告紙當成掃把，將桌上金粉也掃入罐中；金粉似有著奇異的流動性，經韓杰用廣告紙隨意搧掃，竟乾乾淨淨，沒有殘留半點在桌上。

「這麼大方啊。」韓杰嘿嘿笑著，搖了搖那空奶粉罐裡約莫滿滿兩大碗的金粉，對葉子說。「這次三張金磚，差不多有之前五張金磚的量。」

「這些金粉是用來做什麼的？」葉子好奇地問。

「功用不少，主要是畫符；那天在巷子裡逮著四位乾奶奶的那個『陣』，就是我用之前剩下的金磚粉事先去巷子裡畫下的。」韓杰隨手拿了張廣告紙蓋上奶粉罐，撐著餐桌站起；他的臉色微微發紅，眼神也有些渙散。「其他尪仔標的法寶都在打完鬼後自動消失，但金磚不一樣，金磚……化出的金粉……咳咳！咳咳咳！」韓杰劇烈咳嗽起來。「可以囤著慢慢用……咳咳咳！」

「尪仔標的副作用發作了？」阿福扶著韓杰上床躺下，倒了杯水給他。

韓杰呆滯地望著天花板，全身彷如重度感冒般痠疼無力、頭昏眼花，加上一夜未眠，很快便沉沉進入了夢鄉。

葉子見小文又叼出了幾卷廣告籤，便取至餐桌打開，她見韓杰筆記寫得潦草凌亂，便想替他整理出一份更完整的資訊。

葉子和阿福兩人一個仔細辨認廣告單上坑坑洞洞的香燒字，一個則快速寫下，他們很快便露出訝異的神情。

這幾十件鬼聚、煉魂、附身案件裡的事發地點都離東風市場不遠，有如各路兵馬紮營之處，將東風市場團團包圍在正中央——

北邊數公里外橋下聚集了一群凶猛犬魂；南邊果菜市場地下室群聚了厲鬼；東邊一處商店倉儲裡藏著凶悍古屍；西邊一處宮廟附近有個地痞頭兒受惡鬼迷了眼，召集一批小弟，備妥了西瓜刀，隨時準備出發砍人。

這些地點細節線索，都是在韓杰簽名接案後才被小文叼出，葉子這才知道韓杰剛剛一面查看，一面爆粗口的原因，吳天機打從一開始便以韓杰為目標。

「我想起來了，上一次摩羅大王也是趁月圓的時候準備降世，那時是他力量最強大的時候。」阿福望著手中一張廣告紙，葉子探頭來看，只見上頭寫著——

古屍牙已長成、利甲能穿胸透骨，月圓之夜，便是睜眼之時。

「月圓……」葉子立時用手機查了日期，發現七天之後便是農曆十五，月圓之夜。「原來韓大哥說七天之後在東風市場決戰，就是這個原因……」

金磚

能用來畫符，化爲金粉亦能收回重寫，是七寶中唯一生效後能夠長期存放使用的法寶。

拾柒

「你好久沒下來囉。」一個蒼老而古怪的聲音自韓杰前方響起。

韓杰一愣，發覺自己正走在一條古怪巷道裡。

剛剛對他說話那人，是個走在他前頭、穿著襯衫的矮小老頭。

老頭回頭，對韓杰嘻嘻一笑說：「聽說你這次對手有點麻煩。」

「不是有點麻煩，是很麻煩……」韓杰無奈地說：「說不定再過不久我眞的就要下來定居、回不去了……」

「放心，你不會下來的。」老頭搖搖頭。「太子爺不會讓你死的，你年輕又能打，現在讓你死太可惜了，他還要找新人。」

「你這裡資訊太落後了。」韓杰哼哼笑著說：「你不知道現在地上人多成什麼樣，年輕能打的傢伙滿街都是，隨便找都有。」

「我當然知道。」老頭哈哈一笑，說：「地上人多，這裡人就多。這點我比你清楚多了——你知不知道我連續加班加了多少個日子呀，我上一次放假好像是……好幾年前元宵了，我連春節都沒得放！就是因爲人多呀。」

「你沒事能多下來幾趟嗎？說眞的，帶你下去逛，比其他工作輕鬆多了，就當讓我喘口氣吧。」老頭一面抱怨著被密集工作壓得透不過氣，一面領著韓杰繼續深入奇異小巷，來到一處小門前，推門進去。

這裡是陰間。

倘若韓杰短時間內過度密集地使用尪仔標，導致副作用超過身體負荷，便會有一定的機率墜入陰間。

這老頭則是他的陰間導遊，負責帶他在地底閒晃，他們通常會從不同地方持續再往更底下前進——

十八層地獄。

目的地是火海煉獄裡某棟參天大樓裡的606號房。

韓杰十餘年間下來過百來次，每一次下去的路線都不相同，這次他們進入了巷弄裡的小門後，在一處古怪建築裡蹓躂半晌，推開一道道門、穿過一個個詭異房間後，來到一處電梯前，按下電梯鍵。

「你當我來觀光啊，我是逼不得已才下來的……」韓杰知道老頭刻意繞路，爲的是偷懶久一點——世上人多，陰差卻未呈正比增加，使得陰間工作繁忙到令人匪夷所思的程度，而領著韓杰探視家人是項輕鬆工作，不少陰差都想搶，老頭在底下資深，總是能搶得這差事。

韓杰倒也不嫌棄陪老頭瞎聊亂晃，畢竟他陽世身體還沉浸在尪仔標副作用的沉重痛苦中；在陰間悠哉閒晃，總好過清醒著讓肉身持續受苦要好。

他們等待半晌，進了電梯，足足乘了半小時，電梯門才再次開啓。

電梯門外是一片火海，韓杰早已熟悉迎面撲來的炙熱與亮紅光芒。老頭取出手帕抹汗，持續領著他往前，又穿過漫長樓梯，進入一處漆黑大樓。

來到606號房門前。

老頭取出鑰匙開了門，韓杰感到一陣舒適涼風拂上來——房裡裝著十餘台強力冷氣，二十四小時運轉，讓他父母和姊姊免於承受火海地獄的燒灼之刑。

他爸爸坐在客廳靜靜看著電視，媽媽在餐廳準備晚餐，姊姊則在餐桌前翻著書報——這些冷氣、電視和書報、食材，以及家中各種物資，都是韓杰十餘年擔任乩身賺取的酬勞。

韓杰默默望著房內景況，他不能踏入房裡，他的家人也看不見站在門外的他，這是這兒的規矩。

韓杰曾向老頭詢問過能否安排他與家人更進一步會面，老頭總是支吾其詞；許久之後，韓杰才知道，他爸爸至今尚未原諒他，不想見他。

他也不以爲意。

「如果我眞下來了。」韓杰喃喃地問：「我的人間記錄上會怎麼寫？我也會受刑嗎？」

「這難說囉。」老頭攤了攤手。「你替太子爺在陽世懲奸儆惡多年，將功折罪是一定的，但能折多少，就看你主子的意思了。總之，在底下一切看關係，你跟上頭有關係，那肯定有好日子過，至於你面子大到什麼程度、關係好到什麼地步，就得問你自己了——但我還是覺得你不會這麼快下來，太可惜了。」老頭說到這裡，頓了頓，又說：「小子，不是人人都有資格擔任神差鬼使的。太子爺找上你，你必定有別人取代不了的地方。他看上的確實都是犯了錯的人，但錯有千萬種，人人都會犯錯。有些錯能夠寬恕，有些不行；有些罪能將功抵，有些不行。單是年輕能打，不會是太子爺選中你的理由。」

「那他的理由是什麼？」

「你自己問他囉。」老頭呵呵一笑，說：「要我說的話，是你本性裡有善的一面。善人也會犯錯，但善人與惡徒最大的分別是善人打從心底對自己犯的過錯懺悔，且願意不計代價償還——我記得這是當初你見到太子爺的原因對吧，或許你那時用來還債的方法不太健康，跳海、跳樓什麼的……但我見過數不清的惡人，千方百計替自己的惡行狡辯，那些傢伙再年輕能打，也不可能被神明挑上——畢竟要是挑錯人，惹出麻煩，他們會更頭大。」

□

韓杰睜開眼睛，坐起身來，不但先前一身傷痛煙消雲散，且覺得渾身精力飽滿，像是蓄足了電力般，只是肚子發出一陣咕嚕嚕的聲響。

「你醒啦？」女人的聲音自廚房傳來。

是美娜。

韓杰下床走至餐桌，見桌上擺著一份整理仔細的筆記本，上頭分門別類寫著所有香燒廣告籤上的文字，一旁還有張手繪小地圖，上頭詳細畫著東風市場四周街道，與所有案件裡那些古屍、獸魂、厲鬼、惡人的聚集點。

韓杰拿起葉子和阿福留下的紙條細看，葉子明日必須回醫院複診，因此先行返家；阿福則暫時回台東處理家事。

美娜端著一鍋泡麵走出廚房放在韓杰面前。

「妳這麼厲害，知道我肚子餓。」韓杰大口吃起泡麵。

「本來是我的，既然你醒了就讓給你吃囉。」美娜又從阿福堆在客廳的購物袋中翻出其他零食麵包。「剛好我今晚沒約，來陪你一晚。」

「你最近到底在忙什麼？」美娜吃著零食，翻了翻葉子做的筆記，又指了指小地圖上的東風市場。「這不會是我們這裡吧？」

「就是這裡啊。」韓杰吃著泡麵，見桌上那疊廣告籤數量似乎增加不少，連忙拿過細看，再對照筆記與小地圖，見四周包圍網似乎又縮窄許多，猛地一驚，急急地問。「今天幾號？」

「怎麼了？」美娜取出手機，朝韓杰展示日期。

韓杰望著日期，哇地從椅子上蹦起，口中的麵條差點噴出——他足足昏睡了三天三夜，距離先前與吳天機約戰之日只剩四天。

「糟糕，我忘了先跟你們說這件事！」韓杰急急向美娜說：「妳別吃了，快回去收拾行李，離開一段時間。」

「什麼？」美娜困惑地問：「離開一段時間，爲什麼？」

「吳天機隨時都會殺來。」韓杰急忙起身，翻找衣物想要外出。「妳整理好幫我個忙，通知所有住戶離開。」

「什麼！」美娜訝然叫著：「現在是半夜耶！大家還在睡覺啊……」

「半夜……」韓杰呆了呆，這才發現現在是凌晨一點，他焦躁地坐回餐桌吃麵，瞪著裝有金粉的奶粉罐，嘴裡碎碎罵著。「我以為你大方，多送我點金粉，原來有代價的，要我躺這麼久。」

「你這次的對手很難纏？」美娜試探地問。「要搞到讓整棟樓的鄰居離開？」

「是呀。」韓杰無奈地抓著頭。「對方是我以前跟妳講過的那個魔王，是我最不想交手的傢伙——我可能會賠上一條命。」

「你不是說你死不了？」美娜問：「你們不能換地方打？」

「我不能走。」韓杰說：「我一走，他們肯定會來搶東風市場三、四樓老鄰居，那傢伙最喜歡抓些遊魂野鬼煉成凶神惡煞害人——那傢伙向來一不做二不休，還收了個心理變態的徒弟，他們逮了遊魂，未必會放過活人，下一步說不定就是活人獻祭，你們留在這裡太危險了。」

「原來如此……我記得你說過這些老鄰居們有些是地縛靈，想走也走不了，只能慢慢等陰間派陰差來帶他們下去，所以你也沒辦法帶他們離開……」美娜望著窗外，隱約看見窗外有些身影晃動——她住在二樓近樓梯處的套房，對東風市場三、四樓入夜之後某些「現象」早已見怪不怪。

「對啊，所以我才在這鬼地方住了這麼久。」韓杰點點頭。

「不管怎樣，等天亮再說囉。」美娜吃完零食，伸了個懶腰，在韓杰房裡到處晃，逗了逗小文。跟著撲上床，側著身子用手托著臉頰，笑嘻嘻地對韓杰挑了挑手指。「老闆，我吃飽了，可以工作了。」

「不了。」韓杰攤攤手，說：「最近都忙著跟那魔頭周旋，沒接老龜公的工作。沒錢。」

「嘖！」美娜哼了哼，說：「眞的嗎？還是都花在那年輕小妹妹身上了。」

「人家沒在賣的。」韓杰瞪了她一眼。「她剛做完化療，等著骨髓移植，現在還戴著假髮。」

「我隨便講講而已囉。」美娜嘟囔地說：「你這身分可眞麻煩，連當小白臉都不行——不然我可以不收你錢的。再不然……算你便宜點，給你打折可以嗎？」

「我沒試過，不過我覺得上頭沒這麼好說話；也許免費搞爛整根，打完折爛半根也說不定。」韓杰無奈地說：「我可不敢賭。」

「爛半根啊。」美娜呵呵笑著問：「那你想爛前半截還是後半截？」

「當然都不想啊。」韓杰答：「但如果眞要選的話，爛前半截好像好一點，要是後半截爛掉，前半截也撐不住要掉下來了。」

「有道理。」美娜笑著點頭。

韓杰晃了晃拳頭，說：「所以我一見到那些假乩童、假法師、假通靈人打著神鬼的名義騙錢、騙女人，就沒辦法控制拳頭的力道……」

「對啊，爲什麼那些人就不會爛……」美娜還想說什麼，突然被門窗發出的啪啦巨聲嚇得從床上彈起——像是外頭有人正大力拍門拍窗。

「幹嘛？」韓杰倏地站起，厲聲對著門外喝喊：「你們造反啊！」

他在東風市場住了多年，那些老鄰居們從不曾這麼主動地拍打他的門窗。

他見自己一喝，外頭不但沒安靜，門窗反而震動得更加劇烈，隱隱覺得不對，連忙繞去小櫃捏了把香灰在手上，走近門邊，轉頭示意美娜躲遠點，才緩緩開門。

門外聚著一群老鄰居的小孩們，一見韓杰開門，立時張大嘴巴，比手畫腳地指著東風市場外入口方向。

韓杰呆了呆，這才察覺外頭響著陣陣改裝機車的引擎聲，樓下有些騷動，連忙趕下樓去，美娜也急急跟在後頭。

「韓大哥！」王小明與東風市場三、四樓「老鄰居」們擠在三樓樓梯口，一見韓杰下來，便急急喊他。

二、三樓間樓梯轉角擺著韓杰安放的小桌，上頭有香爐、桌腳壓著符，那是東風市場三樓以上與二樓以下的「界線」，儘管其實不太具有實際的法術強制力，但「老鄰居」們多年來都不曾擅自越線下樓。

「怎麼回事？」韓杰問。

「好像有人想來找你麻煩！老管理員在底下擋著他們，快打起來啦！」王小明擠在老鄰居堆裡，四位乾奶奶也擠在其中，嚷嚷地斥責韓杰。「你不是很能打嗎？怎讓一個老頭子在底下守門，自己在樓上跟女人亂搞？」

「什麼！」韓杰訝然擠過三、四樓的老鄰居們，領著美娜急急下樓，來到東風市場一樓入口，只見一樓入口的小管理室旁也擠滿人，全是一、二樓的活鄰居。

管理員老爺子右腳還裹著紗布，手持一根齊眉棍，橫眉豎目站在樓梯口外人行道上，另有兩、三個住戶男人則守在老爺子身後。

在他們面前的街道則聚集了十餘輛改裝機車，有二、三十個手持棍棒的年輕人朝著老爺子叫囂。

「阿杰！」「你醒啦？」「你身體恢復啦？」一、二樓住戶們見到韓杰往外擠，連忙讓路給他，指著外頭那群模樣兇狠的年輕人，說：「這些人吵著要上樓頂烤肉，還指名要你陪他們喝酒聊天。」「老爺子不讓他們上樓，他們想要硬闖。」

有個大嬸揪著韓杰胳臂不讓他往外走，低聲對他說：「你別逞強，你身體還沒好，快躲上樓，我們已經報警了。」

「謝謝。」韓杰笑了笑，拍了拍大嬸的肩。「我身體已經好了。」

他這麼說的時候，側身擠出擋在樓梯口的住戶，還從住戶男孩顫抖的雙手裡搶過一支鋁棒，走到老爺子身旁，揚著鋁棒環視前方二、三十人。

「你們想上東風市場樓頂烤肉？」韓杰扭著脖子，轉動胳臂，像是在暖身一樣，還回頭對老爺子和他身後住戶說：「你們退開點。」

老爺子卻沒退，只是抓著齊眉棍重重拄了拄地，指著年輕混混之中一個像是帶頭的傢伙說：「這些傢伙眼裡沒王法啦！哪個敢硬闖我一定劈了他！」

這批改裝車混混本來見韓杰走出，紛紛交頭接耳起來，還從機車上抽出鐵管和扳手，他們聽老爺子那麼說，全哈哈大笑起來。「老不死想劈人？」「老傢伙，你連站都站不穩還想劈人？」

「誰說我站不穩？」老爺子怒喝一聲，甩開攙著他胳臂的住戶大叔，恨恨地對取笑他的年輕混混叫罵。「小王八羔子，你爺爺我在打仗的時候，你還沒投胎呀！」

韓杰見老爺子盛怒之下就要上前開打，連忙與住戶一起拉住他，對著他們低咐幾聲，幾名住戶立時拉著老爺子退回樓梯口，大夥兒七手八腳、吆喝著將老爺子架上樓。

「想上樓烤肉是吧，沒問題，打趴我就行了。」韓杰嘿嘿笑著，甩了甩鋁棒。「沒膽子的可以滾回家喝奶。」他這麼說的時候，望著離他最近的小子，以及其餘幾人，他們外套底下是相同款式的白T恤，上面都印著鄰近一間宮廟的廟名——

飛帝府。

他想起葉子替他整理廣告紙案件的諸條線索中，正有個宮廟頭子受人指使，召集人馬準備對付韓杰。

「誰說我沒膽？」被韓杰盯著的年輕小混混手中沒武器，左右看看後從車上搶下一個安全帽就往韓杰大步走去，張大了嘴想要叫囂——韓杰二話不說一棒打飛他抓在手裡的安全帽，跟著磅磅磅地照著他胳臂和膝蓋連揮了四、五棒，將他打癱在地。

這群宮廟混混沒料到韓杰說打就打、出手狠辣，紛紛傻眼，然後大呼小叫地一擁而上。

韓杰快速後退，左一棒打落朝他擲來的安全帽，右一棒格開混混的一記鐵棒，然後補他一腳，第三棒打在一人膝上，第四棒轟隆敲昏一個混混。

韓杰退到了樓梯口，閃過一人劈來的鐵管，一棒砸扁他鼻子然後搶過他手中鐵管，再擲倒另一人，這才往樓上退。

「這小子出手好狠！」「給他死！」宮廟混混們爭先恐後地追上樓。

然後像是見到鬼般轟隆隆滾下樓——

他們確確實實見到了鬼。

先前幾名住戶經韓杰囑咐，不僅架走老爺子，還上二、三樓轉角搬開小桌，讓三、四樓的「老鄰居」下樓幫忙。

幾名衝上樓的混混們跌得鼻青臉腫後又紛紛像是受著細線操縱的小木偶般扭動身軀站起，手舞足蹈地下樓見人就打。

還擠在樓梯口砸管理室的宮廟混混們，被前頭神情怪異的夥伴衝下樓反目亂打，嚇得魂飛魄散，跌得頭破血流，連滾帶爬地逃出東風市場。

帶頭混混本來剛點上一根菸，見到前頭嘍囉們竟然反目互打起來，驚愕得闔不攏嘴，一時還不知道發生了什麼事，便聽見身後警車笛聲響起。

「幹嘛、幹嘛！公然聚眾惹事！」「武器放下！」幾名警察下車，持槍緩緩逼近，將帶頭混混按倒在地。

此時東風市場入口處，一群沒被「老鄰居」上身的混混們，橫七豎八地躺在地上，讓那些被上了身的夥伴持棍打得哀號慘叫。

韓杰反而打起圓場，上前拍了拍那些被附身的混混肩膀，將老鄰居一一喊出，再一腳一腳地將每一個混混踢回街上，對著逼近的警察說：「這兩群小流氓在這裡打架，嚇壞鄰居了。」

「什麼？兩群人？」帶頭混混一時搞不清狀況，急得大喊：「明明就只有一群，他們都我的人啊！」

「都你的人啊？」一個低沉聲音在帶頭混混身後響起，還伸手往他後腦上重重拍了一下，正是王智漢。

「全帶回局裡去。」王智漢起身，對身邊手下指了指帶頭混混說：「這人是帶頭的，告他公共危險兼殺人未遂。」

□

東風市場一、二樓鄰居們輩分高的全擠在老爺子家裡，較年輕點的則聚在門外廊道，你一言、我一語地安撫著老爺子情緒。

「要不是你們攔著我，我真出手，外頭又要多添幾條棍下亡魂啦！」老爺子即便進屋半晌，也不願放下手中齊眉棍，坐在廳桌大罵，還不時以棍拄地。

「好啦好啦，別氣啦。」「咱們這兒有這麼多『老鄰居』守著，那些臭小子就算拿槍也進不來。」住戶們這麼說：「我們這兒雖然又舊又鬧鬼，倒是不怕惡人找碴；當年被嚇跑的鄰居搬去新房子之後，就享受不到這好處啦！」

有個老伯轉過頭對韓杰說：「阿杰，你這幾天就好好安心休養吧，我們會替你看著這四周動靜，不管你得罪了什麼人都別怕，你本來一個陌生人，跑來替大家守著家園這麼多年，我們都當你自己人，就算你在外面得罪了仇家，我們也護著你。」

「是不是呀！」老伯這麼說，還轉頭吆喝問著其他住戶，像是在尋求更多人附和，但出聲應和的人卻不多，反而不少人露出驚恐神情，大夥即便將韓杰視爲東風市場的一分子、好鄰居，但這世上甘願替鄰居賣命阻敵的卻也不多。

「不。」韓杰連連搖頭，拉高分貝對聚在老爺子家中的左鄰右舍說：「本來我打算明天一戶一戶拜訪各位，但既然大家現在都到齊了，我就直接說清楚吧——有個壞傢伙盯上我，也盯上東風市場，對方不是黑道流氓，而是比黑道流氓還難纏的髒東西……他是地底一個魔頭，比我們東風市場三、四樓的老鄰居們要凶多了，那傢伙隨時會來，我可能擋不住他，爲了大家安全起見，我希望請各位鄰居遠離東風市場一段時間，避避風頭，投宿親戚家或是出外旅遊什麼的……」

韓杰這話一出，左鄰右舍那些阿伯大嬸們各個露出驚慌的神情，他們嚷嚷地說：「阿杰，怎麼你還得罪了地底的魔頭？」「怎麼不請太子爺出面收拾他呀？」

「都說是地底魔頭啦，就算太子爺出面，頂多打平吧……」韓杰攤了攤手，故意用誇張的神情和語調說：「剛剛那些傢伙就是受邪魔蠱惑的探子，他們是來探我身體恢復的情形，我睡了兩、三天，眼睛一睜開就出事。總之這件事不會輕易了結，這幾天，東風市場會變成陰陽兩界的戰場。」

「什麼！」東風市場裡的阿伯大嬸們都知道韓杰乩身身分，聽他說這次對手是個連太子爺都不見得對付得了的大魔頭，可都驚慌失措。有個大嬸怯怯地問：「你要大家走，留你一個人在這裡？」

「我是太子爺的乩身，是他的兵馬，既然那魔頭想上陽世作亂，我當然不能走。」韓杰點點頭。「如果我打贏了，我會通知各位回來，大家和以前一樣當好鄰居；如果我輸了，各位也別擔心，上頭還是會派其他人來處理這魔頭……我請各位離開一段時間，就是不想傷及無辜——那魔頭出手可不會太溫柔斯文呀。」

他說到這裡，見鄰居們像是還有不少意見，也無意多說什麼，轉身離去，剛走出門，又回頭補了一句。「我怕我們那些『老鄰居』們被剛剛那些臭小子惹毛要發飆了，我上樓跟他們溝通溝通，大家沒事就早點回家休息吧，明天快快收拾東西，留個電話在管理室，事情一結束，我會通知大家回來。」

住戶們過去大多一近子時便閉門不出，這幾天大家從老爺子口中得知韓杰有難，才壯著膽子出門攔阻那群混混上樓找韓杰麻煩，此時聽韓杰說「老鄰居」情緒不穩，都想起當年韓杰未到東風市場時那段騷亂時光，紛紛告退回家、鎖門休息。

拾捌

「就是這間？」王智漢瞅著座落在小巷弄民宅裡的宮廟，廟外聚著幾名年輕人。

「附近只有這間廟叫這名字。」韓杰點點頭，香燒籤紙訊息所指的宮廟，就是數十公尺外這處「飛帝府」；昨晚那些宮廟混混穿的白T恤上也印著「飛帝府」三字。

「王隊長……這樣ＯＫ嗎？」跟在王智漢身後的年輕手下神情有些不安。

「ＯＫ啊，怎麼不ＯＫ？」王智漢瞪大眼睛說。

「不……」年輕手下說：「我是說，我們接下來的行動，算是……警察職務的一部分嗎？」

「我也不清楚。」王智漢搖搖頭，取出手機按了按，向幾名手下展示劉長官前幾天傳給他的簡訊，上頭清楚寫明要他配合韓杰一切行動。「你有疑問可以向劉長官請示。」

「不、不用了。」那年輕刑警搖頭。王智漢轉而向其他人展示手機簡訊，大夥也紛紛搖頭表示沒有意見、願意全力配合。

王智漢在警界服務多年，破獲許多重大刑案，但人緣不佳，常得罪人，甚至是高層政要。他的頂頭上司劉長官，過去三不五時將他叫進辦公室罵，這幾年劉長官仕途升遷順暢，辦公室從市刑大轉進內政部警政署，沒辦法把王智漢叫進辦公室罵，便改用電話罵。

這兩天王智漢協助韓杰的一切舉動，與他過去任意妄為的行事作風相差無幾，但最大的差別就是這次行動可是劉長官親自下令——這讓王智漢得意洋洋到了極點，三不五時就對手下展示劉長官的手機簡訊，聲稱就算有天大黑鍋砸下來，也有劉長官扛。

幾個年輕手下對王智漢展示的手機簡訊雖然有些疑問，但也不敢直接向劉長官求證，只能全力聽命王智漢調度，心想王智漢再怎麼莽撞，也不致於假造長官命令。

「要不要調些制服過來幫忙？」一名手下問。

「嗯……」王智漢歪著頭想了想，沒有回答，而是反問：「你一個能打幾個？」

「啊？」那手下呆了呆。「打幾個？」

「我年輕時一個人能打幾百個臭小子，抽了幾十年菸，身體比不上以前了，只能打十五、六個臭小子。」王智漢捲起袖子，盯著年輕手下。「你呢？你能打幾個？」

「我……我不知道。」年輕手下慌張地搖搖頭。「我們要去宮廟打架？」

「什麼打架，你別亂說。我們是警察，怎麼能知法犯法。但如果等下有善良市民向我們求救，我們身為警察，必須挺身而出啊，武俠電視劇裡不都這樣演的——『解百姓之倒懸，拯黎民於水火。』差不多就是這樣……」王智漢追問剛剛的問題：「所以你到底能打幾個？」

「兩……兩、三個吧……」年輕手下遠遠望著宮廟前那批小混混，儘管心中驚慌不安，卻也不甘稱自己只能打一個或是連半個都打不贏，他剛說完，又搖頭改口：「不對，那些毛頭瘦皮猴又不能打，我至少能打五個。」

「我也差不多五、六個吧。」「四、五個不是問題。」「我也是……」幾名手下被王智漢依序盯上時，都這麼說。

「王仔，你這隊人訓練精實喔。」韓杰嘿嘿笑著，也捲起袖子，手上還提著昨晚那根鋁棒，肩上斜揹著一只小包，包裡裝的正是前些天他們從吳天機老宅裡奪來的小檀香爐，他擔心吳天機打檀香爐的主意，決定時時刻刻帶在身邊。

「是啊，強將手下無弱兵。」王智漢揚揚眉，對幾名手下說：「既然我們每個都能打好幾個人，那些傢伙加起來也不過十幾人，還調制服過來幹嘛？對吧。」他這麼說時，再次取出手機，向每個手下展示劉長官簡訊。「有疑問嗎？要不要向劉長官請示該怎麼做？」

「不用了……」年輕手下們一一搖頭，有個人怯怯地舉手發問：「我們等等動不動槍啊？還是也找個防身武器什麼的？」

「你問這什麼問題？我說過了，我們是警察，警察怎麼能隨便動刀動槍的，那些傢伙都是毛頭小孩，我們要用愛來教育他們。」王智漢取出手銬，用條手帕裹住一側當成握柄牢牢握住，跟著從車上取出毛巾將手銬連同拳頭一併裹住，看上去既像拳套，又具有指虎的功用。「你們有沒有看到上面的愛啊？」

「愛啊！」他對幾個年輕手下指了指毛巾上頭的愛心圖案，然後將這愛心拳頭藏入寬大外套口袋裡，領著幾個惴惴不安的手下，跟在韓杰身後往飛帝府走去。

走出十數公尺，王智漢卻轉向將手下帶往一處公寓門前，隨意連按數戶人家電鈴，佯稱自己忘記帶鑰匙，請鄰居幫忙開樓下大門——

第一戶無人回應，第二戶有些遲疑，第三戶一個老太太熱心地開了門。

王智漢與手下進入公寓，魚貫向上。

韓杰則獨自一人大剌剌地扛著鋁棒往飛帝府走去。

幾個蹲在飛帝府外叼菸閒聊的混混們，見到韓杰提著鋁棒走來，紛紛警戒地站起，其中一個手上還裹著紗布，他是昨晚參與東風市場亂鬥的其中一人——昨晚參戰成員傷勢較重的大多還在家中或是醫院休養，這小子傷得輕，閒來無事又晃來飛帝府與夥伴廝混，認出韓杰，大叫大嚷地奔入廟裡翻找武器。

「友哥在嗎？」韓杰大步走到廟門前，將那座擺在廟門外的大香爐當成了鐘鼓或是門鈴，用鋁棒敲擊幾下，發出噹噹噹的聲音。

「幹，你做什麼？」兩個混混見到韓杰的無禮舉動，一個瞪眼大罵，一個伸手指著他大罵。

韓杰一棒大力砸在那伸手指他的混混的手上。

再一腳踹倒瞪眼混混，還在他肩上補了一棒，又往伸手混混膝上也補上一棒。

「我找友哥。」韓杰打翻幾個廟外混混，一腳踹倒廟外香爐，大步跨進廟裡，撥開幾個看來像是街坊信徒的大叔大嬸，揪著那些看起來像是混混的傢伙，不由分說就打，邊打還邊問：「不好意思，請問友哥在嗎？」

但他問歸問，卻也不聽他們回答，邊問邊揮棒邊出拳踢腳地將混混們一個個打倒在地。

「友哥——你在不在？」韓杰接連砸爛廟裡幾處匾額、電視機、大籤筒、玻璃櫃。還踩上供桌，跨過一堆供品，隨手抓了顆水梨啃了幾口，叼著水梨探手抓出桌上主神那尊幾十公分高的木雕像。「飛帝？這啥碗糕神？我怎麼從來沒聽過？嗯……這木頭倒是不錯。」

「幹！」「你做什麼？」「你誰啊？」小混混們搗著斷骨胳臂翻出了球棒、開山刀等兵器，將供桌團團圍住。

「我不是說了，我要找友哥啊！」韓杰將那尊飛帝木像高高舉起，作勢要往下砸，他木像舉到哪，那兒的小混混們便趕緊後退，他們見韓杰出手毫不留情，知道要是讓這木像砸中腦袋，不死也要丟半條命。

而韓杰也並非嚇唬他們，他真狠狠砸出飛帝像，砸在一個退得慢的混混臉上，將他砸得鼻粱變形、抱臉倒地。

混混們再次騷動想上桌逮人，但不是被韓杰鋁棒打退，就是被韓杰踢下的供品砸著頭臉——桌上大小神像十餘座、加上大小香爐、金屬酒杯、古怪法器，全變成韓杰的武器，一一抓起當成武器亂擲。

亂戰之中，混混們也隨地抓起東西往供桌上砸，想將韓杰砸下桌。

韓杰舉臂護頭，他外套雙袖內的胳臂纏著毛巾，防禦力稍高，但被幾個混混拿著神像砸得發疼，氣得跳下桌來揮棒亂打——這些混混打架經驗不如韓杰，也不如韓杰有多年拳館格鬥鍛鍊和擔任沙包捱打的經驗，更沒有出生入死的實戰經驗，見韓杰不但打不退，且攻擊人時凶如猛虎，嚇得屁滾尿流地逃出廟，跑的跑、求救的求救。

韓杰打跑了這批混混，也不理廟外聚滿路人圍觀，自顧自地掀倒幾張供桌之後，叼著水梨往廟內深入。

「友哥在嗎？」韓杰一面問，隨手從口袋取出香燒廣告單上的筆記，踹開幾扇門，找著一處向上樓梯。

這飛帝府是民宅改建，一到四樓本是不同住戶，但在數年前陸續過戶給同一個人，就是韓杰邊打邊找的友哥。

友哥自幼混跡宮廟，有不少案底，大多是恐嚇、勒索、傷害之類的案件，十餘年前出獄後，做起高利貸生意，這飛帝府過去拜的是土地公，嗜賭如命又酗酒的廟祝借了錢卻還不出，友哥便半逼半誘地用少許現金加上廟祝的債務，買下他整間廟，將土地公從主位移到供桌邊緣，自己花錢請人雕了尊飛帝君供上主位。

跟著兩、三年間，二樓、三樓和四樓的住戶也紛紛將房子低價賣給了友哥——這些資料是韓杰從葉子這兩天做的線索筆記裡拼湊出的大概，再請王智漢探查詳情——當年二、三、四樓的住戶都有報案聲稱被友哥恐嚇的記錄，但最後都不了了之——韓杰完全懶得追究為什麼恐嚇取財這種公訴罪也能像是搓湯圓一樣地搓掉，但總之友哥就有這人脈和本事。

不管是韓杰還是王智漢，早已見怪不怪。

「是誰找我？」友哥似乎接到了底下小弟們的通報，持著刀械從三樓樓梯探出頭來，身前還擋著兩個小弟。

其中一個見韓杰拖著鋁棒走上，立刻衝下去要踹他。

韓杰本來走在二樓通往三樓的樓梯中段，見那小弟躍來踢腿，一把抓住他腳踝，然後猛力拉著他的腳往下退，將對方硬生生拉成了一字馬，胯下還轟隆隆地撞過三階梯角。

小弟摀著胯下蜷縮在樓梯轉角不住抽搐，連叫喊的力氣都沒有了。

韓杰踩過對方身子繼續上樓，還作勢要抓上頭另一名小弟的腳，嚇得他大叫一聲，轉身甩開友哥獨自逃命。

「哇！」友哥也嚇得往樓上逃，一面急急朝底下韓杰大罵：「你是誰啊？」

「我是韓杰，我找友哥。」韓杰這麼說，追著友哥轉上四樓，還將一個躲在樓梯後準備伏擊的混混踹斷了鼻子和好幾顆門牙。

「我又不認識你！你找我幹嘛？」友哥驚恐地說，一面對兩、三個跑得比他還快的小弟吼叫：「快打電話叫人！我不是找了好多人嗎？」

「他們昨晚好多被打傷，現在還在醫院啊！」小弟回答：「這個人會不會是……你說的那個人啊？」

「可能是喔。」韓杰嘿嘿笑著說：「住在東風市場四樓的男人，你有沒有印象？」

「我沒印象！」友哥尖叫，推開小弟繼續往樓上奔，奔上樓頂——這類並排公寓樓頂若無加蓋，便是一路貫通的平台，能從樓頂一端抵達另一端。

在友哥買下四樓前，左右樓頂都有加蓋，但是他舉報鄰居違建，找來拆除大隊一口氣拆了好幾戶違建，保持頂樓空曠——以便作爲他四樓週末賭場營業時的祕密暗道。附近居民大都耳聞這情形，卻也莫可奈何。

「你對我沒印象？那你收買一群小弟找我麻煩幹嘛？」韓杰追出樓頂，將友哥推來擋他的小弟摺倒在地，大步走向他。

「我……我哪有找你麻煩？」友哥驚恐狂逃，接連奔過好幾戶人家樓頂，來到另一處出入口，卻開不了門，氣得大力拍門。「快開門！誰准你鎖門的，王八蛋！」

這門既然是友哥賭場的逃生道，因此門外常有小弟把守，但此時那小弟無論友哥怎麼大罵搥門也不開門——因為看門小弟正被王智漢領著手下團團圍著，訊問友哥週末賭場的消息。

「我……我真的不認識你呀，大哥……」友哥見韓杰扛著鋁棒走到他面前，嚇得跪了下來，驚恐地說：「東……東風市場？是賣菜的地方嗎？是不是失過火？啊呀我想起來了……我有個小弟好像跟東風市場一位老兄有點過節，他可能帶了幾個廟裡的小朋友去惹事，但……但這件事跟我無關啊，我什麼都不知道。」

友哥在這當下，無論如何也不敢承認其實自己數週前，連續幾晚作著同樣的夢，夢見有人要他去東風市場找一個叫作韓杰的傢伙，挑斷他手腳筋——儘管連續幾天作著同樣的夢有點稀奇，但也沒稀奇到為此就要斷陌生人手腳筋，友哥其實一點也不會介意斷人手腳筋，過去他也曾如此對待過某些詐賭賭客或是還不出錢的人。他只介意這麼做能不能得到好處。

直到吳天機笑嘻嘻地來到友哥的週末賭場。

友哥一眼就認出吳天機就是他夢中的人。

那晚吳天機大贏了百來萬，卻笑呵呵地將贏來的錢全數推還給友哥。

友哥開始又連作了幾晚同樣的夢，夢中吳天機告訴友哥，他背後有個「大王」，那大王與韓杰有些糾紛，倘若友哥替大王收拾了韓杰，大王便能保他大富大貴。

這次友哥半信半疑地差使小弟暗中打聽，果然聽說東風市場裡住了個叫作韓杰的男人，於是友哥開始招募人馬——那時小文早已叼出籤紙警示韓杰，但籤紙上只寫著烏蒙流傳人蠱惑地痞準備行惡之類的隱晦文字，韓杰一見烏蒙流便將籤紙壓著不理。

友哥召集了一批小弟供吃供玩，等待夢境指示，直到昨夜剛睡著便讓夢中的吳天機喊醒，吆喝地出動小弟——他本人則窩在飛帝府裡等候消息。

結果他聽說那批小弟去了東風市場，卻自相殘殺起來，還打得頭破血流，最後全被警察抓了。

他困惑地窩在飛帝府裡與幾個親近小弟商討對策，討論該召集更多人進攻東風市場，還是先低調一陣子與警局裡那批小弟劃清界線等風波平息再說。

他們還沒討論出結果，一大清早韓杰就主動打了上來。

「小弟跟我有過節咧！」韓杰一棒砸在友哥膝蓋上。「你小弟叫友哥對吧？友哥就是你對吧？你小弟就是你對吧？」韓杰每問一句就砸一棒，兩、三棒將友哥砸倒在地，高高舉著鋁棒，準備等友哥再開口就要敲爛他鼻子，卻突然停下手。

他身後衝上七、八個持著刀械棍棒的混混，那是樓下混混喊來的援軍。

「我在這——」友哥大叫。「快來救我！」

磅！韓杰一棒敲爛友哥鼻子，與殺來的混混們亂鬥起來。

「哦！」王智漢聽見外頭亂鬥叫囂，這才推門領著手下衝出。「我聽見市民求救的聲音了，是誰求救？」

「是我求救。」韓杰閃開一名混混的刀，還他一記鋁棒。韓杰胳臂、胸口多了幾道刀痕，嚷嚷地說：「這些人用刀砍我，還用手打我的鋁棒！」

「是誰？」王智漢領著手下衝向圍攻韓杰的混混們，揚起裹著手銬的拳頭接刀，一拳摺倒一個混混，踩著他的手。「是誰打人家鋁棒？」

「是這個傢伙！」韓杰一棒砸翻左邊混混，再一腳踹在右邊混混肚子上。「還用肚子撞我腳。」

王智漢手下們各個舉著用外套裹著的手銬拳頭，壓著被韓杰打倒的混混們補拳。「你肚子很硬是不是，爲什麼用肚子撞人家腳？」

這群十幾二十歲的年輕混混們，被這批看起來像是凶神惡煞的「大人」一陣亂毆，還以爲友哥得罪了道上大哥，被人找上門尋仇，一下子戰意全失，不敢再戰，紛紛哀號投降求饒。

韓杰吁了口氣，轉身揪起友哥，對著他耳朵說：「告訴你背後那傢伙，就剩幾天，要他安分點。」他說完，又補了友哥幾拳，這才舉著鋁棒離去，留下王智漢接手處理友哥那週末賭場的事情。

拾玖

葉子拎著兩大袋東西步出計程車，吃力地往東風市場入口走。她臉色有些蒼白、氣喘吁吁地上樓，與幾個提著大包小包匆忙下樓的住戶擦身而過。接著她見到二樓左右廊道也有不少住戶聚集攀談，腳邊或手上都有著行李。

她繼續往三樓走，突然頭有些暈，腳滑了一下，雖然立刻撐住身子，但手上滿滿的大購物袋卻離手落地，滾出一堆蘋果、水梨。

她正心急撿拾水果，樓梯對面那戶大門敞開，美娜揹著背包、拉著小行李箱步出家門，像是也準備動身遠行。

美娜鎖門時與葉子對視幾秒，見著滿地水果，便上前幫她撿回袋裡。

「妳比我們還講義氣。」美娜呵呵笑著說：「我們都要走了，妳還來湊熱鬧？」

「你們要走？」葉子不解地問。

「阿杰要我們出外避一段時間，他說這地方會變成戰場。」美娜將昨晚發生的騷動和韓杰後來對鄰居們的談話簡單講述一遍。

「啊呀。」葉子訝異地說：「昨天我下午走，阿福哥晚上走，那些人趁我們不在立刻就來，一定是算準了時機，好故意！」

美娜被葉子臉上認眞的神情逗得呵呵笑了，她說：「妳怎麼會以爲如果自己在，那些人就不敢來了呢？」

「我……我至少可以叫醒韓大哥。」葉子這麼說。「阿福哥應該也可以幫得上忙……」

「那個阿福呀，頂多只能幫忙跑腿打雜，要比打架，說不定還沒我能打。」美娜笑著舉起胳臂擠出小小的二頭肌。「以前我某任乾爹心理變態，每次都把我打得鼻青臉腫，說這樣其他乾爹就不會要我了，我受不了想離開他，他還不肯，每天跟蹤騷擾我。後來阿杰帶我去老龜公那教我練拳健身，教我打得那變態下跪求饒，從此再也不敢煩我，嘻嘻。」她幫葉子撿回水果，聊起昨晚經過。「昨天我泡麵剛煮好，阿杰就醒來了，他剛吃完麵，那些臭小子就上門找麻煩，時間剛剛好——我猜一定是太子爺叫醒他，讓他吃碗麵下樓扁人。」

「是喔……昨晚是妳照顧韓大哥。」葉子呆了呆，她離去前本來託老爺子夜裡幫忙看照韓杰，老爺子雖答應了，但他晚上得忙著參與手機遊戲公會戰，剛好見返家的美娜閒來無事，便請她幫忙照顧韓杰。

「阿杰只喜歡讓美女進他家裡喔。」美娜隨口這麼說，但見葉子神情有異，便似笑非笑道：「妳別想太多，我們昨晚沒發生什麼喲。」

「我……我沒想什麼啊！」葉子尷尬搖頭，說：「我又不是他什麼人，我只是、只是……」

「只是什麼……」

「我只是覺得你們……好像比朋友還親密一點。」葉子這麼說：「如果妳喜歡他的話，怎麼……怎麼不乾脆跟他在一起？他快完成任務了，以後就是自由身了……」

「我哪有喜歡他，他又沒錢。」美娜哈哈一笑。

「如果他有錢了呢？」

「如果他將來有錢了、發達了，那我更不好意思靠近他了——」美娜微笑起身，說：「我是什麼貨色我自己知道，我沒讀什麼書，但自知之明還是有的。」她說完，提著小行李箱準備下樓，淡淡笑著說：「像現在這樣大家都輕鬆，不是嗎？將來的事，將來再說吧……」

葉子望著美娜下樓的身影，望著她手中行李箱上那隻搖搖晃晃的可愛小玩偶脖子上還掛著個小小的符籙綴飾。

葉子繼續吃力地提著水果上樓，穿過四樓陰暗、漆黑的災後廊道——不知怎地，她這幾天下來，屢次經過東風市場三、四樓廊道，卻一點也不會感到害怕了。

她明白不論是人還是鬼，令人害怕與否之處，在於他們的作爲，而不是他們的身分；不論是人是鬼，都能行善或是做惡。

她站在韓杰門前，敲敲門、喊了幾聲，半晌都沒有得到回應，便取出手機撥號，才剛撥完，便聽見身後傳出韓杰的手機鈴聲。

韓杰提著鋁棒回來，他擔心滿身血污返家會嚇著鄰居，身上幾處刀傷已經過簡單包紮，也換下染血上衣，但鋁棒上的血跡倒沒有完全擦拭乾淨。

「喂、喂……」韓杰持著老式手機喊了半天，他懶得記別人電話號碼，不知道是葉子打來的，經過廊道轉角見葉子站在他家門前，有些驚訝。「妳這麼早來？」

「是啊。」葉子說：「我買了點水果給你。」

「嘖！」韓杰抓著頭。「我忘了告訴妳和阿福……就算是日常必需品、泡麵零食什麼的，別一次買太多……我沒有錢給你們……」

「什麼？」葉子呆了呆，猛然想起韓杰身爲乩身不能收受利益的規矩，喃喃地說：「連朋友帶來的食物都不能吃？」

「看是什麼食物囉……」韓杰走到門前取鑰匙開門，還順手從葉子手裡接過袋子，瞧了瞧裡頭幾顆碩大水梨，哇了一聲，抓出一顆水梨就吃。「這麼高級啊！」

「這些水果剛剛掉在地上，洗洗再吃啊……」葉子見韓杰大口吃起剛才落在地上的水梨，連忙伸手去搶，韓杰卻高舉起手不讓她搶回。

「弄髒點才好。」韓杰繼續吃著高級水梨：「變得比較不值錢，等等才不會拉太凶……」

他隨口說著，走到小櫃前檢視起小文新叼出的廣告籤紙，突然啊呀一聲，咬著吃到一半的高級水梨奔進廁所。

「韓大哥，你拿著梨上廁所？怎不吃完才進廁所，或是上完廁所再……」葉子才這麼問，便聽廁所發出一陣劈里啪啦的腹瀉聲，只好皺著眉頭穿過廚房、繞到後陽台，替陽台外幾盆蘆薈、辣椒澆水。

「沒辦法，妳這水梨太貴了，一吃就有反應。」韓杰在廁所大叫：「蹲在馬桶邊吃邊拉，一次解決方便點，省得吃一口拉一口，要擦好幾次屁股沖好幾次水，更麻煩！」

「小文……」葉子見小文飛了出來，在陽台邊悠哉地揚翅理毛，便對牠說：「韓大哥也眞可憐，連朋友帶來的食物、水果都不能吃……」

她喃喃自語時，還隱約聽見廁所裡韓杰發出了陣陣嘔吐聲。

□

腸胃清空完畢的韓杰，臉色蒼白地捏著梨子果核走出廁所，挑眼盯著天花板，隨手將果核扔入垃圾桶，像是在對「上頭」展示自己這小小的抗議，表示這顆梨子雖然令他上吐下瀉，最終全進了馬桶，但至少確實經過了他的口舌，讓他嚐到香甜滋味。

他將家中錢罐和皮包裡的鈔票零錢全翻出數了數，撥了通電話給鐵拳館的老龜公，約定好數日後幾場沙包賽事。

葉子見他掛上電話就要出門，驚訝地問：「韓大哥，你挑這時候去當沙包捱打？」

「不。」韓杰搖搖頭說：「我去拿錢。」他帶著葉子出門，隨口解釋：「我向老龜公預支沙包費，這是我的私人工作，與乩身身分無關——雖然我比一般人耐打，跟我這乩身工作多少有點關係，但總之上頭不介意我預支沙包費，頂多之後多捱兩拳抵數就是了。」

他與葉子跑了一趟鐵拳館，拿了兩萬多元酬勞，先結清了葉子這幾日購入的零食雜物，還請葉子吃了頓飯；葉子含蓄地點了便宜的餐點，實際上她的食慾一直不佳。

然後他們來到一家連鎖賣場，裡頭從簡易家具和生活五金再到零食玩具應有盡有。兩人各自提著購物籃，韓杰讓葉子再替他挑些生活必需品和食物，自己則挑了好幾把長短西瓜刀、鋁棒，以及其他修繕工具——這些修繕工具各有功能，但也有同一個共通用處，就是用來打架時，可都具有不小的殺傷力。

他們返回東風市場後，韓杰花了點時間清空他那張大餐桌，將新購入的刀械棍棒和五金工具，連同昨晚那支從鄰居少年手上借來砸人的鋁棒，以及家中原有的菜刀、棍棒全翻了出來，在餐桌上一字排開。

葉子望著餐桌上猶如電視新聞裡警方破獲犯罪集團時的武器陳列排場，正不明白韓杰想做什麼，便見他捧起裝著金粉的奶粉罐，將金粉倒出小半碗，還從抽屜翻出一支分岔毛筆沾了沾碗裡金粉，在棍棒、刀械、工具上寫起符籙文字。

葉子見韓杰明明沒摻水，但金粉被毛筆尖沾著，像是液體般有著黏稠性，一寫上鋁棒、西瓜刀，便牢牢乾黏，就像是用油漆筆寫上去一般。

「好奇怪……」葉子忍不住問：「怎麼你用原子筆做筆記就寫得那麼潦草，用毛筆畫符就漂亮得像是印刷出來的一樣。」

「不是我寫的，是金粉自己排出來的。」韓杰聳聳肩說：「我只懂得幾樣符咒的大概寫法，筆畫下去，金粉會自己流成筆跡。」

「這麼神奇！」葉子聽韓杰這麼說，將腦袋湊近韓杰手中的鋁棒和毛筆，果然見到韓杰每一次落筆，那些金粉便會細細流動，一撇一捺一點一畫都飛快微調挪動起來，與韓杰原先落筆位置有著不小落差。她看得嘖嘖稱奇，又問：「不同效果的符咒也是太子爺教你寫的？」

「他哪有那麼認眞。」韓杰說：「不過他倒是派了些手下，都是些怪胎，跑進我夢裡教我——說難也不難，畢竟金粉會自己調整細節，我只要記住大概，寫個六成就好，十幾年下來寫久了看久了，也慢慢刻進心裡了……」

葉子瞧瞧鋁棒、瞧瞧韓杰、瞧瞧他手上的毛筆，說：「韓大哥你寫毛筆字的樣子，比你罵人、打人的樣子斯文多了，這才像個大師。」

「是嗎？」韓杰呵呵一笑，揚起寫上符紋的鋁棒細細檢視，鋁棒上還沾有宮廟混混們的血跡，他像是十分滿意這支加工完成的武器，將之輕輕放回桌上，又拿起一把西瓜刀慢慢寫上金字。「如果哪個斯斯文文的大師，能斯斯文文地替我收拾吳天機這種貨色，我絕對願意跟他們交換。」他說到這裡，頓了頓，望著葉子說：「拳頭棒子刀槍可以欺負人，也可以救人；有些人斯斯文文地光動動嘴巴就能欺負人，我最喜歡打這種人。」

「我知道。」葉子呵呵一笑。「你是粗魯的好人。」

韓杰慢慢地寫、葉子慢慢地看，偶爾交談兩句。

韓杰寫完了滿桌武器就開始寫牆、寫門、寫窗；寫完了半碗金粉再倒半碗出來。他們吃過午餐又吃過晚餐，韓杰寫完數卷拳擊綳帶後咬著毛筆歪頭蹲在椅子上思索半晌，跳下椅子打開門，盯著廊道發呆一會兒，接著捧起小碗在廊道壁面也開始寫符字，像是想將這金磚符籙範圍擴大到整棟東風市場。

或許是擔心吳天機使詐盯上葉子的緣故，韓杰並不介意帶著葉子東奔西跑，晚上也不再趕葉子回家——他覺得讓她待在東風市場這破爛火災凶宅中，比趕她回家獨處在那空蕩冰冷豪宅中更加安全。她的父母在談定離婚之後加班得更晚，甚至直接在公司過夜，葉子也不以爲意，只是每日打電話聯繫雙親，向父母回報自己行程，同時也確認他們平安。

入夜後，韓杰將大床讓給葉子，自個兒窩在單人沙發裡，凝視著擱在椅臂上的小檀香爐。

小檀香爐蓋上的封印符紙已被他撕去，香爐外側也寫著一圈金粉符籙。

他喝著啤酒，緩緩揭開小蓋。

裡頭瀰漫出一陣奇異檀香氣息，那氣息凝聚出一道朦朦朧朧的老邁身影，身影在空中飄蕩一陣之後，在韓杰面前跪了下來。

那身影是當年吳天機殺害的女孩的爺爺，被吳天機父親請來的法師禁錮在檀香爐中，施咒使其長眠。韓杰花了點心思解開檀香爐裡的禁錮咒術，喚醒對方，又對檀香爐耳語半晌，安撫爺爺情緒，告訴他吳天機後來發展，以及喚醒他的理由之後，確認爺爺並無凶性，才揭蓋放他出爐。

距離月圓決戰夜還有兩天，他想與對方好好聊聊，或許能幫助他更加了解吳天機。

葉子躺在床上，並未入睡，而是側著身子傾聽爺爺哀淒地訴苦，她偶爾伸手拭淚，不明白爲何世上有人能夠冷酷無情地將傷害加諸在無辜的人身上。

爺爺的哭聲似乎驚動了東風市場三、四樓的老鄰居們，葉子隱約能從貼在窗上的報紙縫隙，見到外頭人影晃動。

韓杰索性起身開窗開門，讓聚在門外的老鄰居們一同傾聽爺爺的滿腹委屈。

「這老頭的仇人過兩天就要來找我麻煩了。」韓杰淡淡地說：「我不能走，因為我一走，那傢伙可能會找你們麻煩……總之啊，那混蛋盯上我們了。」

「你不是很能打？你上頭不是有太子爺撐腰？」乾奶奶們擠在老鄰居中，插嘴對著韓杰嚷嚷起來：「你這麼愛管閒事，如果還打不贏，乾脆別做乩身了！」

王小明則跟在乾奶奶們身後探頭探腦，對受害爺爺的訴苦一點也不感興趣，只是不停瞥眼左顧右盼，一會兒瞧瞧左前方一個清秀女孩、一會兒瞧瞧右後方的婀娜婦人。

「嗯，我只是提醒各位——」韓杰不理會乾奶奶們的嘲諷，繼續說著：「對方不好惹，他背後也有厲害的傢伙撐腰，還聚集了一群凶魂惡煞，將東風市場團團包圍，別說我可能打不贏，就連我上頭出馬都未必能贏。」

「啊？」乾奶奶們瞪大眼睛，一時不敢置信韓杰這番話，又嚷嚷起來：「連太子爺都打不贏？豈不是魔王了？」「你要大家在這裡陪葬啊？」「這麼危險那我可待不下去了！」

「是呀，誰要陪著你在這等死？」

韓杰聳聳肩，說：「我會留在這裡，就是守著被束縛在火災現場裡走不了的老鄰居，如果能走的，離開避避確實比較好……」他走到王小明面前，將他脖子上的香灰鏈子扯斷，拍拍他的肩，說：「記得到了外頭別隨便亂來呀，不然就算我之後不回頭找你麻煩，也有其他菜鳥會去找你麻煩。」他說到這裡，望向四位乾奶奶，說：「總之大家記住，不論是人是鬼，妳們在陽世一切舉動都會留下記錄的——如果我不找妳們麻煩，任妳們想幹啥就幹啥，等妳們被陰差帶下陰間受審，分發進更底下還債時，就會怨我當初沒多找妳們麻煩、拉妳們一把了。」

「陰間的……更底下？」王小明怯怯地問：「就是韓大哥你之前說過的……十八層地獄？」

「對。」韓杰點點頭。「總之不是什麼好玩的地方就是了。」

「不行呀，我們走了那這笨小子怎麼辦？」「我可不想帶著他一起走。」「是呀，如果我們帶走他，就算教會了他碰東西，他也沒電腦玩呀，又不能去偷用別人家電腦。」四位乾奶奶嚷嚷說著，拎著王小明退遠，交頭接耳像是在商議著什麼一般，她們雖然對韓杰和王小明滿腹怨言，但幾天下來，卻覺得東風市場也算是個不錯的藏身之處——這地方有韓杰管理，白晝陰涼舒適，又有老爺子和一、二樓住戶香火祭祀和大量供品；到了晚上，也有不少「老鄰居」讓她們串門子閒聊，更不用與其他野鬼爭搶地盤，也沒有帶著厲害護身符走來走去的路人騷擾。

「你不讓我們回乾兒子家，我們能上哪去呀？」「不管啦，你拉我們進東風市場，就要負責保護大家安全。」乾奶奶們異口同聲。

「我盡量囉。」韓杰乾笑兩聲。

貳拾

韓杰睜開眼睛，有點訝異自己竟在浴缸中睡著。

一浴缸水泡著滿滿的蓮藕，廁所地板堆滿蓮藕切片的包裝空袋，一缸水早已變冷，但他卻不覺得寒冷，反而感到通體舒暢。

他起身，裹著浴巾走出廁所，喊了喊葉子。

葉子的應答聲從後陽台傳出。

韓杰看看時間，下午五點十三分，這才驚覺自己竟然泡了三小時的澡。他連忙抖開床上那疊衣褲，匆匆穿上——這是他昨晚便備妥的整套戰袍，包括寫滿金粉符字的灰色緊身T恤、四角褲和襪子，就連牛仔褲和飛行外套內側也寫上密密麻麻的金色符字。

他揭開金屬菸盒瞧了瞧裡頭最後幾片尪仔標，將菸盒和幾卷寫滿符字的拳擊綁帶塞入口袋，拿起錢包鑰匙衝到後陽台，其間還瞥了瞥牆上日曆一眼。

今日正是農曆十五，是他與吳天機約定的決戰之日。

「準備走了。」韓杰敲了敲後陽台敞開的門板，提醒悠哉逗弄小文的葉子。他望向晴朗無雲的黃昏天際，火紅夕陽一吋吋地沒入遠方樓宇，不禁嘟噥埋怨起來：「下了這麼多天雨，偏偏今天放晴……晚點月亮應該又圓又大，哼哼……」

「你之前說，月圓之夜是第六天魔王力量最強大的時刻……」葉子問：「所以月亮又圓又大的話，你會更危險？」

「魔王能將月光轉化成自身力量，他那些古屍吸飽了月光，力大無窮。」韓杰點點頭。

「以前我吃過不少虧，哼哼……」

「古屍……是古代的……殭屍？」葉子隨著韓杰走回客廳，回想她替韓杰整理香燒籤紙時，不時就會見著關於古屍的線索。

「差不多吧。」

「古屍跟電影裡的殭屍有什麼不一樣？」

「樣子差不多醜，但動作靈活些。」韓杰說：「那是第六天魔王不知從哪裡弄來的遠古先人骨骸，在骨骸上刻上符籙，慢慢養出血肉筋脈、再融入各種陰魂，讓那些古屍能跑能跳能咬人……不過被咬到不會變殭屍就是了。」

「那會怎樣？」

「會四分五裂，最後變成那些傢伙身體裡的一部分。」韓杰盯著葉子，像是想故意嚇她般地說：「那些古屍吃東西的樣子比我還粗魯，都會把人吃得爛糟糟的。」

「唔……」葉子忍不住打了個冷顫。「你晚上要跟這種怪物打架？」

「我寧願跟古屍打架，也好過跟第六天魔王打架。」韓杰乾笑說：「電影裡不都是這麼演的嗎。那些醜東西頂多只是嘍囉，背後大魔頭才是最厲害的主菜。」

「第六天魔王也會現身？」

「他應該不至於直接露出眞身，那會把事情鬧到連他也無法收拾的地步……」韓杰說：「但他會借用凡人身體就是了。」

「就是吳天機？」

「當然。」

「我一定要離開嗎？」葉子跟著韓杰來到家門前，怯怯地問。

「妳留下來會拖累我。」韓杰斜揹著裝有小檀香爐的背包，還提著裝有金粉的奶粉罐，抓著一支毛筆，領著葉子出門。「找個安全的地方乖乖待著等我消息，就是幫我最大的忙了。」

他領著葉子走過寫滿金粉符字的焦黑廊道，東張西望四周壁面，甚至逛入幾處空屋，一見闕漏之處，便補上幾筆金字——這兩天他將整條廊道連同自家門外幾戶空屋都寫滿金粉符字，彷彿在修築堡壘般。

他走到樓梯處，像是想起了什麼，找了處階梯坐下，花了幾分鐘在自己運動鞋面和鞋底也寫上符字——幾道寫在鞋底上的符字，即使踩在地上也不會脫落。

他與葉子來到二樓，逐戶敲門喊話，想確認所有鄰居確實離去。

他敲了敲老爺子家門、喊了幾聲，聽屋內沒有動靜，這才走遠。

但他突然停下腳步，示意葉子別出聲，然後自個兒調頭，躡手躡腳地走回老爺子門前，將耳朵貼在門上細聽半晌，然後大力敲起門。「老傢伙，你果然沒走！給我開門——」

「韓大哥，怎麼了？」葉子見韓杰突然發怒，急忙趕去。

「開門開門開門！」韓杰大力敲著老爺子家門。

「這是我家，我爲什麼要走？」老爺子氣呼呼地開門，扠著手怒瞪韓杰。

葉子見老爺子上身穿著運動外套，褲子竟是有綁腿的功夫褲，還穿著功夫鞋，胸口掛滿韓杰以前給他的護身符籙，手上齊眉棍也貼著符籙，不禁驚呼：「老爺子，你想幹嘛？」

「我晚上跟人有約。」老爺子瞪著眼睛說。「我要留下來。」

「你留下來幹嘛？」韓杰嘆氣說。

「那你留下來幹嘛？」老爺子問。

「我是太子爺乩身，是他兵馬，晚上邪魔入侵。」韓杰說：「我當然要留下來打仗。」

「那正好，我正準備應徵關二爺乩身。」老爺子說。

「你去向關老爺面試過了嗎？」韓杰瞪大眼睛。「神明還沒收你你就搶著事做？」

「不行嗎！」老爺子理直氣壯地說：「關二爺怎麼分配手下工作還輪得到你來管，說不定他老人家就喜歡手下還沒應徵先工作呀！」

「媽的……」韓杰焦躁抓頭，他知道老爺子拗起牛脾氣可極難勸服，抓了抓頭，無奈地說：「你最近玩的那款遊戲叫什麼？過兩天我買支新手機，下載回來陪你一起玩好不好——你們晚上不是有公會戰，你乖乖讓葉子帶你去打公會戰好不好？」

「……」老爺子盯著韓杰半晌，轉身回房取出手機走來遞給韓杰。「這是小華給我的舊手機，你用這支手機在我面前申請個帳號，加入我們公會，不然我怎麼知道你守不守信用？說不定你到時候翻臉不認帳。」

「嘖！」韓杰莫可奈何，在兩人一言一語教導下，快速下載遊戲、申請帳號，胡亂選了個角色登入遊戲，加入老爺子那公會，寄出申請信函。

老爺子俐落操控手機，核准韓杰入會，這才心滿意足地收回手機，返回客廳喝茶看電視，手上還緊握他那齊眉棍。

「老爺子！還不走，太陽快下山了！」韓杰不耐地催促。

「我答應收你入會，沒說要走啊！」老爺子重重拄了拄齊眉棍。「今晚公會戰，我跟你守著東風市場，其他夥伴會在其他山頭支援，聽見沒，新兵！」

「什麼！」韓杰傻眼，氣惱地和老爺子理論起來。「媽的，你要我啊？」

「混蛋，我是會長，你想以下犯上？」老爺子瞪大眼睛。「老子打仗的時候，你還沒出生呢！這一仗怎麼少得了我？」

「老爺子，你如果不走，我也不走……」葉子見韓杰氣得跳腳，連忙上前挽住老爺子的手，說：「我在公會裡位階比韓大哥高得多，我也要留下。」

「不不不……」老爺子連連搖頭擺手。「妳讓他送妳走，打仗是咱男人的事。」

「打仗是我們年輕人的事。」韓杰沒好氣地插口。

「老爺子，你要我走，就跟我一起走。」葉子搖著老爺子的手。

「不，妳走，我要留下來打惡人。」老爺子搖頭。

韓杰撫著額頭，閉眼吸氣，正不知所措，突然聽見外頭傳來動靜，連忙奔出，卻見到阿福提著大包小包東西，嚷嚷地問：「你這時候來幹嘛？我不是要你待在台東等我消息嗎？」

「啊？」阿福此時一身重機騎士專用的防摔套裝，戴著越野車安全帽，腰間還插了把柴刀，上頭也裹著韓杰給他的護身符，他見韓杰神情焦躁，不解地問：「今天不是要跟吳天機大決戰嗎？我搞錯時間了？」

「就是今天！我就是不要你來啊！」韓杰怒吼：「都什麼時候了，太陽快下山了，你們聯手整我啊？」

「你爲什麼發脾氣？」阿福愕然，正想辯解，卻聽見身後又有聲音傳來。

又有人上樓。

是提著行李箱的美娜。

美娜神情呆滯，直勾勾望向廊道盡頭，呆愣愣地往前走，經過阿福和韓杰身邊時，也沒和他們打招呼——

韓杰突然伸手揪住美娜下巴，在她人中上捏了一下，跟著在她額頭上快速畫了個印，再輕輕一拍。

美娜這才像是大夢初醒般，盯著韓杰，古怪地說：「阿杰？你怎麼……哇！怎麼我又回來這裡啦？」

韓杰沒有回答美娜，而是轉過身撥打電話，嘴裡還唸唸有詞。「那個王八蛋想玩什麼把戲？」

「怎麼了？」葉子和阿福見韓杰焦急躁怒，一時不知道發生了什麼事，但聽廊道又傳來一陣腳步聲，只見更多鄰居呆滯提著行李返回，紛紛往自己家門走。

「媽的……」韓杰持著手機不停撥話，卻無人接聽，見返回的鄰居越來越多，只得收起手機，用相同的手法拍醒大家，鄰居們紛紛回神，有些人全身痠軟無力，連站都站不直，有些人全身發疼不住抽搐，有些人捧腹嘔吐起來，更有些人癱倒在地昏睡不醒。

眾人驚慌失措，老爺子吆喝著帶領幾個青壯鄰居，將虛弱的人抬入各自家中安頓，但有些鄰居空手返家，行李都不知掉在哪兒，鑰匙也不在身上，連家門都開不了。

「不行、不行……」韓杰見到樓下又上來幾個呆滯鄰居，匆忙拍醒他們，大嚷起來：「老爺子，別讓他們回自己家！太陽快下山了，吳天機就要殺來了！」

「什麼？」老爺子等人急著問：「不回家那送去哪？」「很多人像是病著，走不動了！」

「全抬上樓！」韓杰大叫。「抬進我家──」

「什麼？」「上……四樓？」鄰居們面面相覷，阿福和葉子倒是反應得快，阿福右手抱起一個昏睡孩童，左手托起老婦胳臂，葉子在一旁幫忙攙扶，還對著鄰居喊：「韓大哥這兩天在四樓畫滿符咒，樓上是最安全的地方！」

「對！而且樓上都是大家的老朋友，比待會要殺來的那些壞傢伙們好相處多啦──」韓杰大喊：「老爺子，你喜歡打仗是吧，這裡交給你指揮啦，先把所有人送去我家！」

老爺子揚起齊眉棍，對著他那批遊戲公會的幾名青壯鄰居與少年們大嚷起來。「動作快，天要黑啦！快把街坊鄰居都送上樓。」

韓杰先是飛奔上樓打開自家門，讓阿福將鄰居送進門，再轉上頂樓巡視。此時太陽已經下山，天色逐漸轉暗，他繞過四面看了看，隱約見到遠處不少公寓頂樓或是樓宇鐵窗瀰漫出奇異霧氣，那些霧氣逐漸擴大，彼此聚集，緩緩地往東風市場圍來。

韓杰取出葉子那張手繪包圍據點，對照此時奇異霧氣升起處，接著取出手機撥給阿福，急急吩咐起來：「阿福，幫老爺子把所有人帶進我家，我家擠不下，就帶進對面阿梨家——我家左右幾間房都施了法，是最安全的地方；如果有人要拉要吐都隨他們，廁所不夠用就找些鍋碗瓢盆給大家用，總之千萬別在外面逗留，那魔王已經開始行動了！」

韓杰交代完，急忙下樓，發動機車疾駛巡過鄰近幾條巷弄，只見四周樓宇冒出的奇異霧氣逐漸連接成了一圈障壁，將東風市場完全包圍起來；韓杰見到幾條巷弄裡又走來兩、三群陸續返家的鄰居，只得拍醒他們，領著他們返回東風市場，交給在樓梯口接應的老爺子等人。

「啊呀，那是不是狗媽一家！」一個大嬸指著遠處巷弄，只見那兒有對中年夫妻牽著兩個子女，背後還跟著一群似有若無的人影，緩緩往東風市場走來。

「上樓，快上樓！」韓杰急急喊著，正要轉身去喚醒狗媽一家，卻被二樓窗口一名探頭出來的住戶少年喊住腳步。

「阿杰哥——」少年將一支鋁棒探出窗外，拋給韓杰。

這少年也是老爺子遊戲公會成員，協助眾人將年長鄰居抬入韓杰家時，見到那晚被韓杰奪去打飛帝廟混混的鋁棒，上頭還寫滿金字，便順手拿回。他下樓時聽見外頭騷動，湊近窗口瞧，見狗媽背後霧氣裡躲著鬼影，迎去救人的韓杰手裡卻沒傢伙，便又將鋁棒拋給他用。

韓杰接過鋁棒，往狗媽一家急奔趕去，只見狗媽夫婦和兩名子女被奇異霧氣團團籠罩住全身，立時探手往口袋一撈，撈出一把香灰，托在嘴前鼓嘴一吹，將迎面逼來的奇異霧氣吹退好幾公尺。

他幾步衝上，揚手揪著狗爸領口往後拖，只見狗爸背後那些人影飛撲上來，探長了胳臂扣住狗爸頭臉肩臂，不讓韓杰救走他。

「吳天機，王八蛋，你出陰招！」韓杰暴怒大罵，舉起鋁棒往狗爸背後那群鬼影擲去，擲退幾隻鬼，正要一把拉走狗爸，卻被狗媽撲上掐著脖子，兩名狗家小孩也怒吼地撲上來咬韓杰大腿。

狗媽和兩名子女臉色發青、目露凶光，顯然都被東西附著身。

「媽的！」韓杰再次掏出香灰，飛快畫印，按上狗家四人額頭，逼出他們體內惡鬼，一左一右抱起兩名小孩，卻見奇異霧氣再次逼來，霧中伸出一隻隻鬼手，又將狗爸狗媽拉回霧裡，鬼手還往他倆額頭上抹，想抹去香灰符印，重新上他們身。

「幫忙！」老爺子喊著幾名鄰居衝出幫忙，想接回狗家小孩。

「別過來！」韓杰聽見身後動靜，急忙轉頭喝阻老爺子等人過來，但鬼霧飛快漫過他雙腿，淹上老爺子和四、五名青壯鄰居。

霧中探出一隻隻手，揪住老爺子等人雙腿不放，還不停往上扒抓。

幾人被鬼手抱著大腿，登時感到渾身冰冷發麻、動彈不得，只能眼睜睜地看著古怪幽魂從霧中爬起，攀上他們的身，扳開他們嘴巴，朝他們口鼻吹氣。

老爺子正感到頭昏眼花，神智迷濛猶如墜入夢境，突然全身一震，清醒過來——一片潑墨似的紅自他眼前竄過，那片紅似雲似水，又似飛龍，四處飛竄鞭打，鞭得一隻隻惡鬼鬆手哭嚎，躍回霧中。

韓杰打出尪仔標、甩開混天綾，捲上狗家四人和老爺子等鄰居，再纏上自己腰際肩背，一步步將眾人拖離迷霧範圍。

他甩出混天綾鞭擊追兵，還捲回鋁棒，揮棒敲飛幾隻近身惡鬼，終於將狗媽一家和老爺子等人全拉回東風市場，讓擠在樓梯口接應的鄰居攙扶上樓。

「快上去！」韓杰守在入口處，打退幾隻逼近惡鬼，只見團團奇異迷霧持續淹來、灌進樓梯，不停往牆上堆高，滲進窗裡。

「快點快點！」「窗子上爬著怪東西呀！」「還有沒有棉被？周伯沒地方躺呀！」

「哇！王媽吐了！」

韓杰家中及外頭廊道騷鬧一片，大夥將年邁虛弱的鄰居抬入韓杰家幾間房裡安置，見到窗外煙霧濛濛，霧中閃動著奇光怪影，那些怪影像是一個個人，手腳又似壁虎，又似蜘蛛，在窗外攀來爬去，試探性地伸手往窗縫摸來，但一觸及窗戶，又讓窗上那些符籙金字耀起的光芒逼退。

「怎麼還不進屋？」韓杰掩護著老爺子等人退上四樓，見廊道中擠著不少人，便將人往他對門空屋趕。

他見大夥面面相覷，不敢踏入他對門那滿布煙熏火灼焦跡的房裡，便說：「你們忘了我家才是起火點！整棟東風市場沒有一戶比我家更凶啦！這些老鄰居不會害你們，底下那些傢伙才會……」

韓杰還沒說完，見門外廊道末端小窗攀著一個鬼影，二話不說趕去一棒打落，探頭見牆外更多鬼影往這扇窗爬來，便將混天綾甩出窗，上下飛繞鞭打，擊落一隻隻惡鬼後，這才關窗，回頭大喊：「阿福、阿福！把我的奶粉罐拿來！」

阿福立時從韓杰家中捧出小奶粉罐，又依他指示，領著青壯鄰居從他家裡翻出舊衣和鐵釘鐵鎚；韓杰直接用手指捻出金粉，在舊衣上飛快畫下符咒，指示阿福和鄰居將衣物釘上牆，封住窗。

「把阿梨家所有窗子關上！」韓杰封完廊道那窗，隨即提著奶粉罐奔入對門阿梨家空屋，指示鄰居翻出屋內廢棄門板、窗簾，一一畫上符咒，讓阿福等人釘牆封窗。

「那些傢伙會不會穿牆進來？」有鄰居這麼問。

「我在牆上寫了符，他們進不來。」韓杰在焦黑一片的阿梨家巡視一圈，確認所有窗都封上，便說：「本來我在窗上也寫了符，但他們能打破玻璃，所以額外蓋上板子多加一道保險。」他無奈解釋：「我本來想將樓上這幾間房當成碉堡，在外頭打累了就躲進來撐著等天亮，誰知道你們全擠回來了……」

「我……我們也不知道到底發生了什麼事呀……」有個大嬸驚恐地說：「我和老公決定去親戚家，才出門不久，突然昏昏沉沉，跟著什麼也不記得，一睜眼又回到東風市場了！」

「是那吳天機搞的鬼？」阿福問。

「對。」韓杰忿忿不平地說：「他故意派鬼施展迷術，把離家的鄰居都拐回來拖著我，把我綁在這裡——他大概擔心我打不贏會出風火輪逃去大廟求救——我本來的確也有這打算，媽的！現在走不了了……」他說到這裡，看了看手中奶粉罐，又取出菸盒揭開瞧瞧剩餘尪仔標。

韓杰轉回廊道中央，盯著遠處轉角，等待半晌卻毫無動靜，略顯不耐，卻見手上的混天綾漸漸消散，他啊呀一聲，轉身奔至廊道對外小窗，揭開封窗符衣一角，只見外頭煙霧不知何時已經散去，四周惡鬼也溜得不見影蹤。

「原來如此！」韓杰愕然大罵，怒氣沖沖地又取出手機撥號，想罵吳天機幾句，卻依舊撥不通——此時所有鄰居手機不僅無法撥號，甚至連網路也無法使用。

「怎麼回事？沒動靜了？」老鄰居等在門邊探頭往外望。

「他不急著進攻，是因爲現在天還沒全黑，他在等月亮升起。」韓杰無奈地回房探了探年邁鄰居狀況，說：「另外，他可能打聽出我尪仔標的規則，他突然退了鬼，讓四周鬼氣消散，我那混天綾就沒用了……」

「什麼？」「還可以這樣？」鄰居們紛紛驚恐互望。「那他多來來去去幾趟，玩掉你所有尪仔標怎麼辦？」

「我只能省點用了……」韓杰無奈地聳肩搖頭，說：「待會月亮再爬高點，他們會發動總攻擊，大家得做好心理準備……」

他在屋內巡視半晌，瞧了瞧那些年邁鄰居的狀況，點了幾名青壯鄰居拿他那些寫滿符字的棍棒刀械，守住兩戶住家幾扇窗，又交代了些瑣事之後，自個兒拉了張凳子、扛著鋁棒到廊道外守著。

他緩緩捲起袖子，取出畫有符籙的拳擊繃帶開始綁手。

他反覆綁了幾次，總覺得不順，不停解開重綁，突然瞥見有人走近他，抬頭一看，是美娜。

美娜在他身邊蹲下，接過拳擊繃帶替他綁手。

葉子、阿福、老爺子等人也紛紛湊來守在韓杰身邊，韓杰望著在樓下被鬼抱了腳、上樓之後去廁所吐完一輪的老爺子哼哼笑了笑。「老頭，如你所願啦……今晚這公會戰會打上一整晚，你撐不撐得住？」

「老子我幾年的仗都打過了，還怕這一晚？」老爺子抹著嘴，瞪大眼睛，不服地說：「我剛剛只是沒做好心理準備……」

「少來，成天吹噓你打過仗！」韓杰翻了翻白眼。「你沒那麼老吧……」

「誰吹牛呀！」老爺子說：「我小時候有雙飛毛腿，領著一班弟兄在戰場上來去如風，劫走敵軍好多砲彈！」

「小孩子掛著鼻涕跟著鄰居小孩在外頭玩耍，撿幾顆砲彈回家做菜刀就當是打仗……」

「那不是打仗是什麼！」

「好啦……」韓杰望了望腳邊小奶粉罐裡殘餘金粉，突然想到什麼，抬頭問老爺子：「老頭，你說你家裡還有菜刀？」

「何止菜刀，連龍泉寶劍都有！」老爺子這麼說：「幹嘛，你要菜刀斬鬼？」

「需要。」韓杰站起身來，張閤雙手，十分滿意美娜替他纏的綳帶。「等等大軍壓境，我可能沒辦法顧著所有人，我們得準備更多防身傢伙……這幾年逢年過節我寫給你們那些護身符，裹上你的龍泉寶劍，多少有點用處……」

「哦——」老爺子聽韓杰這麼說，立時轉頭吆喝：「小強、小華，向所有鄰居要家裡鑰匙，我們趁天沒全黑，回家搜刮物資上樓囤著備用！讓那些進犯的邪魔歪道知道，我們東風市場可沒那麼容易被攻陷！大夥兒準備開戰啦——」

貳壹

阿福、美娜、葉子和幾名大嬸，外加兩、三名手腳俐落的孩童少年，守在四樓樓梯口待命——韓杰在三、四樓樓梯轉角處以上的牆面寫有金字符咒，能鎮著道行不足的遊魂野鬼上不了樓。

韓杰則和老爺子領著七、八名年輕鄰居來到二樓搬運夜戰物資；韓杰扛著鋁棒，蹲在一、二樓樓梯轉角，盯著退遠幾條街的異霧，讓老爺子領著眾人開門返家，大夥兒優先返回自家整備，將韓杰這幾年寫給他們的護身符籙、自個兒從廟裡求來的平安符，甚至是看起來像是符籙的一切裝飾、吊牌、綴飾、佛珠、十字架什麼的，一股腦地往身上戴。

有人見別人連家中供桌上的神像和八卦鏡都裝入袋裡，便有樣學樣，翻出一輛老媽買菜用的菜籃車，連開數戶鄰居家門，也不管有沒有用，將每戶人家裡大大小小的神像全往菜籃車裡塞；那些神像有木雕有陶塑，有關帝爺有觀音像，甚至連耶穌十字架像都有——但更多的是太子爺像。這自然是受了韓杰入住後的影響，家家戶戶都在神桌上多塞上一尊太子爺像。

都盼太子爺稍稍庇祐這悲傷平凡的舊市場樓房。

「哇靠——你們搬一大堆神像幹嘛！」韓杰見幾個青壯鄰居聯手扛了好幾輛滿載神像的

菜籃車上樓，菜籃車裡除了神像，甚至還塞滿蔬果餅乾和香燭金紙等祭祀用品，急得大叫：「等會我們是要打仗，不是要普渡拜拜！」

「不管啦，拿上來、拿上來！」守在三、四樓轉角的大嬸們迫不及待衝下來接應，從他們手裡搶過菜籃車就往上傳。「多拿點吃的上來，好多人還沒吃飯，有些吃過都吐光了。」「老人家害怕慌張，讓他們對著神像安心點！」

「小華，你搬遊戲機上來幹嘛？放回去！」老爺子見小華捧著電視遊樂器要上樓，氣得大罵：「要玩也只能玩咱們公會那款手機遊戲！」

「現在沒辦法上網呀……」小華嘟嘟囔囔地轉身將遊樂器擺回家。

「多拿幾條毯子，老人家沒地方躺！」「誰幫忙找點除臭劑，上頭好多人又拉又吐，窗戶都封死啦，熏死人啦！」「別拿那麼多菜刀，這大樓裡除了阿杰，沒人會拿刀劈人啊，拿點掃把曬衣桿什麼的！」「老爺子，我家大櫃子左邊第二個抽屜裡有我老公爸爸生前留給他的手錶，算命師說錶上帶著福報，戴在手上能逢凶化吉、消災擋煞！替我拿上來好嗎？」

韓杰聽上頭大嬸一人一句，不停在物資清單上加油添醋，忍不住插口大罵：「拜託你們動動腦筋，別什麼狗屁都往我家裡堆，拿重要的東西就好！聽到沒有！」

樓上，葉子等人一接到底下鄰居傳上的菜籃車，立時讓公會孩童推著往韓杰家中衝。

葉子站在廊道轉角處指揮，突然聽到鄰近幾戶人家窗子發出嗡嗡震動。

「快喊韓大哥上來，那些傢伙又來啦！」王小明的尖叫聲陡然在葉子耳邊響起。

葉子哇了一聲，一個大嬸則讓突然現身的王小明嚇得腿軟撲倒，整輛菜籃車翻倒在地。

四乾奶奶的手從王小明身後伸出，將王小明拉回牆中，免得他嚇壞更多人。

葉子連忙幫大嬸撿拾東西塞回籃車裡，安撫著她。「別怕，小明是自己人，他們都是我們的戰友。」

「菩薩保祐、菩薩保祐……」大嬸臉色蒼白，在葉子攙扶下，推著籃車往韓杰家裡奔。

韓杰聽見樓上騷動，卻沒上樓，而是先奔下一樓，仰頭望了望鄰近街道，只見天色已經全暗，四周奇異霧氣再次圍來，立刻高聲大喊：「快上樓，他們又來了——」

霧氣裡隱隱響起一陣狗吠。

一隻隻眼泛凶光的狗魂，踏著一枚枚血爪子印往東風市場入口衝來。

韓杰趕緊退上二樓，掏出一把香灰，急唸幾句咒語，往一樓樓梯出口一吹，吹成一面香灰柵欄，阻住那些撲來的狗魂；狗魂們齜牙咧嘴地啃咬著柵欄，被韓杰持著鋁棒一陣亂擊，敲得鼻歪嘴斜連連嚎叫。

韓杰聽見樓上尖叫，連忙上樓，見一個鄰居被穿牆撲來的狗魂撲倒，急急擲出鋁棒砸飛，東風市場三樓以下沒有金粉塗牆，鬼靈能夠穿牆進來。

大夥兒手忙腳亂地抱著棉被、食物、掃把等東西往樓上撤，老爺子跟在後頭壓陣，他揹著軍用背包，右手提著齊眉棍、左手按著那柄從拍賣網站上購入的龍泉寶劍，腰間還懸著幾把家鄉彈殼老菜刀，見牆壁上冒出一顆凶猛犬頭，大喝一聲挺棍刺去，他那齊眉棍頭上裹著韓杰的護身符，刺狗魂鼻子上，戳出一陣光煙。

那狗魂發怒，扭頭一口咬住齊眉棍，探出大半邊身子，卻哀嚎一聲鬆開口，原來是韓杰即時趕到，捻著香灰在牆面上畫了個印，使狗魂嵌在牆裡出不來，韓杰身後兩側廊道牆上，卡著好幾隻狗魂。

韓杰掩護著老爺子等鄰居撤回四樓，更多狗魂追衝上樓，奔過三樓，卻被一陣陰風吹得哎叫翻滾下去。

有些穿牆的狗魂被若隱若現的鬼手揪著往樓下扔，有些奔在階梯上的被壁面伸出的腳絆倒滾下。

「別急、別急。」韓杰退上三樓，見「老鄰居」們下來幫忙，連忙說：「現在還不是時候，大家都上去，別讓吳天機摸清我們的陣……」

他還沒說完，突然聽見三樓廊道和住家窗戶啪啦啦地震動起來，他見樓梯間幾扇窗外攀來一隻隻古怪人影，有些人影往上爬，有些人影則鑽進牆往韓杰逼近。

「大家上四樓！」韓杰大喊，掄棒打飛幾條逼近怪影，只見樓下走上一個高壯碩大的男人。

巨漢一張臉灰黑青紫，彷如死屍，額上紋著奇異咒印，兩隻眼睛閃爍異光，身材壯碩得像健美先生，露在一身灰布外的胳臂和小腿上，那糾結錯亂的肌肉猙獰而恐怖，某些肌肉組織和位置甚至脫離了一般人體認知，如拼湊組合出來的合成怪物——古屍。

「終於出動古屍啦！」韓杰一棒往巨漢古屍腦袋上砸去，將它額頭打凹一個坑，但古屍卻毫無反應，繼續踏階上樓；韓杰後退幾階，再砸一棒，這次巨漢側頭，讓鋁棒砸在它肩頸上方的斜方肌，然後一手抓住鋁棒。

鋁棒上密密麻麻的金字將巨漢布滿屍斑的手掌燙出一陣焦煙，但巨漢面不改色，還微微將鋁棒捏凹出幾枚指印。

韓杰趁古屍抬腳往上之際，一腳踹向它胸口，使它重心不穩，往後仰倒——韓杰感到一股怪力拉得自己往前撲去，原來巨漢雖向後仰倒，但仍緊握鋁棒不放，韓杰只好鬆手棄棒，讓對方摔至樓梯轉角。

巨漢臂背剛著地，立時撐身站起，像是一具反應靈敏的機器人般，朝奔來想搶回鋁棒的韓杰猛搧一巴掌。

韓杰沒料到巨漢起身的動作這麼敏捷，閃避不及，抬手格擋，只覺得胳臂連同上半身，彷如捱了重量級摔角選手一記金臂勾般，身子浮騰離地，整個人翻轉大半圈後撲摔在地上。

他暈眩地伏在樓梯轉角地板掙扎，聽見一陣老鄰居發出的尖銳鬼嚎，猛地回神，奮力側身避開巨漢那記重踏。

巨漢一腳踏空，隨即再踢一腳，將韓杰踢下二樓，且立時下樓追擊。

韓杰摀著腹部掙扎站起，才暗暗慶幸肋骨沒斷，便又感到一陣怪力自後緊緊箍住他雙臂和前胸——

是第二具古屍。

這第二具古屍比巨漢古屍高出半個頭，身形卻削瘦許多，整張臉蒙著符布，只露出兩顆眼睛，共通點是力大無窮。

韓杰雙臂與胸肋被瘦長古屍箍得劇痛欲斷，人高馬大的他被抱得雙腳騰空，見巨漢古屍已經下樓來到眼前，還高高舉起鋁棒要往他腦袋上砸，趕緊抬起雙腳往逼來的巨漢胸口一蹬，將它蹬開幾步，也使得抱著自己的瘦長古屍向後退了幾步，後背抵上廊道牆面。

那瘦長古屍前胸似乎受到韓杰後背那片火尖槍裂紋發出的熱力震盪，稍稍鬆手，韓杰逮著機會矮身一蹲。

磅硠——

巨漢古屍砸來的鋁棒因韓杰縮身的緣故，重重砸在瘦長古屍腦袋上。

瘦長古屍那顆裹著符布的腦袋深深凹陷一個坑，它本能地伸手抓住嵌在頭上的鋁棒。

巨漢古屍卻不放開鋁棒，而是想奪回鋁棒追打韓杰。

韓杰見兩具古屍各自緊抓鋁棒一端，誰也不放手，也不和它們糾纏，而是拔腿狂逃，想繞至東風市場另一側的樓梯上樓。

但他沒跑出多遠，便讓幾隻自牆面鑽出的犬魂咬著腳踝掀倒在地。

他扭身揮拳打退那些狗魂，見巨漢古屍已經搶回鋁棒，瘦長古屍則跟在後頭，一齊朝他追來，立刻起身再逃。

他終於奔到另一處樓梯口，卻撞上一批持刀混混——又是飛帝府那批傢伙，他們人人眼泛青光、口唇發黑，背後溢著黑煙、飄動鬼影，像是被附身一般。

帶頭那人正是友哥，他頭臉還裹著厚厚紗布，左臂和右腳都打著石膏，一見韓杰就舉著刀械殺來。

韓杰見前有飛帝府打手，後有古屍和狗魂，進退無路，瞧一旁人家大門未關，便撞進屋裡。他來不及關門，只好隨手拉起門後行李箱格擋飛帝府打手劈來的刀。

他且戰且退，從客廳打到廚房，順手從瓦斯爐上拿起鐵鍋作盾、舉著鏟子當刀，噹硠硠地與擁入廚房的飛帝府混混互砍一陣，退入後陽台。

巨漢古屍大步跨入屋內，沿路掀翻擋路混混，追進後陽台，也不顧友哥還擋在韓杰身前，大步跨去、掄棒亂砸。

韓杰退到陽台末端，見友哥被巨漢古屍一腳踹得往前撲來，立時翻身躍上擺在陽台末端的洗衣機上；他後背抵著鐵窗上幾片塑膠波浪板，見無路可退，正想揭菸盒掏尪仔標，便聽見背後發出一陣破碎巨響，一雙細手穿破那塑膠波浪板，牢牢掐著了他頸子，將他整個人向後猛拉——

原來這戶人家鐵窗只遮蔽下半截，上半截有個碩大開口，所以蓋著波浪板遮蔽，韓杰被自外探入的細手掐著頸子往外拉，整個身子壓垮波浪板，仰摔下樓。

他跌落在東風市場西側一片荒蕪空地上——這小片空地本來作爲地下果菜市場貨物出入卸貨之用，市場關閉後，閒置多年，雜草叢生。

韓杰摔得眼冒金星，感到頸子劇痛，被他壓在身下那傢伙竟仍緊掐著他脖子不放；韓杰奮力掙扎，不停反手向後揮拳，只覺得每拳都紮紮實實打在它臉上，甚至炸出一陣陣金光，但那傢伙就是不放手——

這是第三具古屍。

是個傴僂矮小如孩童的老頭古屍。

韓杰被老頭古屍掐得雙眼發黑，隱約見到二樓的巨漢古屍、瘦長古屍已經攀上牆沿，撕裂大片波浪板，正要往下躍來，只好拔腿奔遠，還伸手摸找全身口袋，卻摸不著那菸盒，一時也不知菸盒究竟是落在空地草叢裡，還是掉在二樓後陽台上洗衣機四周。

磅——

一聲槍響在韓杰耳際響起，震得韓杰耳鳴暈眩，單膝跪下，但他隨即感到頸子一鬆，那老頭古屍鬆開了手。

一隻手自他脅下探來，托著他胳臂拉他起身。

是王智漢。

「小……小隊長！」「這是什麼東西！」王智漢身後跟著四名年輕下屬，都戴著毛帽口罩，打扮得像是銀行搶匪，他們握著手槍藏在外套內側，神情驚恐緊張，都不知道今晚這起行動到底要幹啥。

只見被王智漢踩在腳下的詭怪老屍身裹一條髒污破布，布外四肢褐紫乾枯，腦袋纏滿符布，太陽穴捱了王智漢一槍，卻仍不停掙扎。

王智漢槍口外裹著一條紅布，他拉了拉紅布位置，彎腰朝著那老人古屍後腦又開兩槍。

老人古屍觸電般掙扎一陣，仍然未死，但明顯虛弱許多。

「王仔……你這是什麼槍？」韓杰摀著咽喉，彎腰喘著氣，見到前方巨漢古屍和瘦長古屍雙雙落地，還瞥見巨漢古屍落地時震得腳邊草叢微微一閃——是他那金屬菸盒發出的反光。

「一般的警察佩槍M6904。」王智漢揚了揚佩槍，說：「外加一條在關老爺桌前壓了幾天幾夜的三流作文破布。」

「三流……作文？」韓杰舒伸拳腳，見二樓後陽台躍下空地的飛帝府混混越來越多。

「是我那陰差朋友教我的。」王智漢說：「他要我誠心誠意寫一篇作文，稟報關老爺想打哪個傢伙、想打他的是非因由，然後壓在神桌上拜個幾天，包在槍口上，不但能打壞人，也能誅惡鬼。」

「媽的，你這招倒是輕鬆方便，比我那些尪仔標省事太多了！怎麼我上頭就愛搞怪耍花招呢？」韓杰伸手指了指遠處草叢裡閃閃發亮的菸盒，說：「我的傢伙掉在草堆裡了，掩護我。」

他還沒說完，便朝巨漢古屍奔去。

王智漢隨即開槍，槍槍打在巨漢古屍和瘦長古屍胸腹上。

兩具古屍連退數步，被迎面而來的韓杰飛身迴旋兩腳重踢倒地。

韓杰鞋底金粉符字閃閃發亮，順手撒開一片香灰，熏得圍上來的飛帝府混混搗眼怪叫，再掄拳踢腿將他們一一打倒在地。

韓杰自草堆裡摸回菸盒，還從巨漢古屍冒煙的手上奪回鋁棒，磅硠硠地在兩具古屍腦袋上亂敲一陣。

「這傢伙還在動啊！」幾名年輕員警不敢貿然朝活人混混開槍，便圍著王智漢腳邊明顯不是活人的老頭古屍連開十餘槍，他們人人槍上都裹著三流作文布，但見這老人古屍腦袋被打成蜂窩也仍掙扎不死，不禁駭然。「這到底是什麼東西？」

「就叫你們寫作文的時候誠心一點，寫得感人一點，就是不聽。」王智漢哼了哼，又調整紅布位置，朝老人古屍破爛腦袋上再開一槍，終於讓古屍手腳垂下，再也不動了。

王智漢領著手下走向韓杰，在那兩具古屍頭上補了幾槍，年輕手下似乎擔心槍聲驚動四周，但左顧右盼，只見四周瀰漫奇異霧氣，連這荒蕪空地對街樓宇都看不清楚。

韓杰倒是目不轉睛地盯著斜方向一處低矮公寓樓頂水塔。

隱約看見水塔上站著一個人影。

「那傢伙就是你說的吳天機？」王智漢皺眉瞇眼，僅能判斷人影似乎是成年男人，連面目都看不清楚。

「應該是吧。」韓杰搖了搖菸盒，準備朝遠處水塔方向走去，但才走出幾步，便聽見身後東風市場樓上發出的騷動聲。

「我已經聯絡上地底陰差朋友了，天亮之前他會帶隊上來逮人——我知道你不信任地底那些陰差，也不想把事情鬧大——我記得你說過這是那魔王和你上頭的私怨對吧？但現在牽扯到這麼多活人，就算是私怨，也只好鬧大了，別怪我。」王智漢點了根菸。

「吳天機那王八蛋不守規矩，故意在最後一刻耍手段，把所有鄰居迷回東風市場……」韓杰恨恨地說：「幸虧你來幫忙，不然我一個人真忙不過來……」

他這麼說時，抬頭只見空中幾批惡鬼逐漸往東風市場三、四樓聚集，牆上還攀著幾具古屍。

那些惡鬼無法穿透寫有金粉符字的壁面，但古屍卻能夠直接破窗。

此時圓月已經高高升起。

遠處公寓頂水塔上的人影揚起手，搖了搖鈴，幾具攀在東風市場牆面上的古屍頭臉上罩著的符布紛紛揭開，露出猙獰面目，嘴裡尖牙一根根突出嘴外，都有數公分長。

貳貳

「阿杰呢？他沒跟我們上來？」「他將一個大傢伙引下樓了！」「二樓有聲音。」眾人將一袋袋物資運回韓杰家外廊道，卻不見韓杰回來，老爺子點了幾個青壯鄰居準備下樓找人，卻在通往樓梯的長廊轉角被大批衝破防線的惡鬼阻著。

接近韓杰家門的壁面上金粉符字較爲密集，靠近樓梯口的壁面則較爲稀疏，那些受吳天機驅使的惡鬼衝過三樓，殺至四樓，捱著廊道壁上一道道符字金光燒灼，往韓杰家一吋吋逼近。

「哇！」「那些鬼不怕牆上的金字？」「他們想要硬擠過來！」鄰居們驚恐尖叫起來。

「快躲進屋裡！」老爺子領著幾名青壯鄰居將還逗留在廊道上的孩童少年全趕回屋內，只見前方惡鬼被金光烤得燒焦冒煙，卻不後退，而是嚎哭慘叫地探長著手，持續向前扒抓逼來。

老爺子挺起裹著護身符籙的齊眉棍，隻身擋在廊道中央，彷如長板橋上的張飛，對著逼近惡鬼大聲叱吼：「哪個敢再往前一步，小心腦袋被我一棍打飛！」

惡鬼們伸長胳臂抓住老爺子的長棍，啪地一把搶下，老爺子被搶去長棍，還撲通跌了一跤，氣得撐身站起，從腰間拔出一雙貼著符籙的老家菜刀，一刀斬飛一隻探來掐他脖子的鬼手。

後頭幾個青壯鄰居挺著一柄柄拖把、掃把和曬衣桿趕來支援——那些拖把、掃把和曬衣桿上掛滿各式各樣的護身符籙，裝飾得像是聖誕樹一樣；一陣混亂突刺，也不曉得究竟是哪家哪戶的護身符有效，總之七八柄花花亂亂的長柄工具一齊伸出，當眞嚇得那批惡鬼稍稍退開。

兩名少年拉著老爺子，在眾鄰居舉著掛滿符籙的長柄工具掩護下，往韓杰家退。

這支惡鬼大隊則持續近逼，突然騷動起來——接近韓杰家的幾戶空屋兩側壁面探出一隻隻手腳，對著廊道裡的惡鬼大隊或抓或踹地扭打起來。

有些手腳揪住了落單惡鬼，將之拖進牆裡，屋內立時傳出磅硠硠的打鬧鬼嚎聲。

「喝？」老爺子一時還搞不清發生了什麼事，身後兩個青壯鄰居眼睛較尖，隱約透過兩側廊道上那滿布灰塵且貼著膠帶的小窗，見到房內鬼影竄動，醒悟大喊：「兩邊屋裡是我們那些老鄰居呀，他們在伏擊那些壞鬼！」

大夥見到自壁面伸出的鬼手，腕上都繫著一圈香灰煙霧——老鄰居們戴著韓杰發給的香灰煙環，不受金粉符字燒灼，躲在韓杰家前幾戶房裡，出手攻擊深入廊道的惡鬼。

老鄰居們將那些被金光烤得頭昏眼花的惡鬼們拉進屋裡圍毆一陣，再從地板或是天花板推出扔遠；韓杰在自家鄰近幾戶空屋裡都以金粉施畫了嚴密咒術，猶如堅壁堡壘般。

「那臭小子說的惡鬼大軍就是這些傢伙？」「這些笨東西有什麼可怕的？」「他裝得一副大難臨頭的樣子！」「這些笨傢伙只會鬼叫，力氣又不大！」

四位乾奶奶們起初也躲在屋內幫忙伸手揪惡鬼進房，她們抓空了離牆較近的惡鬼，便探出身子抓較遠的，最後整個人跑進廊道攪和，揮著巴掌搧打那些惡鬼，還不停仰頭大喊：「太子爺，你在天上睜眼看清楚，我們四姊妹現在幫著你乩身庇祐活人百姓，這算不算是立下功勞？」「對呀，您眼睛可得睜亮點，有功就該賞，叫韓杰快快解開我乾兒子家門外的符咒，讓我們一家團圓！」

「那幾隻手是……老劉一家？另邊那些是周姊一家？」兩側房裡住戶聽見外頭騷動，聽說老鄰居出手幫忙，紛紛擠來門邊探頭看熱鬧，一些大嬸從牆裡某些老鄰居隱約探出的腦袋，認出他們身分。

「那四位大姊是誰啊？」眾人對殺進殺出的四位乾奶奶的身分感到好奇，交頭接耳也討論不出結果，擠在廊道窗邊的葉子忍不住插嘴解釋：「那幾位奶奶是韓大哥找來幫忙的朋友，她們道行很高的……」

每隻鬼道行不一，厲害的能飛天遁地，甚至化妖成魔，孱弱點的則像是王小明，連陽世滑鼠鍵盤都碰不著。四位乾奶奶或許是對陽世執念較深、積著滿腹怨氣，道行確實比尋常枉死怨靈更高些，此時殺進被符字金光烤得暈眩無力的惡鬼群中，像是大人打小孩般輕鬆自在。

磅、磅、磅、磅——一陣沉重的腳步聲自鬼群後方傳來。

四位乾奶奶循那腳步聲音望去，都感到一陣凶氣逼來。

同時，廊道末端小窗啪啦破開，一隻枯褐大手自窗外扒入，扯爛遮著窗的符字衣物，探頭進來——

是古屍。

那古屍兩隻眼睛殷紅如血，像是吸飽了月光般，張大嘴巴、垂出舌頭，在物色美食一般——它盯住被嚇傻的葉子，朝她探手一抓，一把揪住她的頭髮——

就只有頭髮而已。

葉子驚恐尖叫地向前撲倒，被阿福拉進韓杰家裡。

「你這妖孽！」老爺子舉著家鄉菜刀往掛在窗外的古屍頭上劈，那古屍正將葉子假髮往嘴裡塞，被老爺子斬了幾刀，頭臉胳臂燒出一陣金光。

老爺子再要出刀，卻被古屍張口咬住菜刀，刀上符紙在古屍嘴裡炸開一片金光，老爺子將刀抽回，刀上符籙還留在古屍嘴裡，燒得它鼻孔噴煙、嘴巴冒火，卻仍擠在窗邊不退，伸長了雙臂往窗裡探，想一舉攀入廊道大開殺戒。

廊道裡的鄰居紛紛往阿梨家裡退，阿梨家門口一陣鬼影攢動，出來攔著窗口古屍殺入的老鄰居們，正是多年前枉死火海的阿梨一家。

阿梨一家四口連同幾個老鄰居擋在窗前，架著古屍雙手、扳著古屍跨窗伸入的腳，想將它一把推下樓。

但古屍口鼻噴煙，伸長了脖子張口亂咬，利牙劃過老鄰居們的手，在他們滿布燒灼火傷的手上添上一道道新傷；這些古屍是吳天機將凶魂驅入百年骨骸煉成的凶屍，不但能吞食活物，也能傷害鬼靈。

古屍力大無窮，用利牙咬退老鄰居，便探長身子揮手亂打，揪著老鄰居們四面亂甩。廊道另一端沉重腳步聲逐漸逼近，也走來三具古屍。四位乾奶奶見那些古屍模樣凶狠，不敢硬打，紛紛退回牆裡，幾個退得慢的老鄰居被古屍揪著扯得稀爛。

廊道裡微微飄出焦煙，守在屋內的老鄰居們發出了悲鳴，發出聲聲鬼哭。

「混蛋！」老爺子見家鄉菜刀上的護身符籙脫落，便拔出龍泉寶劍，想從阿梨家殺出和外頭古屍拚命，又被鄰居拉回，大夥連忙關上鐵門，搬來小櫃擋著矮窗，從門窗縫隙往外瞧。

葉子在韓杰家，翻出提包中備用假髮匆忙戴上，從及肩長髮變成俐落短髮，她躲在阿福背後，隱約從小窗縫隙見到古屍逼近韓杰家門。

三具古屍及翻窗進來的古屍在韓杰及阿梨家門外會合，紛紛揪著兩戶的鐵門和小窗外鐵欄大力拉扯起來。

躲在兩戶人家的鄰居們嚇得魂飛魄散，年邁老者抱著一尊尊三太子像摟著孩子不停顫抖，幾個年輕住戶持著金粉刀械和符籙工具守在門前發抖；有些離窗近的鄰居見古屍胳臂自鐵欄外探入胡亂扒抓，便大著膽子持棍棒敲打古屍胳臂，棍棒上的金粉符字在古屍手上燒出一陣陣金光。

兩戶住家幾間房裡都發出驚恐尖叫，攻樓古屍可不只廊道外那四具，東風市場牆外還攀著好幾具，那些古屍爬到窗外嗅出人群聚集處，企圖破窗攻入。

但有些古屍剛撾破窗戶，腦袋便讓一抹墨紅捲上裹起，燒起艷紅火焰，嚎叫地摔下樓。同時，一陣槍聲在廊道外響起，如同電影槍戰。

廊道內四具古屍捱著這陣彈雨激烈顫抖，身上彈孔隱隱漫出紅煙，但雙眼仍綻放精光。

葉子聽見廊道遠處傳來的說話聲音，啊呀一聲擠近窗邊，將腦袋貼上破窗想往外看，差點讓古屍扒著臉，被阿福一把拉離窗邊。葉子大叫：「是王隊長，王隊長帶人來幫忙了！」

她還沒說完，四具古屍便轉向朝著王智漢帶隊攻來的方向殺去，但它們才奔出幾步，腦袋紛紛被自窗外竄入廊道的混天綾裹住。

混天綾裹在古屍臉上燒起熊熊烈火，古屍們嚎叫著，瘋狂扒抓臉面，卻扒不爛那如雲似水的紅巾。

一陣換彈匣的聲音過後，槍聲再次大作。

四具古屍身上多出更多冒煙彈孔，同時還響起韓杰的叫罵聲。「喂喂喂！別對著我開槍啊混蛋！打到我怎麼辦？」

「你懷疑我們警察的槍法？」王智漢大步往前，一步一槍，再次打完足足一排彈匣，走到一具古屍面前，轟地一記左拳砸在那古屍臉上紅巾──他左手握著手銬，手銬外也裹著拜過關公的作文布條，打在古屍臉上，震得古屍腦袋轟隆作響，腳步不穩，倏地被混天綾拉出窗外，摔下樓去。

韓杰自窗外盪入，雙臂上纏著一圈圈混天綾，與另外三具古屍僵持不下。

兩側住家裡的鄰居見韓杰殺回，紛紛開門呼喊。「阿杰，你終於來啦！」「這些東西是殭屍？怎麼打不死！」「它們好凶啊！」

韓杰繞轉胳臂，讓混天綾纏上三具古屍雙腿和胳臂，將它們拐倒在地，跟著大步上前，抓著鋁棒在古屍身上一陣亂砸；王智漢也領著手下趕來圍毆古屍，還對手下說：「過癮吧！平常吞了滿肚子刁民和立委的鳥氣，現在可以好好發洩了，你們心裡應該都有想打但是不能打的人，對吧！」

王智漢這麼說，還大力踩著古屍腦袋，見幾個年輕手下不約而同地望向他，立時瞪大眼睛，便說：「看我幹嘛？你們平常想打我？」

「不是啊……」「怎麼會？」年輕手下紛紛搖頭，毆打古屍的力道卻加重許多。

老爺子也領著青壯鄰居推門殺出，大夥兒舉著棍棒朝古屍一陣亂打，卻聽韓杰嚷嚷喝止：「夠了、夠了，頭都打爛啦！」

韓杰可沒時間和鄰居寒暄，扯著混天綾躍出窗外，將三具被打到手歪腿折的古屍也一併拖出窗扔下樓；古屍們被混天綾捲著的腦袋燃燒著艷紅火焰，一被拖出窗，火焰迅速爬上全身，手舞足蹈地墜下樓去。

「那是什麼？」葉子見到韓杰揪著混天綾盪在窗外，小腿外側若隱若現還掛著一對燃火木車輪，好奇地擠出門，湊近窗探頭看，卻已不見韓杰身影。她聽見屋內廚房方向發出鄰居們的驚呼，急忙奔進屋，遠遠只見後陽台也攀進一具古屍，但腦袋隨即讓混天綾纏著，燃燒起火，翻摔下樓。

韓杰踩在後陽台牆沿的身影再次竄遠，混天綾四面亂捲，躲在幾間房窗邊的鄰居不時都見到韓杰的身影自窗外竄過。

一聲奇異而尖銳的笛音響起，四周迷霧再次退遠。

攻樓群鬼緩緩消散，飛帝府混混們一個個回復了神智，虛弱地認出了彼此，他們都不明白自己明明負傷在家休養，爲什麼又會聚集來到這凶惡的東風市場，受了更重的傷，只能屁滾尿流地往外逃遠。

「那個吳天機好奸詐，他又打到一半退兵，想浪費你一條混天綾跟……還有你腳上那個東西是風火輪對吧！」葉子見本來籠罩著東風市場的異霧一下子又退開幾條街，見韓杰蹲在後陽台圍牆上，小腿外側掛著兩只燃火木輪。

韓杰雙腿掛著這風火輪，便能像武俠小說裡的高手般，施展輕功奔風踏雲地打橫身子踩著牆壁跑。

「我才不會讓他得逞！」韓杰哼哼一聲，縱身高高一躍，甩著混天綾揪住牆沿攀上頂樓，轉眼飛奔到西側，踩上牆沿飛躍起老高，在空中再次甩出混天綾，筆直打向東風市場廢棄空地斜方向一處公寓頂樓，捲著那頭加蓋屋頂的鋼梁，飛梭竄去，踩上一處水泥水塔的頂部──剛剛那搖鈴指揮古屍的身影，就站在這座水塔上。

韓杰東張西望，卻沒見到吳天機，便從水塔頂踩上一旁頂樓的加蓋鐵皮屋頂，跟著翻入頂樓區域。

他見自己身處區域彷如露台，只蓋著鐵皮屋簷，眼前則有處磚牆加蓋房舍，牆上有門有窗，都半敞著，隱隱透出橘紅光芒。

韓杰見加蓋磚砌房舍裡擺了張小供桌，周圍散落著符紙和一些施法過後的痕跡，不禁深深吸了口氣；那加蓋磚房透出的凶氣令他厭煩得想要嘔吐，他實在不想踏入房中，但卻不得不大步走去——如果他不趁風火輪和混天綾尚能作用時解決掉那傢伙，便更難對付他了。

「又是你這傢伙……煩死人了！」韓杰走到加蓋磚房門邊，盯著房中慘狀——

房內小供桌擺著古怪供品和法器，角落橫七豎八地躺著三具屍首——二男一女，肚破腸流、手斷腳折，死狀極慘。

另外有具焦黑古屍全身裹著奇異符布，跪伏在三人身邊，從三人肚腹裡不停扒抓著內臟往嘴裡塞；那古屍似乎聽見身後韓杰說話聲音，緩緩回頭，焦黑臉龐上一雙血紅眼睛牢牢盯住了韓杰雙眼。

這具古屍是陳七殺。

韓杰見慘死三人胸口掛著法器、手腕上繫著符籙綴飾，還拖著長長細繩，繫在陳七殺腳踝，隱約猜出加蓋磚房裡發生的事——這三人是吳天機同夥，受了第六天魔王蠱惑，聚在這兒自然不是閒聊打牌，而是準備向東風市場發動進攻。

這三名術士打算使用的主力武器當然不是他們自己，而是陳七殺。

韓杰無意探究這三人究竟是因爲法力不足壓制修煉成古屍的陳七殺，反遭陳七殺啃殺；抑或是他們本來就只是吳天機和第六天魔王手下棄子，慘烈犧牲作爲啓動陳七殺凶屍的祭旗儀式。

總之他得再和陳七殺打一場了。

「媽的，我跟你也算有緣分了……」韓杰見陳七殺緩緩站起，感到房內一堆古怪小罈發出震動，便退出磚房，退入空曠露台。「從活人打到半死，從半死打到變殭屍……」

陳七殺目不轉睛地盯著韓杰，手上還抓著不知哪名術士身體裡掏出來的臟器啃食著，踏出加蓋磚房，迎面走向韓杰。

「我見過那個愛吃糖的小鬼了，他將你想講的話都傳給我了。」韓杰甩了甩雙臂上的混天綾，踢了踢腳，像是在暖身一樣。「你乖乖安息，讓我省點力氣，這樣我才能替你多揍那些傢伙幾拳……」

陳七殺咧開嘴巴、伸長雙手，瘋狼似地撲向韓杰。

陳七殺背後的水泥加蓋房舍嗡嗡地震動起來，竄出大群凶魂，緊跟在陳七殺背後。

韓杰甩出混天綾，捲上陳七殺四肢，衝上前朝他那張焦臉就是一拳——韓杰雙臂上不但纏著寫有金粉符字的拳擊繃帶，拳頭外還裹著混天綾，打在陳七殺臉上，炸出金光紅火。

大群凶魂暴風般捲來，在韓杰前後左右飛旋繞轉，令韓杰彷如身處風暴中心；劇烈的狂風阻礙了韓杰動作，但陳七殺四肢也讓混天綾纏著，彼此都像是在水中行動般窒礙緩慢。

凶魂旋風中伸出一隻隻手往韓杰亂抓，韓杰雙手揪著混天綾牽制陳七殺動作，難以騰手阻擋，便抬腳亂踢，他雙腿外掛著風火輪，每一腳都能踢出狂風烈火，所及之處，將那些鬼手燒得顫抖亂甩。

韓杰盯著陳七殺的血紅雙眼，隱隱感到陳七殺古屍裡裝的竟不是陳七殺的魂，不禁有些詫異——先前那批古屍裝著外靈凶魂，是因為那些屍骸主人魂魄早已不在。陳七殺道行深厚，魂魄遠比一般惡靈更凶，吳天機修煉陳七殺的屍骸，卻捨他本人魂魄不用，目的是什麼，韓杰一時也想不透。

加蓋磚房裡又閃動起一陣詭異光芒。

那被陳七殺吃空了胸腹的三名術士紛紛起身，走了出來。

三人動作一致、連表情也一致，就像是三具接收著相同操縱訊息的機器人般，一步步往韓杰走去。

「你終於現身了。」韓杰從圍繞著他的怨魂暴風外，隱約見到朝他走來的三名術士，他在他們臉上見到了熟悉且令他厭惡的表情——第六天魔王。

「好久不見了，小伙子。」三名長相不同的男女術士臉上堆出了相同的詭異笑容，他們一齊開口、一齊發聲、一齊將臉湊近怨魂風暴，對身處暴風中心、與陳七殺僵持對峙的韓杰咧嘴笑著說：「你做事比幾年前穩重些。」

「嗯，我的拳頭也比以前重。」韓杰哼哼冷笑。「等等別忘了捱我兩拳。」

「你不說我都忘了……」三名術士嘿嘿笑著說：「你就算斷了一堆骨頭，也全力朝著我揮拳，你拳頭打在我臉上的滋味，比起以前那些傢伙都來得痛快……沒話說，你眞的很棒。老實說，從那時開始，我就看上你了，嘻嘻……」

「媽的，少說這種噁心廢話。」韓杰爆出幾句粗口，先是避開陳七殺凶猛扒抓，再藉著風火輪的神速飛繞到陳七殺背後，用混天綾勒住他頸子，一腳踏上他膝彎處，令陳七殺矮身跪地。

混天綾不但纏著陳七殺頸子，還蒙上他整張焦臉，轟隆隆焚燒起來。

韓杰一腳踩著陳七殺後背往前蹬，雙手緊縮混天綾勒著陳七殺腦袋往後拉，想要將他腦袋扯離身體一般。

「這招太棒啦——」三名術士瞪大眼睛，咧嘴狂笑，對韓杰說：「燒焦他身體、扯下他的頭、折斷他四肢，繼續！別手軟！你越凶殘，我越喜歡你。」

「凶殘？我可比不上你跟吳天機。」韓杰冷冷地罵：「你把這老傢伙弄得半死不活，害死他還不夠，還將他的身體煉成殺人屍——他的魂根本不在這身體裡對吧，你把他的魂藏到哪裡去了？」

「你看出來啦？我把他的魂封進一顆肝臟裡。」三名術士齊聲說：「我賜給他一顆肝臟，讓他替我工作；他死了，我需要新幫手，新幫手需要新肝臟，你知道的，煉一顆肝臟需要不少時間；這傢伙老練、狠辣、經驗豐富、道行深，他的魂，可以在極短時間裡煉出最棒的肝臟。」

「原來如此，哼哼。」韓杰冷笑：「你榨乾陳七殺的命，用他的身體煉屍、用他的魂煉肝，想打造一個新幫手——那個人就是吳天機，對吧，那膽小鬼得到你的魔肝，怎麼還躲著不敢出來？」

「吳天機？他壞是夠壞了，但天分不夠，肝臟給他太可惜了。」三名術士紛紛將臉湊上怨魂風暴前，像是觀察水族箱的孩子般，嘻嘻笑著說：「其實，我看上的人是你。」

「我？」韓杰瞪大眼睛，彷彿聽見了不入流的笑話。「你想打我的主意？沒錯，我的乩身任務是要結束了，但……太子爺穿過的破鞋你也要？」

「要呀，怎麼不要。」三名術士笑著說：「你比陳七殺年輕、比吳天機能打、比那臭小子過去大部分的乩身都厲害，我好嫉妒那臭小子找到你這麼棒的幫手。反正你的任務就要結束啦，之後幫我做事吧——我不像那臭小子這麼苛刻待你，搞一堆狗屎規矩約束你，讓你十幾年來日夜受苦。你幫我做事，唯一的條件就是服從我，除此之外，金錢、女人、殺人、放火，你想做什麼我都不會干涉你——你喜歡打人對吧，你有很棒的潛力，我喜歡聽你的拳頭砸在別人臉上的聲音。你跟我一起，我們魚幫水水幫魚，你可以隨心所欲打爛任何人的臉，刨開他們的胸膛、扯斷他們的肋骨、挖出他們的心臟……對！就像這樣，快，扯斷他脖子、別停、用力呀——」

「……」韓杰揪動混天綾，啪啦一聲扯斷陳七殺頸子，將他腦袋摘離他身體。

「你別搞錯了。」韓杰甩動混天綾，拋下陳七殺屍身腦袋，鞭散四周怨魂風暴，說：「打人跟打壞蛋不一樣，別混為一談。」

「打人跟打壞蛋，明明都是『打』呀！」三名術士湊近韓杰面前，歪著頭瞧著他。「你不是一直打得很過癮嗎？」

「吃飯跟吃屎，也同樣是吃啊。」韓杰一拳擊倒被開腸剖肚的女術士，又迴身踹倒另兩個術士——這三人胸腹臟器被化為凶屍的陳七殺吃空，早已死透，此時被第六天魔王操縱著傳話，彷如木偶一般。韓杰說：「我舌頭沒壞，吃東西會挑喜歡的吃，吞下難吃的東西，可不會讓我開心；同樣的道理，拳頭砸在王八蛋臉上，跟打在老婆婆或是小朋友的臉上，對我來說感覺完全不同——這是我跟吳天機完全不一樣的地方，你找錯人了。」

「我明白你的意思，你想說，你只打惡人，你很驕傲自己能夠替那臭小子除惡懲奸，是吧？但你忘記了嗎？你曾經也是惡人，你害死你全家人。」三名術士被韓杰打得癱在地上，仍咧嘴笑著說：「照你的想法，你也該打，不是嗎？」

「你說的沒錯，我確實該打，所以我替那臭小子做牛做馬，到處找壞蛋打架，也借壞蛋的拳頭打我自己，一打就是十幾年。」韓杰指了指自己腦袋，說：「身體越痛，心反而舒坦些，至少晚上睡得著……」

「眞是搞不懂你……」三名術士眼中光芒逐漸黯淡，嘴上仍維持著詭異笑容。「你現在會這樣想，我也不怪你，等等你換上新的肝，說不定會改變想法，嘻嘻……」

「換你娘！誰答應你我要換了？」韓杰唾罵著，揮動混天綾打散四周殘餘怨靈。他見三名術士雙眼異光退散，又見陳七殺被扯下的腦袋及四肢都讓混天綾紅火燒得崩裂斷裂，嘆了口氣，收回混天綾。

他繼續往前，想深入加蓋磚房找出吳天機狠揍一頓，但突然感到背後一陣異風拂來，有隻手自後伸來拉住他外套袖子。

他轉身回頭，背後竟站著先前那白裙子女鬼，白裙子女鬼神情焦切地伸手指著東風市場，嘴巴啊啊張著像是想說什麼。

韓杰警覺到白裙子女鬼是在知會他東風市場生變，立時回頭狂奔，踩上牆沿高高躍起，甩出混天綾打向東風市場四樓幾扇破窗，急急飛梭竄回市場。

貳參

「發生什麼事？」韓杰從窗子攀入自家門前，逢人就問。

「什麼？」老爺子等互相張望，像是尚未反應過來——

由於吳天機暫時退兵，加上有王智漢領著幾名年輕刑警坐鎮，避難鄰居們安心許多，大夥兒分配著先前青壯鄰居扛上樓的棉被毯子等各種物資，幾名大嬸甚至擅自在韓杰家廚房開起伙來，煮著熱食供大夥兒果腹。

「剛剛那女鬼……」韓杰東張西望一番，只見自家與對門阿梨家中鄰居正忙著分發食物，一時不解剛剛白裙子女鬼爲什麼急切指引他回來，他正想探頭出窗去找對方問個清楚，便聽見阿福的聲音自房中大嚷起來。

「阿杰、阿杰！你回來啦？」阿福急匆匆地從韓杰家門擠出，急急地問韓杰：「葉子沒跟你在一起？」

「葉子？」韓杰呆了呆，問：「她不是跟你們在一起嗎？」

「我從剛剛開始就沒見到她啦，我以爲她跟你在一起……」阿福這麼說，此時廊道和兩側住家擠著數十人，大夥兒分發毯子、傳送餐點不時走動叫嚷，亂糟糟地像是盛大節慶一般，倘若走失其中一人，一時確實難以察覺。

「什麼？」韓杰大聲喊了葉子幾聲，沒聽見回應，只見窗外發出一陣尖喊，白裙子女鬼飄在窗外，用手指著地下。

「妳想說什麼？妳知道葉子在……」韓杰連忙趕去窗邊，白裙子女鬼像是畏懼韓杰家廊道周遭那些金粉，不敢靠近，只能遠遠對著韓杰比手畫腳。

「笨蛋——」「她說你那小女朋友被吳天機騙下樓啦！」「你不是乩身嗎？怎麼聽不懂鬼語？」「在樓下呀！」四位乾奶奶的罵聲自阿梨一家傳出，還夾雜著王小明的驚恐尖叫：「韓大哥——那漂亮妹妹她說，葉子被吳天機騙去地下室了呀！」

阿梨家鄰居們聽見屋內迴盪起乾奶奶和王小明的說話聲，以為群鬼又要攻來，嚇得騷動起來。

韓杰驚駭之餘也無暇安撫鄰居，轉身就往廊道那端急奔，他腿上風火輪飛旋冒火，轉眼便衝到樓梯口，接連翻過扶手往下躍，飛快竄到一樓。

只見本來通往地下果菜市場入口的柵欄鐵門此時已遭破壞，歪歪斜斜地敞著，樓梯堆放的雜物也被清開一條通道。

韓杰急衝下樓，見本來應當漆黑一片的果菜市場，此時隱隱亮著昏黃光火。

塵封多年的地下果菜市場裡，排列著一座座蓋著帆布的水泥攤位。

每座攤位上都或蹲或站著古屍和厲鬼，整座地下果菜市場的昏黃光源則來自於那些古屍和厲鬼腳邊一盞盞小燭台或是小油燈。

那些小燭台上一支支蠟燭是奇異的褐紅色，小油燈裡的燈油也是相同的顏色；盞盞燭光燈火飄散出奇異氣味、搖曳著詭譎光芒，映亮著這座地下果菜市場。

葉子平躺在最遠處一座水泥攤位上。

她的嘴裡塞著符籙布巾，上衣被割破揭開，袒露著赤裸胸腹，胸肋下緣有條剛縫合上的深長切口，衣服、體膚上血跡斑斑。

一男一女站在攤位旁，面無表情地按著葉子的雙肩和胳臂。

正是葉子雙親。

吳天機站在攤位後方，雙手血紅一片，像是剛完成一場手術的外科醫生，得意洋洋地朝愕然走近攤位的韓杰說：「你見過陳老師的身體了？摩羅大王和你打過招呼了？」

「吳天機——」韓杰咬牙切齒，像是想將吳天機生吞活剝般朝他奔衝殺去。「我要揍死你！」

窄小通道兩側一座座攤位上的古屍、厲鬼紛紛躍下，往韓杰撲來。

「王八蛋！」韓杰甩動混天綾四面亂打，突然倏地往上一躍，以混天綾捲著天花板管線，幾個甩盪，竄上葉子那攤位，蹲伏在葉子身旁，伸手朝吳天機脖子掐去，卻猛然停手。

他見吳天機提著一盞油燈，搖搖晃晃地拎在葉子臉龐上方。

他隨即聞到一股濃濃的汽油味，這才驚覺葉子全身都被淋上汽油。

同時那汽油味中，還隱隱透著古怪屍臭氣味——屍氣不但從吳天機手中油燈發出，也自葉子濕濡頭臉上發出。

韓杰咬牙切齒，轉頭只見鄰近水泥攤位四周除了盞盞燭火油燈之外，也擺著不少大塑膠罐，裡頭想來都裝滿汽油。

「我知道韓大哥你嘴巴裡藏著一片會飛出火龍的尪仔標，對吧？」吳天機盯著韓杰。

「我知道太子爺三昧眞火很厲害，能將妖魔鬼怪燒成灰燼，卻不傷生人凡物，所以帶了點屍油助燃，你明白我的意思吧，師兄。」

「師……兄？」韓杰聽吳天機喊他師兄，恨不得想把拳頭塞進他嘴巴裡，但見吳天機此時拎著油燈在葉子臉上搖搖晃晃，別說放火燒他，便連揮拳打他都可能令他鬆手將油燈倒在葉子身上。

「韓大哥……對不起……我接到爸媽電話，說在樓下急著找我……我怕他們出事……沒有告訴王隊長跟阿福，自己下樓找他們……」葉子神情恍惚、臉色慘白，虛弱地說：「我不知道吳天機控制了他們……」

葉子父母面無表情，雙眼都閃爍異光，身體裡附著聽從吳天機號令的惡靈。

韓杰莫可奈何，見葉子胸腹間那長達二十餘公分的血口，被粗糙地縫著黑線，強忍怒氣瞪著吳天機。「你對她做了什麼？」

「摩羅大王準備賜給你的肝，一直養在她身體裡。」吳天機說：「我剛剛剖開來驗收成果，順便把陳老師的魂封進她的肝裡——」

「什麼？」韓杰愕然，顫抖地說：「你把陳七殺的魂封進她肝裡？」

「是呀。」吳天機點點頭，笑嘻嘻地說：「你以爲我派出紅白女鬼只是爲了害她爸爸外遇情人？那未免太大材小用了——她們可是陳七殺供養多年的鬼魂，道行高深，我派她們每晚守在芝苓床邊，對著芝苓吹氣，將摩羅大王賞賜的魔氣吹進她身體裡，將她的肝煉得強壯無比，強壯到足以讓陳老師魂魄入住。」

「怎麼可能……那魔王的氣味化成灰我都認得出……」韓杰不可置信地說。「但我在她身上完全沒聞出……」

「你現在知道，摩羅大王為了你，花費了多少工夫修煉出這些能隱去氣味的新法術吧。」吳天機呵呵笑地喊著韓杰：「師兄。」

「那傢伙這次上來……不是為了找我報仇，而是眞想我當他僕人？」韓杰喃喃地問。

「其實都有吧。」吳天機笑著答：「將仇人變成僕人，本身不就是最好的復仇方式嗎？且摩羅大王的仇人從來都不是你，而是你上頭的太子爺。」吳天機說到這裡，頓了頓，又說：「師兄，大家以後就是自己人了，我們一文一武，有摩羅大王撐腰，在這世上可以橫著走了。」

「……」韓杰感到背後兩具古屍上前架住他雙臂，立時抖了抖混天綾，將古屍四肢牢牢纏著；此時混天綾並未像先前那樣在古屍身上燃燒冒火，因為韓杰擔心波及葉子——太子爺諸多法寶上的神火雖能迴避凡物生靈，但吳天機手上提的油燈裡裝著特製屍油，能引燃神火，燒出的鬼火能波及凡物，便能點燃四周汽油。

當時他與陳七殺在老宅大戰，那些小鬼灑在他身上和整間屋子裡的那些燈油，便讓九龍神火罩的火與燈油火融合為一，最終吞噬了整間老宅。

此時葉子與果菜市場四周都淋著屍油和汽油，古屍要是被混天綾燒著，撞翻了屍油燈，進而引燃四周汽油，便能令整座地下市場陷入火海。

更多古屍走來，七手八腳地架住韓杰，這些力大無窮的古屍伸手掐向韓杰身體各處，生著銳利指甲的手指深深刺入他胳臂、雙腿和腰肋皮肉，像是一座酷刑鐐銬，牢牢將他鎖在原地。

跟著，吳天機身後走出兩名術士，分別拿著毛筆和一罐不明墨汁，對著繞在韓杰雙臂上的混天綾和他雙腿外側的風火輪上寫下奇異咒文。

艷紅如血的混天綾緩緩變色發黑，兩只風火輪則腐朽崩出裂痕。

跟著那兩名術士一個揭開韓杰上衣，沾墨在他腹部寫畫起咒語，另一個從腰際抽出一柄刀，盯著韓杰胸肋，像是迫不及待要割開韓杰肚子替他換肝般。

「別下刀，還不是時候呀！」吳天機立時喝止術士手下，說：「芝苓身體裡的肝還要一、兩小時才會完全煉好，先聊聊另一件事——」他說到這裡，視線停在韓杰身上的側背包。「背包裡頭應該是我的小檀香爐對吧。」

他伸手指著側背包，持刀術士立時打開背包，取出裡頭小檀香爐，轉去遞給吳天機。

「呵。」吳天機接過檀香爐，見到上頭圈著一圈香灰煙霧凝成的細繩，他試著解開繩子，摳了半晌卻解不開，狐疑地望著韓杰。「你動了什麼手腳？」

「我幹嘛告訴你？」韓杰沒好氣地說。

「其實現在有沒有這香爐，也沒太大分別。」吳天機呵呵一笑，說：「摩羅大王已經替我在地底打點好一切，那老頭子的口供已經不能對我構成威脅了。」

「是嗎？」韓杰哼哼地說：「那魔王這麼疼你啊？那如果以後我們不合，他挺我還是挺你？」

「……」吳天機笑了笑，說：「師兄，你想太多，以後大家同門師兄弟，怎麼會不合。」

「媽的，你這樣整我，我巴不得宰了你。」韓杰冷笑說：「如果我真變成你師兄，我會狠狠修理你的。」

「摩羅大王不會允許這種事發生的。」吳天機這麼說，又摳了摳小檀香爐上的香灰繩子，仍解不開，便打開手邊油燈蓋子，用鬼火去燒香灰繩。

「我管他允不允許，我保證我會照三餐揍你，了不起被逐出師門而已，難不成你們要追殺我嗎？那不就跟現在一樣？我又沒損失。」韓杰說：「總之我揍定你了——聽說你拿鐵鎚活活打死老太太、打死小女孩，還像殺豬一樣殺你師父跟未婚妻，你對別人下手這麼狠，你有被人揍過嗎？你知道被人揍的感覺嗎？不知道沒關係，很快我就會讓你知道。」

「想想陳七殺的下場吧。」韓杰見吳天機眼神陰晴不定，便繼續說：「那魔王有了你之後，怎麼對待陳七殺？你幫他挖開陳七殺的肚子對吧？很好，之後換我挖你肚子了。嗯，我想想，我要塞什麼到你肚子裡？我塞顆豬心給你好不好？你這豬狗不如的東西。」

吳天機沒有回答，眼神中隱隱流露出些許不安，像是認真盤算起韓杰這番話——他確實是第六天魔王得力助手，但魔王指派他的任務就是不擇手段收韓杰入門——他比韓杰先入門，卻稱未入門的韓杰師兄，這自然是第六天魔王的安排與吩咐，屆時韓杰在第六天魔王心中的地位，可想而知只會高於他。

吳天機抿著嘴，托起那只燒斷了香灰繩子的小檀香爐，思緒有些紊亂，稍稍揭開小爐蓋子，像是想嗅嗅受害女孩的爺爺魂魄是否還在爐中——

他忍不住打了個噴嚏。

爐蓋噗地彈開，炸出一團煙。

煙霧籠罩住吳天機上半身。

兩個術士聽見吳天機發出可怕哀號，連忙趕去幫忙，他們大力朝吳天機揮手，想驅散對方上身那團煙霧，卻見那團煙飛快凝聚成實體——變成了一只碩大皮袋，籠罩吳天機上半身。

那是豹皮囊。

「我的尪仔標不只藏在嘴巴裡，還藏在很多地方。」韓杰放聲大笑，奮力一抖雙臂，雙臂上緩緩毀壞的混天綾，唰地四面炸開，將架著他的古屍和怨魂一口氣鞭飛——這麼做的代價，是讓他雙臂、雙腿和腰肋上，瞬間增加數十個血窟窿或是裂口，那是古屍本來插在他肉裡的手指，被混天綾震飛時硬扯出的傷痕。

韓杰從口袋裡抓出兩把香灰，一把朝天撒開，一把扔向吳天機身旁那盞油燈，倏地撲滅燈火。

「啊——」吳天機上半身罩著豹皮囊，發出慘烈哀號，搖晃亂撞；兩名術士一個持刀想割開豹皮囊，另一個端著墨止要在豹皮囊上畫咒，卻被韓杰一腳踹倒在地，整瓶墨灑在地上，那術士正要掙扎起身，剛摸著墨瓶，卻見水泥攤位周圍的香灰煙霧一下子擴散成數倍，四周朦朧一片。

那術士扶著攤位站穩，伸手在攤位上摸了摸，竟沒摸著葉子，這才驚覺是韓杰趁亂劫走了人；他見煙霧迷濛中一道道紅影亂竄，混天綾四面鞭打，連忙大聲下令，要那些怨魂端好手中鬼火——要是眞引燃大火，被燒著的可不只是葉子，他和另一名術士，以及吳天機自然也會身陷火海。

那煙霧只維持了十餘秒便逐漸散去，兩名術士左顧右盼，已沒見著韓杰和葉子，就連葉子雙親也不知去向。

他們此時可無暇追人，而是忙著尋回腳邊墨瓶，在罩住吳天機的豹皮囊上畫下一道又一道奇異咒語。

另一邊，韓杰趁亂指揮混天綾捲回葉子和她雙親，帶著他們逃出地下室；他雙手抱著葉子，用混天綾將葉子父母綁在背上，奮力往樓上奔；但他的風火輪與混天綾最終還是撐不住術士的封印咒術，崩裂化散成了灰燼碎片。

他四肢和胸腹間遍布著被古屍扯裂的嚴重傷口，少了風火輪幫忙出力，腳步不免踉蹌，撲摔在樓梯轉角，正痛苦地掙扎起身，便聽見上頭眾人騷動趕下。

「阿杰！」老爺子、阿福和王智漢等人本來守在四樓樓梯口等著接應韓杰，聽見腳步聲，紛紛往下望，隱約見到韓杰全身浴血，抱著衣衫不整的葉子苦奔上樓，連忙衝下幫忙。

眾人七手八腳地攙著韓杰、葉子和她父母往樓上撤退。

□

「大家幫個忙，看看冰箱還有沒有蓮藕？小櫃上的香爐、奶粉罐，全拿來給我……」韓杰抱著葉子奔入自家對門阿梨家一間空房，要阿福在地上鋪了條毯子，將葉子放下。

他先拍出附在葉子雙親體內的惡靈，施咒令他們昏睡，跟著脫下外套蓋在葉子上身，抹了抹她肋下傷口血污——那條傷口上的縫線縫得粗糙難看、間距極大，除了不停滲出鮮血之外，還隱隱瀰漫出陣陣黑氣。

葉子臉色一陣青一陣紫，額上不停滲出斗大汗滴，肋下肝臟位置微微鼓脹、不時抖動，彷彿像是第二顆心臟般。

阿福將韓杰的奶粉罐和小香爐遞給他，還提去一袋蓮藕片，說：「冰箱裡都沒蓮藕了，這些是我從浴缸撈出來的，是你泡過澡的蓮藕片，行不行？」

「總比沒有好……」韓杰抹著汗，將那些泡過水的蓮藕捏成泥狀抹上葉子腹上傷口，跟著從奶粉罐中抓出金粉，和著香灰，在葉子傷口外畫上一圈咒印，接著又將奶粉罐裡的剩餘金粉一點也不剩地全倒在葉子傷口上的蓮藕泥上。

在咒印的金光效力下，葉子臉色稍稍回復正常，腹部也不再溢出黑氣，但韓杰伸指按了按葉子肋處，連連搖頭，焦急大罵吳天機，一面揭下雙手上的拳擊繃帶，口唸咒語，對著葉子傷口抖了抖，只見本來寫在繃帶上的金粉竟又全數落下，飄上葉子傷口。

那些金粉猶如雪花，一觸著葉子肋下鼓脹傷處，便綻放出陣陣金光。

「不夠……不夠……」韓杰唸咒拍了拍蓋在葉子身上的外套，讓外套內側的金粉也落上葉子身體，接著他還站起身，拍拍大腿抖抖腳，將全身衣褲連同鞋底金粉一口氣全抖出來——那些金粉能夠聽從韓杰控制飄動，全往葉子傷口聚去。

「還是不夠……」韓杰見葉子臉色回復至一定程度，便又露出痛苦神情，他需要更多金粉來壓制正在葉子肝臟裡躁動甦醒的陳七殺凶魂。

他捧著奶粉罐在阿梨家四處繞走，將鄰居全趕回自己家，收回牆壁上所有金粉，跟著奔出廊道，將整條廊道連同幾間空房裡的金粉全數回收，捧回阿梨家全倒上葉子傷處，在葉子腹上堆出一座金亮小丘，又在外圍撒上一圈香灰施咒半晌，這才勉強壓制住葉子體內邪術。

「韓大哥……你別管我了……」葉子稍稍回復意識，喘了幾口氣，見韓杰全身浴血，胳臂上幾處傷口皮開肉綻，甚至隱隱可見骨頭，不禁難過得哭了，她說：「其實……上次複診，醫生發現我的白血病已經轉移了……轉移的意思就是……擴散到其他地方……我沒救了，你不要浪費力氣在我身上……」

「……」韓杰替她拭了拭額上的汗，盤坐在地發了半晌愣，進房探視的王智漢見韓杰血流不止，也不管他同不同意，立時上前強行幫他包紮傷處。

老爺子、阿福等也趕緊上前幫忙，從韓杰家找來毛巾、紗布，將那些蓮藕碎片捏成泥，裹上韓杰四肢和身軀各處破口。

「剛剛……吳天機說，我一直到最近都還能活蹦亂跳，就是因為……肚子裡這顆強壯肝臟的緣故，所以……」葉子見韓杰臉色憤然，便擠出笑容說：「其實我也算是賺到了……」

「少說點蠢話……」韓杰繼續對著葉子施咒半晌，這才讓眾人將葉子抬出阿梨一家，擺在廊道牆邊。

韓杰背倚著牆，低頭盤腿坐在葉子身邊——他收回自家以外牆上大部分符字金粉，惡鬼能夠穿牆攻入四樓，他得親自守著廊道。

幾名年輕刑警在韓杰家維持秩序，與一批青壯鄰居守著幾面窗和廚房後陽台；鄰居們見韓杰傷勢嚴重，死氣沉沉，都驚恐害怕極了，老人家們抱著自家神像暗暗祈禱，孩童們頭上掛滿護身符擠在一堆低語交談。

王智漢蹲在韓杰面前與他低聲交談，兩人像是在商議後續策略，王智漢盯著韓杰雙眼，皺眉問：「你眞的打算這麼做？」

「沒別的辦法了……」韓杰點點頭。

「好吧。」王智漢拍了拍他的肩，站起身來，退回韓杰家門旁。

門旁擠著兩三個小孩，探頭往廊道偷瞧韓杰狀況，他們見到韓杰低著頭，一動也不動，像是死了般，忍不住就要哭。王智漢拍了拍他們腦袋，說：「別怕，我已經請求支援了，大家再撐一下，很快會有支特種部隊過來收走那些壞鬼。」

「還要多久？」「什麼特種部隊？」小孩們抽噎地問：「哪種部隊會抓鬼呀？」

「那不是人間的部隊，是地底的陰差部隊，很厲害喔。」王智漢看看手錶，無奈地說：

「不過……我跟那老兄沒有約定確切時間，總之天亮以前，援兵一定會到……」

小孩們聽王智漢這麼說，都回頭望向牆上那面老時鐘。

此時接近十一點，距離天亮還有好長一段時間。

廊道裡隱隱吹拂起陣陣焦熱的風。

風中飄著斑斑片片的灰燼。

風火輪

踩御雙輪時腳力大增，能飛天遁地，且風火輪不但能依附肢體，亦能附上車輪。

貳肆

韓杰本來一直垂頭閉目，突然睜開眼睛，望向廊道另一端。

他嗅到了強敵來襲的氣味。

廊道四周隱隱迴盪起鬼哭聲響。

「大家放輕鬆呀……退到後頭等著看好戲吧……別到處亂跑啊……聽到沒有？」韓杰緩緩撐牆站起，低聲呢喃安撫四周老鄰居們——每夜一到子時，老鄰居們的情緒會比平時高亢許多，倘若有生人入侵，他們便會更加激動慌張，彷彿回到火起之時。

四周一聲聲哭喊逐漸加大，廊道裡的焦風溫度也逐漸升高，守在廊道盡頭窗邊的老爺子和阿福不時抹汗，只覺得燥熱難耐，紛紛退回韓杰家中。

葉子平躺在廊道地板上，身邊圍著一圈香灰，使她不受高溫影響。

韓杰則像是習以爲常般，扠著手站在廊道中央，不時舉手指揮，驅趕老鄰居們往他身後退，見到有些頑劣小鬼尖叫奔跑，便瞪著他們吆喝斥責，要他們爸爸媽媽拉緊他們。

更前方廊道轉角，溢來一陣陰風，冷冽如冰，一陣陣往韓杰颳去，吹得韓杰亂髮微微飄揚。

王小明和四位乾奶奶奔至韓杰身邊，王小明見葉子模樣淒楚，忍不住抽噎了幾聲，本想對她說點話，卻被乾奶奶捏著耳朵遁入阿梨家。四位乾奶奶們還妳一言、我一語地爭辯起來：「都是妳啦，我早說別蹚這渾水了，現在被惡鬼團團包圍，想走都走不了了。」「怎麼怪到我頭上了？明明是妳說如果我們能夠保護這些活人鄰居，立下功勞，說不定天上神仙願意網開一面，讓我們四姊妹回家呀。」「哪是我說的，明明是大姊說的！」「我只是提出一種可能性，要不要留下來是妳們自己決定呀。」「我哪知道這些東西這麼厲害！」

本來逐漸散遠的奇異霧氣，此時又進逼到東風市場外圍。

夜空圓月已經高掛頭頂，將四周詭異霧氣映得微微發亮。

「哦——終於親自上來啦？」韓杰見吳天機自前方廊道走出，哼哼地笑了笑。「怎麼變這鬼樣子了？」

吳天機此時赤裸著上身，只穿著一條長褲，頭臉胸腹和胳臂上遍布撕裂傷痕——是被豹皮囊噬咬出的傷痕，當時兩名術士緊急施咒破壞豹皮囊，將吳天機從豹皮囊中救出。

他上身除了密密麻麻的傷痕之外，還畫滿奇異符籙，那些符籙文字在昏暗廊道中閃動著奇異螢光。

韓杰見此時吳天機左眼閃動紫光，神情與先前大不相同，便這麼問：「你是吳天機，還是第六天魔王？」

「師兄，我還是我……」吳天機緩緩走來，指了指胸口說：「不過我也暫時當作摩羅大王的身體。」

「嗯，好一個邪魔歪道的乩身……」韓杰冷笑著說：「一個是地底魔王，一個是陽世人魔，你們已經是絕配啦，還煩我幹嘛？」

「幫手當然是越多越好啦……」一個奇異古怪的聲音自吳天機喉間發出。「那臭小子陽世幫手也不只你一個不是嗎？」

「我仔細考慮過了。」韓杰哼哼地說：「我答應你，我願意當你的幫手——不過我有條件。」

「喔？」吳天機哦了一聲，左眼紫光也閃耀幾下，他與第六天魔王像是都沒料到韓杰當真一口答應，不約而同地問：「什麼條件？」

「第一、放過我背後那些人和鬼，至少今晚別動他們，之後……就各安天命吧。」韓杰抬手以拇指指了指背後。「第二、把我的肝，換給地上那女孩，不然要是你們把她的肝挖給我，她不就死定了？」

「嗯，芝苓沒跟你說嗎？她的身體早已不行了，先前幾個月她是靠著陳老師姪女每晚吹進她肚子裡養那顆肝臟的力量，才能支撐到現在。」吳天機呵呵笑著說。「況且，你的肝她能不能用也是一個問題……」

「換肝給她是不難。」第六天魔王的聲音打斷了吳天機的話，說：「只不過……你都要入我門下，怎還這樣濫情呢？又要我放人、又要我救人的……你自己也說了，我是地底魔王，不是地底菩薩，你得多跟你師弟學學，他的性情才合我胃口。」

「每個人天分不同嘛，有些人天生就懂得怎麼當人渣。」韓杰哼哼地說：「要是我有他這種天分，又比他能打，那他不就太多餘了？」

「這倒是……」第六天魔王嘻嘻笑著，操縱吳天機的身體抬手輕輕一彈指。

葉子站了起來。

此時她臉色蒼白青慘，手腳彷彿不受自己控制。

吳天機揚手對葉子招了招，說：「陳老師應該算是我們的大師兄吧，來吧，我們師兄弟終於要合力了。」

「嘖！一個老妖怪、一個小妖怪，竟然要變我師兄弟了……」韓杰無奈地脫下上衣，露出胸膛，瞪著吳天機說：「先切我肚子，把肝給她，我要看她能跑能跳，才讓你將她的肝裝進我肚子裡。」

「不……不行……韓大哥……爲什麼？不能這樣……我是個將死之人，要你的肝做什麼？」葉子雖這麼說，手腳卻不受控制地走向韓杰與吳天機。

「徒弟，你指揮我做事啊？」第六天魔王嘻嘻笑著對韓杰說：「如果我又要你，又要她，還要這裡所有人，你又能怎麼樣呢？」

「那你可能會白忙一晚囉。」韓杰嘴巴動了動，口裡露出尪仔標一角。「這東西你還記得吧，燒燙燙喔。」

「當然記得，是那臭小子的九龍神火罩。」吳天機紫眼光芒閃耀，第六天魔王的聲音呵呵笑著自他喉頭發出。「熱是熱了點，但還不足以燒死我。」

「燒不燒得死你我不知道。」韓杰哼哼地說：「但燒壞那顆魔肝、燒死肝裡的陳七殺，應該足夠了——你如果想把場面搞得這麼難看，我也只好奉陪。」

「……」吳天機默然半晌，眼中紫光閃耀，突然露出笑容，伸手拍了拍韓杰的肩，說：「師兄你眞是的，還沒入門下就這樣跟摩羅大王說話，眞沒規矩……」他這麼說時，回頭向身後術士討來利刃，往韓杰肋下捅去。

「阿杰——」老爺子在韓杰門前見吳天機動手，氣憤得想要插手，卻被王智漢一把拉住。

韓杰緩緩揚起手，向後搖了搖，示意老爺子和阿福別多事。

吳天機拖動利刃，在韓杰肋下腹部拉出一條開口，伸手進去摸出韓杰的肝，拉出腹外，幾刀割下。

「眞是俐落……」韓杰冷笑說。

「練習過許多次。」吳天機微笑地點點頭，將韓杰的肝遞給他，讓他自己先捧在手裡。

韓杰默默無語地望著自己的肝。一旁的葉子嚇得魂飛魄散，卻無法反抗半分——她的手腳都不受控制。

「別嚇壞她。」韓杰嘆了口氣，問：「不能先替她麻醉什麼的？」

「麻醉是沒有，不過有別的辦法……」吳天機嘿嘿一笑，望著葉子挑了挑眉。

葉子背後伸出一雙手，自後往前環抱，一手掩住葉子嘴巴、一手摀住她的眼睛。韓杰從那雙缺兩片大紅指甲的手，認出是紅裙子女鬼，不由得有些驚訝地問：「你把女鬼也裝進她的肝裡？那是陳七殺的女兒……」

「是呀。」吳天機點點頭。「爸爸爲了救女兒，布下天羅地網逮你；女兒爲了救爸爸，就算被你解開禁錮咒印，也仍自願替我做牛做馬——另外一個，就沒這麼乖了。」

韓杰知道吳天機口中的「另外一個」，指的自然是陳七殺姪女——白裙子女鬼，剛剛便是她通風報信，韓杰才得以緊急搶回葉子。

吳天機一邊說，一邊抹去葉子腹上殘餘蓮藕泥，扯開縫線，摸出那異變肝臟割下，讓葉子自己捧在手裡。

就算是經驗老道的外科醫生，也無法在這種情況下這麼替活人摘換內臟，但吳天機紫眼閃閃發亮，他身體裡的第六天魔王顯然十分擅長此術。

吳天機探在葉子腹腔中的雙手，靈巧地捏揉點探，彷彿控制了每條血管，使葉子不至於失血過多。他接過韓杰的肝放入葉子腹中，揉了揉、拍了拍，施法接合所有血管，最後自隨從術士手中取過針線，仔細縫合葉子肚腹傷口——這一次他縫得十分仔細，不像先前那樣隨便。

他收了針，歪頭盯著葉子腹部縫痕，彷彿十分滿意自己的手藝，然後從葉子手中捧起異變肝臟，轉頭望著韓杰，伸手指了指上方，說：「大家上樓好好聊吧，今晚月亮又大又美，適合這場儀式。」

葉子癱軟坐倒在地，見韓杰跟著吳天機要走，驚慌大喊一聲，撐起身子趕去挽住韓杰胳臂。「韓大哥！你……把肝給我，那你自己呢？你眞要跟他們走？」

「呵，這算是能跑能跳了吧。」吳天機呵呵一笑，對著韓杰說：「摩羅大王不但替她換了肝，還額外輸了些魔力進她身體裡，讓她有點精神，你心裡也舒坦點，是吧。」

韓杰摸了摸葉子的頭、順了順她頭髮，扳開她的手，對她說：「我如果不跟他們走，他們會帶走所有人……我不像妳和這裡所有人，我在十幾年前就該死了……」他說到這裡，向王智漢喊了喊：「王仔，接下來就交給你啦——」

王智漢二話不說，上前將葉子拉回韓杰家。跟著轉身用身子擋著門，不讓老爺子、葉子等人出來吵鬧，自個兒點了根菸，呼呼抽了幾口，目送著韓杰離去。

吳天機與韓杰走遠，陣陣陰氣散去，廊道再次颳起炙熱焦風。

王智漢扔菸踩熄，進屋關上鐵門，扠著手與老爺子大眼瞪著小眼。老爺子義憤填膺地向他理論：「你為啥不讓我去幫阿杰？」

「你怎麼幫？」王智漢聳聳肩，說：「你打得過那些東西嗎？」

「打不過也得打啊！」老爺子拍了拍腰間兩把貼著護身符的家鄉菜刀。「就算打不贏，砍那些壞傢伙幾刀也過癮。」

「別擔心，你很快就有機會砍了。」王智漢大聲吆喝向駐守在各房窗旁的手下，一一點名，要他們回報外頭情況，再對老爺子說：「你眞以為那魔王會守信放過我們嗎？把力氣留下來保護這裡的老弱婦孺吧。」

□

夜空一片雲都沒有，銀亮圓月將頂樓地板映得微微發白。

吳天機走到頂樓中央，仰頭看了看月亮，揚手舉起葉子肝臟；那肝臟在皎潔月光下隱隱透著紫光，像是在吸收能量。

吳天機閉目半晌，睜眼盯著韓杰腹部破洞，說：「師兄，你眞不簡單呀，明明全身的血都流乾了，竟然還能直挺挺地站著……」

「是啊，所以我從來都不怕死，只怕死不了。」韓杰在樓頂閒晃，見到四周奇異霧氣再次緩緩往東風市場聚來，不悅地說：「你還不退了那些鬼？我警告你，如果你們不放過我鄰居，我可不會讓你這麼輕鬆把肝裝進我肚子裡。」

「其實你本來就沒打算讓我輕鬆換肝吧。」第六天魔王的笑聲自吳天機喉間發出。「我看得出來你還想奮力一搏。」

此時吳天機兩隻眼睛都發出紫光，已完全被第六天魔王控制住身體，他朝身後術士隨從使了個眼色，將肝臟交到術士手中，令他退遠。「拿穩點喲，要是摔壞了，我只好挖你的肝來用了。」

吳天機咧嘴朝術士一笑，微微舉起一雙閃動紫光的手，在空中虛撈起來。

竟撈下一把把銀白月光。

他一雙紫手輕輕拉揉著月光，玩棉花糖般，將絲絲縷縷的銀白月光揉成一團，且漸漸變化成紫色。

接著，他將紫色月光當成護膚乳液，摩挲起雙手，還往臉上抹、脖子胸膛上抹——

「你在幹嘛？你縫肝之前還要擦防曬油嗎？」韓杰有些不耐，他見四周霧氣越逼越近，漫過頂樓圍牆，霧中隱隱溢出凶氣，便大步朝吳天機走去，揚手掐上他頸子，舉拳作勢要打他。「你不收鬼，那我們先打一架好了。你現在是吳天機還是第六天魔王？」

「我不是要防曬。」吳天機嘻嘻一笑，雙手閃電般抬起，一把掐住韓杰的臉。「是防火。」

韓杰二話不說，照著吳天機的臉狠揍幾拳。

吳天機連捱幾拳，鼻血淌到下巴，卻不避不閃——此時他的身子受第六天魔王控制，即便鼻子捱拳、痛得眼淚直流，也莫可奈何；他一手掐開韓杰嘴巴，一手伸進韓杰嘴裡摳挖，想找出他藏在嘴裡的尪仔標。「九龍神火罩，能化出九條火龍，口吐三昧眞火，焚魔燒鬼——過去那臭小子每個打手都把這招當成壓箱寶，這麼多年來，我被火龍燒過的次數比你放火燒人的次數還多呢——嗯？你藏在哪呀？還不吐出來？」

第六天魔王的形貌隱約在吳天機臉上浮現，是個面貌清秀、有雙細長鳳眼、眼中流露著狡獪邪氣的傢伙——他抹上吳天機頭臉、胸腹和雙手的紫月光，逐漸幻化成一具縈繞著光芒的古老日式甲冑，若隱若現地穿戴在吳天機身上。

「去你媽的！」韓杰被吳天機伸手在嘴裡亂摳，自是火冒三丈，連揍他十幾拳，還狠咬了他手指，然後鼓嘴一吹——

吹出一條條火龍。

兩條火龍捲上吳天機腦袋、兩條火龍咬上他雙臂、兩條火龍爬上他胸腹……吳天機被六條火龍捲著往後飛，身子騰空，卻緊抓韓杰胳臂，將韓杰也拉上半空，雙雙撞入東風市場頂樓西側小菜圃中。

「一、二、三、四、五……」吳天機被韓杰騎上腰腹狂毆頭臉，仍不避不防，兩隻手不停從身上揪下火龍，一一扯斷——他上身那副若隱若現的甲冑雖然防不住韓杰的拳頭，但確實讓吳天機不受三昧眞火焚燒。

韓杰吐了兩條火龍裹上自己雙拳，再次對著吳天機顏面胸膛重擊七、八拳，他雙拳兩條火龍張牙舞爪，左右咬著吳天機身上甲冑，狠狠撕扒，在那紫色甲冑上咬開幾道裂痕，但吳天機隨即揪住火龍，一一扯斷。

「六跟七！」吳天機催動紫氣震開韓杰，倏地起身，一把掐著韓杰頸子，又伸指進韓杰嘴裡挖出一條火龍，將火龍一把捏碎，散成點點火光。「第八條火龍。」

「還有一條呢？」吳天機瞪大眼睛窺視韓杰嘴巴，用第六天魔王的腔調說：「你吞進肚子裡了？快吐出來，別浪費時間，肝臟吸飽了月光，準備要放進你肚子了。」

他這麼說的時候，還探手伸進韓杰肚子破口，捏揉他的胃，像是想確認他是否眞將火龍吞下肚去。

此時四周狂風大捲，迷霧已覆蓋上整片頂樓，霧中鬼哭神嚎，幾名隨行術士四散到了牆邊，施術指揮鬼霧中的叢叢鬼影列隊行動，想要對韓杰家中那些無辜鄰居展開總攻擊。

「哇！」韓杰被吳天機捏著了胃，痛苦地嘔出一條火龍。

吳天機接住迎面撲來的第九條火龍，啪啦捏碎，甩了甩手上殘火，回頭向在遠處待命的術士使了個眼色。

那術士立時捧著吸飽了月光的紫色肝臟趕來，恭恭敬敬地將肝臟遞給吳天機；吳天機一手掐著韓杰頸子舉著他，另一手接過肝臟，塞進韓杰肚腹破口裡，開始替他接續肝臟上幾條大動脈。

「嘶——」韓杰眼瞳一縮，感到身體裡所剩無幾的殘血流入了那囚著陳七殺魂魄的魔肝，再流進他四肢和內臟，他全身如遭雷擊，眼前花花亂亂地浮現一幕幕不屬於他的記憶畫面——

是陳七殺的記憶。

陳七殺幾十年的生命歲月快轉般飛梭竄過韓杰眼前。

他見到一個五、六歲大的可愛小女童，綁著雙馬尾穿著碎花裙子在老式地磚上手舞足蹈，與另一名年紀相仿的女童嬉鬧大笑；兩個小女童一個甜美、一個清秀，她們的笑聲讓韓杰回想起自己童年時與姊姊、鄰居孩童們那無憂無慮的嬉鬧時光——他還沒來得及回憶太多，陳七殺的痛哭狂吼立時蓋過了一切，本來的樸素客廳景象變成了滂沱大雨的巷弄，一個年輕婦人臉色蒼白、閉著眼睛躺在他臂彎中淋雨，婦人懷中則緊抱著那兩個小女童。

小女童臉色同樣蒼白，都閉著眼睛。

她們一個穿著紅色洋裝、一個穿著白色洋裝。

又接著，韓杰見到了法壇，見到了鬼怪，見到了烏蒙山，見到了各式各樣的黑道凶徒在他面前跪下，他們肢殘體缺、淌淚咳血地向他磕頭求饒。

然後，他見到有個傢伙與先前那些黑道惡徒不同，凶悍得如同雄獅猛虎，儘管屢屢倒地，卻也屢屢爬起，朝他凶狠撲去，持續揮拳，還一拳重過一拳。

那是二十歲的自己。

那時候的韓杰在求死不能的情況下擔任太子爺乩身沒兩年，積著一身怨氣，且更怨恨自己，他每次進行任務總是像隻發了瘋的比特犬，人擋揍人、鬼擋殺鬼。他不怕死，只怕死不了。

最後，他打贏陳七殺，逼陳七殺金盆洗手。

畫面一轉，他見到吳天機替他換肝——場景卻不是東風市場樓頂，而是陳七殺的老宅。那時第六天魔王一面附在吳天機身上替陳七殺換肝，一面滔滔不絕地誇耀新收的吳天機過去那些豐功偉業。

然後他又看到了自己，正是幾天前，比過去沉穩多了，接著他見到了熊熊火海——那是陳七殺還有人身的最後記憶。

「原來以前的我那麼兇呀……」韓杰喃喃自語，感到自己又被吳天機掐住了胃，對方似乎在逼問他什麼，耳朵猶自嗡嗡作響，他沒聽清楚吳天機的話，不耐地反問幾句，突然感到胃袋一陣劇痛，似乎被吳天機用指甲掐破了。

「你在身體裡藏了什麼？」第六天魔王的聲音拔高了幾分，語氣有些焦躁，伸指在韓杰胃袋裡掏挖著。「為什麼你的血這麼燙？為什麼你的身體像火在燒？」

「你不是已經知道了……」韓杰喘著氣答：「就是九龍……神火罩啊……」

「九條火龍不都被我毀了？」吳天機朝韓杰肝臟摸摸按按，感到一股股炙熱力量從他剛接上的動脈湧進紫色肝臟裡，將本來應當完全吞噬韓杰心神的魔肝力量壓制在肝臟內。

「誰跟你說……火龍只有九條的？」韓杰嘿嘿一笑，突然，他眼耳口鼻都冒出火來，朝吳天機的臉又吐出一條火龍。

「喝！」第六天魔王料想不到韓杰還能吐出新的火龍，猝不及防，被那火龍爬上吳天機全身，對準了甲冑裂口吐火。

吳天機扔下韓杰躍開老遠，將身上火龍揪下扯爛，卻又被飛蹦追來的韓杰一腳踹著心窩——兩條火龍從韓杰小腿撕裂傷口鑽出，捲住吳天機身子，繼續撕咬破壞他那身紫色甲冑。

韓杰全身燃起熊熊火光，一條又一條的火龍在他四肢胸腹上的破口鑽進鑽出，有如火山口裡的熔岩，取代了韓杰流盡的血液，在他全身血管飛竄遊走，護著他身體壓制魔肝力量侵蝕。

「吼——」韓杰發出了憤怒與痛苦夾雜的怒吼，全力揮動纏繞著火龍的拳頭，一拳一拳往吳天機臉上摜，朝他胸口猛擊，咆哮大吼：「一片尪仔標有九條火龍，我嘴裡含一片，肚子裡吞下四片，你算算我身體裡有幾條龍？」

原來韓杰過去畏懼這九龍神火罩使用過後的痛苦後勁，平時盡量不用，菸盒裡還積著好幾片九龍神火罩，他在大戰陳七殺時用去一片，剩下五片，今日開戰時含了一片在嘴裡，在替葉子壓制邪術時，又將另外四片九龍神火罩吞進了肚子——他發動口中尪仔標時，令一條火龍鑽進胃裡，點燃另外四片神火罩，再讓數十條火龍遁入全身血管，按兵不動，耐心等待第六天魔王操縱著吳天機雙手替他接上肝臟動脈之後，才命全身火龍轉回肝臟，內外燒灼魔肝。

他明白自己不可能憑蠻力打贏第六天魔王，但藉著五片九龍神火罩之力，至少可以毀去魔肝，且重傷甚至除去第六天魔王的得力幫手——吳天機。

第六天魔王過去儘管無數次上凡作祟，但都謹守某些底線，避免顯露眞身對凡人出手，以免遭到天庭全力追緝。韓杰在無計可施的情況下，只能大膽假設失去凡人幫手的第六天魔王或許會暫時收兵、退回陰間，讓東風市場鄰居們逃過一劫，等待接手乩身到來。

因此他眼前唯一目標，就是和吳天機拚個玉石俱焚。

他感到肝臟劇烈震動著，知道肝臟裡頭的陳七殺彷如身處火海煉獄。

「很痛對吧，沒辦法啦！至少我陪你一起痛！」韓杰幾乎能夠感受到與陳七殺相等的燒灼痛苦，他連連怒吼，對著吳天機胸口猛揮一拳，右拳上鑽繞著幾條火龍，將吳天機胸口甲冑擊出數道深長裂痕。

但他還沒能趁勝追擊，便讓吳天機一掌反擊扒倒在地。

吳天機雙眼紫光大盛，第六天魔王像是終於被激怒般，上前掐著韓杰肩頭，將他從地板提起，五指深深掐入韓杰肩頭，掐裂他肩骨，狠狠瞪視著他。「你這小子實在太不識抬舉……你知道我爲了你和你那肝臟，耗費多少力氣嗎？你就這麼愛當那臭小子的狗，寧願燒死自己，也不入我門下？」

「是啊！」韓杰猛地抬膝撞擊吳天機下巴，令吳天機鬆開了手，他一落地並未後退，而是再次鼓動起烈火撲向吳天機，他右肩骨碎了，便令火龍捲著他胳臂助他出力，一口氣狂毆吳天機數拳。

吳天機捱了幾拳，抓住韓杰雙腕，想要捏斷他的手，韓杰反令一條條火龍纏上吳天機雙臂，集數十條火龍之力，與吳天機對峙僵持。

「唔……」吳天機雙眼紫光閃爍，隱隱露出不耐煩的神情，第六天魔王感到韓杰這一身火龍似乎比想像中稍微棘手，而有些焦躁。

「你不是能化三頭六臂嗎？」韓杰見吳天機露出不耐神情，冷笑著說：「怎麼不伸出來打我？」

「你想誘我出真身，好讓那臭小子逮著把柄向其他神仙告狀？」第六天魔王冷冷地說。

「你不用真身更好，我們就這樣慢慢耗到天亮。」韓杰哈哈大笑。

幾名術士左右圍來，持著法器在韓杰身邊起舞，對著韓杰後背施咒作法——韓杰只覺得後背先是一陣痕癢，跟著感到一陣惡寒，有股巨大凶氣自他頭頂蓋下，回頭一看，竟見是陳七殺的魂魄被術士施法招出，緊貼在他背後。

此時陳七殺已成惡鬼，凶氣逼人，身上也隱隱焚燒火光，眼耳口鼻都冒出焦煙，像是積了滿腹怨怒，一現身便緊緊掐著韓杰脖子，凶蠻得像是想將韓杰的腦袋扯掉吞了。

「又是你這陰魂不散的老傢伙……」韓杰見凶猛宿敵現身，叫苦連天，他感到吳天機雙臂力量逐漸強盛，一時無法分心對付陳七殺，只能催逼出猛烈大火與他對峙。

「叔叔——」一聲淒厲喊聲自空劈下，白裙子女鬼竄過迷霧飛梭而來，一把拉住陳七殺胳臂，想勸他收手。她哭嚎大喊：「地底陰差⋯⋯就要上來了⋯⋯別再幫助⋯⋯壞人⋯⋯別害自己⋯⋯下地獄⋯⋯」

白裙子女鬼的道行遠不如陳七殺，雙手泡進韓杰和陳七殺身上那團團三昧眞火裡，立時燒得焦黑一片，發出淒慘尖嚎。

陳七殺似乎被姪女的慘嚎喊得回神，稍稍鬆開手，望著白裙女鬼嘴巴喃喃張闔，像在問過去形影不離的她們，爲何只剩下她。

「她在底下⋯⋯救她⋯⋯別讓她再⋯⋯犯錯⋯⋯」白裙子女鬼被兩名術士揪著頭髮拖遠，她大哭著抵擋他們撒來的咒術。

陳七殺伸長了胳臂在空中亂扒，想阻止術士們施法攻擊他情同親骨肉的姪女，但他被縫在韓杰肝臟上，無法離開韓杰的身，扒了半晌，只見白裙子女鬼在兩名術士揪著頭髮凶猛圍擊下漸漸虛弱，終至被燒成一團青火，然後魂飛魄散。

「啊──」陳七殺憤怒暴吼，一拳拳重搥韓杰腦袋，將怨怒發洩在韓杰身上，但他搥了幾下卻突然停手，一雙烏黑眼睛牢牢盯住了吳天機，像是終於認出了眼前這比韓杰還要令他怨恨的仇人。

「你⋯⋯把我⋯⋯女兒⋯⋯怎麼了？」陳七殺口冒黑煙，怒視吳天機。

吳天機雙眼閃動紫光，第六天魔王的聲音冷冷自他喉頭發出。「沒用的老傢伙，你女兒就在樓下，馬上要動手殺光所有人啦！聽清楚喲，底下那些活人，全是她殺來獻給我當禮物，討我開心，我可沒要她這麼做──然後，她會下地獄，你也會。」他說到這裡，望向韓杰。「還有你——你不入我門下，就替我扛下這爛攤子吧，今晚這場隆重大戲，就是太子乩身與老術士陳七殺之間的陳年恩怨，與我無關，我只是個看戲的，嘻嘻。」

術士們圍上韓杰，對著陳七殺起舞作法，想逼他聽從號令圍攻韓杰，但陳七殺狂嚎不從，探長了手想扒吳天機的臉，像是要和吳天機拚老命般；陳七殺一雙烏黑凶目暴射出青光，嘴巴吼出陣陣凶氣，凝成一條條烏黑毒蛇，往吳天機眼耳口鼻裡衝灌。

「眞沒想到我跟你竟然有聯手的一天呀……好吧，要報仇就趁現在了，老傢伙，別哭了，有我陪你……大家一起下地獄去吧！哈哈——」韓杰狂吼大笑，催動火龍之力，轟隆炸開一片火海，將幾個術士燒得抱頭鼠竄，退開老遠。

貳伍

韓杰家中所有人紛紛抬起頭，望向天花板。

都感到頂樓傳下一陣又一陣的激烈震動聲。

幾個小孩不時被劇烈震動和聲聲怒吼嚇得哆嗦，老人們將懷中的太子爺像抱得死緊。

葉子蜷縮在沙發上嗚咽啜泣，她的父母則倚在一旁昏迷不醒；阿福盤腿坐在牆角，望著東風市場鄰居們懷中一尊尊太子爺像發愣；老爺子按著菜刀怒眼瞪視擋在門前的王智漢；王智漢一會兒看錶，一會兒捏捏口袋裡半包香菸，喃喃自語：「老兄，你再不快點趕來，韓杰就撐不住了……」

「隊長！」「那些傢伙又來了！」守著廚房的兩名年輕警察突然大嚷著抵住通往後陽台的木門。

木門裡外都寫著金粉符字，此時轟隆隆地發出劇烈震動，像是有東西在外大力敲門，力道大到連門栓和門軸都震得逐漸鬆脫。

王智漢連忙奔來，推來小櫃撐著門，再疊上另一座小櫃，然後招了兩名青壯鄰居，幫忙一起按著小櫃。

他調整槍口紅布，目不轉睛地盯著小櫃後不停震動的門，突然又聽見韓杰家幾間房裡都發出驚叫聲。「有東西爬上來了！」「那些鬼想進來呀！」

他連忙轉去查看，讓青壯鄰居將先前搜刮上來那些亂七八糟的護身符都往遮著窗戶的舊衣、被單上掛，再找些厚板、高櫃擋住窗。

廊道裡發出鬼哭神嚎，一陣陣陰風從廊道窗口往裡頭灌，老鄰居們紛紛咆哮起來，像是與大批入侵者起了衝突。

四周壁面發出轟隆隆的撞擊聲，韓杰家對外小窗啪啦一聲破了，守著窗的年輕警察怪叫著朝外不停開槍，被一隻自窗外伸入的手一把掐住臉頰——

即時趕到的王智漢一槍射在怪手腕上，打得他鬆手縮回。

年輕警察被怪手捏裂了顎骨，痛苦地摀著臉退開。

王智漢舉著槍守在小窗邊，只見廊道外鬼影幢幢，還有幾具古屍，那些古屍往韓杰家門窗聚集，惡鬼們則和老鄰居們糾纏游鬥著。

「呀——」一名孩童模樣的小鬼撲了進來，王智漢立時要開槍打他，卻被老爺子擋著。

「是自己人！」老爺子認出小鬼是過往鄰居孩子，立刻朝破窗往外喊：「打不過的就躲進來吧，這時候別擔心嚇著活人啦，反正大家已經嚇飽啦——」

老爺子剛喊完，越來越多老鄰居撲進房裡，縮在牆角天花板上哆嗦著——他們手腕上繫著韓杰造的香灰環，不受牆壁金粉燒灼，因此也能進屋避難。這些老鄰居雖積著滿腹怨念，但終究不是術士人爲修煉出的凶魂，打不贏外來惡鬼大軍，紛紛退入屋裡。

此時活人鄰居們見天花板擠滿過去的老鄰居，倒也不特別害怕。

「快躲進來、快躲進來——」王小明和四位乾奶奶也逃進韓杰家，乾奶奶們倒是挺能打，亂戰一陣扭歪不少惡鬼腦袋，也沒受什麼傷。

王小明道行極淺，但有乾奶奶們保護，幾場亂鬥下也安然無恙，他落在葉子身旁，喘著氣說：「外面打得亂七八糟，好可怕……嗯？什麼？妳說什麼？」他邊說，邊將臉往葉子嘴巴湊去。

「王八蛋，你做什麼？這時候還想吃豆腐？」老爺子見王小明離葉子越靠越近，便怒聲斥責起來。

「不是啊，葉子有話對我說……」王小明見老爺子、王智漢等人都鄙夷地盯著他，不禁有些委屈，指著葉子說。「她說她想喝水……」

「水？」老爺子呆了呆，起身要去找水。

「……」葉子蜷縮在沙發上，歪著頭睜眼盯著天花板，嘴巴喃喃碎語。

老爺子倒了杯水來，卻被王智漢按著肩，阻止他將水遞給葉子。

「不對勁……」王智漢將老爺子稍稍拉遠，手按著槍，朝沙發旁的鄰人揮手，示意他們都離沙發遠一點。

「葉子，妳說什麼？水來啦，妳口渴呀，要不要坐起來，妳肚子傷口在疼嗎？」王小明嚷嚷，被四乾奶奶一把拉開。

「妳是誰呀？」「怎麼這幾天都沒見過妳？」「妳跟我們一樣新來的呀？」「妳附在她身上幹啥？」乾奶奶們擋在王小明身前，指著葉子嚷嚷叫罵起來，還不時抬頭望著聚在高處的老鄰居們，說：「阿恬、福嬸，你們見過她沒有？」

老鄰居們都搖了搖頭。

葉子坐起身來，嘴巴微微張闔，像是在說話。

「妳想喝水？」王智漢從老爺子手中接過水杯，遞向葉子。

葉子像頭暴起的豹子，自沙發上撲起，一把掐住王智漢脖子，嘴巴開始喃唸低吼：

「殺——」

「哇！她不是說『水』，她是說『殺』呀——」王小明嚇得尖叫。

葉子雙眼閃動異光，腹部那道傷口再次溢出紫氣，她的臉變得青森慘白，口唇發紫。

「是妳呀！」王小明從葉子臉上神韻，認出了附上她身的那人。「紅裙子——」

「殺、殺光……」葉子在眾人驚呼聲中掐著王智漢往前，轟隆一把將王智漢按在牆上。

「摩羅大王……要我殺光你們……」

阿福驚慌地上前與葉子拉扯，高聲大罵：「何……何方孽障，速速離開！」

「這女鬼是那魔王爪牙？」「她怎麼進來的？」「把她拉出來呀！」四位乾奶奶聽王小明急匆匆地說明紅裙子女鬼來歷，團團圍住葉子，七手八腳揪著葉子胳臂，倏地猛一拉，果然將紅裙子女鬼上半身拉出葉子後背——但女鬼的腹部竟和葉子腹部黏在一起，乾奶奶們加大力道想拖出紅裙子，反而將葉子拉得連連嘔血。

「別、別拉了！」王智漢摀著咽喉，他先前在廊道目睹韓杰要求與葉子換肝始末，立刻明白是第六天魔王在換肝過程偷偷動了手腳，將紅裙子女鬼從葉子肝臟藏入韓杰肝臟，最後埋入葉子腹中，讓葉子將女鬼偷渡進屋。「女鬼在這女孩肝臟裡，你們硬拉會拉死她！」

「什麼？」乾奶奶們聽王智漢這麼說，連忙放手。

紅裙子女鬼又附回了葉子體內，轉向掐住阿福脖子，壓著阿福撞倒好幾名鄰居，轟隆撞在香爐小櫃上。

葉子發了狂地掐著阿福，背後四、五個人趕來架她胳臂也拉不開她，她齜牙咧嘴地抓向阿福眼眶，像是想將阿福眼睛挖出來吞了。

一道小影自小櫃上飛起，撞上葉子前額，撞得葉子鬆手放開阿福，轉而抓住小影——那是替韓杰叼籤紙的小文。

啪嚓一聲，葉子啃下了小文的頭。

鮮血在她嘴巴灑開，眾人被葉子這副恐怖模樣嚇得退開好遠。

「摩羅大王、摩羅大王！」葉子尖叫狂笑，捏著小文無頭鳥屍，在小櫃牆面上飛快畫下一串潦草符籙。

「糟糕！快阻止她！」王智漢驚覺不妙，急急趕去阻止葉子在牆上畫咒，卻被她一巴掌搧倒在地，摔得眼冒金星，臉上還多出幾道血痕。

眾人驚呼起來，只見被葉子寫上血咒的牆壁，一道道金粉符字逐漸黑化，隱隱透出紅光，浮現一張張鬼臉。

原來第六天魔王表面答應換韓杰的肝給葉子，卻將本來與陳七殺魂魄一同埋在葉子肝臟裡的紅裙子女鬼，調包換入韓杰肝裡，再縫進葉子體內，讓紅裙子女鬼隨葉子進屋，伺機破壞金粉符牆，替外頭惡鬼「開門」。

那時傷重的韓杰未能察覺第六天魔王這手腳——韓杰終究是凡人，術力道行遠不如地底千年魔王，即便無傷，也未必能發現第六天魔王這手功夫。就像他嗅不出紅白裙子女鬼遺留在紅包上的氣味，也始終沒發現她們除了想對葉子父親外遇對象出手外，還每晚在葉子床前對她肚子吹氣下咒，修煉魔肝。

一張張鬼臉自牆上血符浮現，張牙舞爪地向外扒抓，嚇得屋內老人小孩連連尖叫地擠成一堆，大夥兒高舉起各式各樣的護身符籙，抱緊著懷中神像。

葉子微微弓下身，像隻獵豹般斜斜一撲，撞開幾個人，將小文屍身當成筆，在另一處牆面上畫血符，四周那「老鄰居」本來要伸手攔她，卻被血符印周圍探出的鬼手抓個正著。

兩處血符耀出嚇人紅光，屋內和廊道一盞盞燈激烈閃爍，然後紛紛爆裂，四周旋即漆黑一片；廊道、後陽台裡的古屍劇烈地搥門攻窗，準備與屋裡的紅裙子女鬼裡應外合，大開殺戒。

一隻隻鬼自外穿過血符印，爬進屋裡，與滿屋老鄰居打鬥起來，幾個膽子大點的活鄰居，連同老爺子在內，舉起貼著符籙的菜刀和寫有金粉的棍棒、武器、神像和護身符，協助聚在上空的老鄰居們抵抗入屋惡鬼。

「菩薩保祐啊！」「救命啊！」「老天爺吶——」

屋內人多鬼也多，且四周陰暗，王智漢和幾名手下不敢隨意開槍，只能將紅布裹在手上，企圖壓制葉子，阻止她繼續替外頭惡鬼「開門」，但葉子被女鬼附身，力大無窮，接連打翻幾個青壯鄰居和年輕員警，還騎上一名員警後背，張大嘴巴就往他脖子咬去，卻被一隻自她身後伸來的手摀住嘴巴。

她一口咬在手掌上，卻被那人一把將她從員警背上揪下，重重賞了她一巴掌，將她打昏在地上。

王智漢取出打火機，啪啦啦地試圖點火查看情勢，卻屢屢被亂捲的異風吹滅，他隱約見到屋內光影閃動，似乎多了個靈活身影在屋內亂竄、掄拳揮打，將那些企圖攻進屋內的惡鬼又全逼出屋外。

「是你？老兄，你終於趕到啦？」王智漢見那身影動作俐落得異於常人，體型也不像葉子，正要追去看個仔細，卻見那人朝他奔來，還掀起一陣旋風，將他颳倒在地。

轟隆一聲炸裂巨響，客廳木門連同鐵門一齊向外炸開，廊道外發出一陣陣撞牆巨響，和一陣惡鬼們的嘶吼慘叫聲。

那騷亂戰聲先是由近衝至遠處，又從遠處衝回來，彷彿有個傢伙從韓杰家門前轉眼殺出數戶住家，再掉頭衝回韓杰家門一般。

王智漢只隱約見到一個身影竄近門前，卻沒有入屋也沒有停下，而是旋即消失——韓杰家門外就是廊道末端，只有一扇小窗。

他連忙掙扎起身，捏著打火機衝出查看，此時四周風暴平息，他終於能打出火，只見昏暗廊道裡散布著古屍們的殘肢碎塊，而衝回來的奇異人影卻不知去向。

他奔近廊末對外小窗探頭看了看，什麼也沒瞧見，再看看韓杰家兩扇向外敞開的門——

正常人家鐵門向外、木門向內，但此時本來應當向內開闔的木門，卻破爛歪斜地向外敞，門軸斷裂，門板四分五裂，顯然是被一股怪力硬向外撞開的。

王智漢轉回屋內，只見屋內眾人猶自驚魂未定，都抱頭蜷縮在地，葉子則暈死在床旁父母身邊。

牆上兩枚符血咒印，都被畫上金色大叉。

他正不明所以，只聽見四周牆外發出聲聲巨響和惡鬼慘叫聲，連忙追著聲響查看，一面大嚷著：「老兄，是不是你來了？出個聲好不好？」

王智漢奔進廚房，推開幾個仍死命擋著小櫃的鄰居和警察，搬開擋門小櫃，只見後陽台木門破破爛爛，但門後卻寂靜無聲。

他稍稍揭開木門，陽台上毫無動靜，只剩滿地古屍碎爛殘骸。

「阿福？」老爺子的喊聲自客廳響起。「是不是阿福？」

王智漢一頭霧水地奔回客廳，見老爺子提著菜刀奔出廊道，便上前追他：「別亂跑——」

「你剛剛見著屋裡有個人打跑惡鬼對吧？」老爺子急急地說：「那人樣子像是阿福！」

「什麼？」王智漢呆了呆。「不是張曉武？」

「張曉武？」老爺子問：「誰是張曉武？」

「那是我的陰差老友，他跟我約好今晚來收這些鬼……」王智漢一時不知如何解釋，聽見廊道另一端有動靜，連忙奔去，一面嚷嚷：「喂，到底是不是你呀？混蛋小子！你來了怎不吭聲？」

他轉過廊道，只見樓梯轉角對外窗下，蜷縮蹲著一個人，他奔過去看。

那人是阿福。

「眞是你啊？」王智漢愕然大驚，拉起哆嗦不已的阿福，急急地問：「剛剛是你打退那些傢伙？」

「不是我、不是我！」阿福連連搖頭，一把推開王智漢，急著往樓上奔，嚷嚷喊著：「上面……在上面！」

「啊？」王智漢不明所以，也追了上去。

貳陸

老爺子提著菜刀，跟在王智漢身後奔上頂樓。

遠遠只見頂樓中央一片火海。

吳天機直挺挺站在火中，一手高揚，掐著韓杰脖子，將他舉在半空。

陳七殺的魂魄仰盪在韓杰背後，雙手無力垂下，正緩緩裂散、化成焦煙——他與韓杰聯手也打不贏第六天魔王。

吳天機另一手則在韓杰腹部破口裡掏摸著。

韓杰垂著頭，一動也不動，彷彿早已無力抵抗。

吳天機探頭看了看奔上頂樓的王智漢等人，隨手拋下韓杰，手上還多了個東西——是韓杰的心臟。

吳天機托著韓杰心臟，啃蘋果般地邊吃邊往王智漢等人走來。

「摩羅大王！」一名負傷術士尖喊起來。「底下有隊陰差就要上來了——」

「嗯？」吳天機瞥了術士一眼，說：「我不是要你們買通底下幾個城隍，要他們別放陰差上來？」

「我還沒查清楚，剛剛我安排在底下把風的小鬼傳話上來，說是有路傢伙收了錢不認帳，硬是闖過關口，非要上來巡邏。」那術士這麼說。

另一名術士匆匆從東側牆邊奔來，急急回報：「樓下古屍全碎了，鬼隊也敗了，他們另有高手幫忙！」

「哦？」吳天機皺了皺眉，望向王智漢等人，似乎認出王智漢背後的阿福。「我記得你，你叫……林招福？」

「喝！你連我名字都記得？」阿福聽第六天魔王親口點名他，嚇得面如死灰，發起抖來。「阿杰說的沒錯，你果然很會記仇……」

「你就是那個高手？」吳天機又往前走了幾步。「你有本事打倒我那些古屍？」他說到這裡，回頭瞥了癱在地上的韓杰一眼，跟著又轉頭朝阿福咧嘴一笑。

像是鎖定了新目標。

「不是、不是我！」阿福連連搖頭。「我才沒那麼大本事！」

「我警告你，別再往前。」王智漢舉起槍，瞄準吳天機的腦袋，卻突然感到手機震動，他愕然取出手機，望著一串亂碼的來電顯示，急忙接起，對著電話吼：「張曉武！你到底在哪？剛剛那人到底是不是你？」

「靠北喔，剛剛誰啊？你在說誰？」電話那端語氣也不佳。「我才剛上來——你人在哪裡啊？」

「我不是說啦，東風市場啊！」王智漢駭然：「你才剛上來？你現在在哪？動作快點啊，這裡幾十個活人的命等著你救呀！你……」王智漢吼得唾沫橫飛，突然停口，瞪大眼睛——

他見到吳天機背後殘火中，有個人影站起。

韓杰。

韓杰全身焦爛，胸腹裂口裡空蕩蕩的，被吳天機報復般地扒空了。

吳天機回頭，望向韓杰，如見強敵降臨，眼中炸射出凶猛紫光，扔下手中殘心，雙手張揚，十指溢出滾滾紫風。

韓杰低頭望了望自己殘破雙手，又看看空蕩蕩的胸腹破口，歪著頭盯視吳天機，抬手指著自己太陽穴，冷冷地說：「你把我的人弄成這樣，怎麼賠我？」

「……」吳天機緩緩後退，似遭遇強敵的猛虎，微微伏低身子，紫風旋繞他周身，在他全身披覆上厚重甲冑；他雙手虛空一抓，右手從紫風中抓出一柄巨斧，左手抓出一柄重刀，緩緩地說：「喲，臭小子，你竟然露臉啦？你不是向來嫌這些傢伙低賤，不屑上他們的臭皮囊？我看你糟蹋他們，想向你借來玩玩，你才來跟我計較，眞像小孩子一樣幼稚……」

「太……太子爺！」阿福撲通一聲跪倒在地，對著遠處的韓杰連連磕起頭來。「罪人林招福給您跪拜，請您大發慈悲、降妖除魔，救救整棟樓無辜活人呀！」

「太子爺？」王智漢和老爺子聽阿福這麼說，這才知道此時韓杰那副殘破身體裡，竟附著中壇元帥太子爺。

韓杰搖頭晃腦地步出火海，突然揚手連搧自己好幾個巴掌，笑嘻嘻地說：「臭小子，醒醒呀，你被自己放出的三昧眞火燒昏啦？你還在睡？我難得下來玩……快醒來看熱鬧呀……」

「我沒睡……我一直都醒著！」韓杰像是與太子爺掙搶起嘴巴的控制權，焦躁地說：「你終於願意降駕啦……你不是嫌我罪孽深重？十幾年都不屑上我身？」

「人吶——」太子爺的笑聲從韓杰喉間響起。「低賤可以往上爬高、髒臭可以洗乾淨，犯了錯要懂得悔改——弟子韓杰，你算勉強做到了這一點，我這趟專程下來替你打分數，你及格了，你通過試用期了。」

「及格？試用期？」韓杰愕然。「你什麼意思？」

「就是我同意讓你正式擔任本大爺乩身的意思。」太子爺嘿嘿笑。

四周退遠的群鬼在術士們號令下，再次往頂樓聚集，在四周圍牆前後圍成一圈，各個張牙舞爪，等待吳天機號令。

「正式當你乩身？」韓杰急問：「那我之前算啥？」

「之前算兼職打工吧，或是贖罪啦、還債啦、試用期啦……」太子爺這麼說：「隨便啦……」

「隨便？怎麼能隨便！那我們的約定怎麼辦？你答應讓我爸爸媽媽跟姊姊輪迴……」韓杰正急著想爭辯，突然感到自己的身體如飛鳥般拔地竄起——

飛梭竄向吳天機。

吳天機揚動紫氣化成的巨斧，往韓杰攔腰劈去，卻只砍著韓杰高高躍起時腳下那陣殘風火影——

韓杰雙腿外再次外掛上一對風火輪，那兩只輪子並非木造，而是一雙浮凸著華美雕飾的金輪，滾動著艷紅烈火；他在空中翻了個跟斗，自空而降，連環幾腳往吳天機腦門上砸去，吳天機揚起重刀格擋，與風火輪交撞砸出一陣火光。

「呼——」吳天機鼓嘴向天吹出一片紫色風暴。韓杰避開那陣紫風，落入群鬼陣中，變魔術般反手翻出了金光閃閃的乾坤圈，握在手上彷如指虎，磅硠硠地打翻四周惡鬼；那乾坤圈每打翻幾隻鬼，便長大幾吋，從手鐲大小打成卡車方向盤大小，擲出砸飛一片惡鬼後還能像迴力鏢飛回手中。

「這是正版貨，你丟丟看。」太子爺這麼說。

韓杰突然發現左手能受自己控制了，他提著金光閃閃的乾坤圈，只覺得比先前尪仔標裡的沉重不少，但施力揮揚時，卻又彷彿帶著一股額外的動力輔助他揮圈。

他奮力向衝追殺來的吳天機狠狠擲出乾坤圈。

吳天機的身體如泥鰍般扭動，唰地閃過韓杰閃電擲來的乾坤圈，高舉重刀往韓杰腦門劈下。

磅——

一記金屬交砸的巨響，自韓杰面前響起。

第六天魔王紫風重刀，在距離韓杰腦門數吋前，被瞬間豎立在韓杰身前的火尖槍擋下。

那柄閃亮亮的火尖槍全長近兩公尺，銳長槍刃底下還勾著幾條彎曲副刃，彷如龍爪；底下一叢紅纓似火般飄動，通體金屬槍柄上若隱若現地盤踞著九條飛龍，各個張牙舞爪、口鼻噴火，像是迫不及待地要飛搶出來焚妖滅魔。

「哇塞，這是正版的火尖槍？」韓杰哇的一聲正想去拿火尖槍，卻發現自己右手已搶先握住槍柄，且左手控制權再度被奪走，舉了起來，朝著吳天機身後勾了勾手指。

本來飛到遠處的乾坤圈，閃電般竄回，直衝吳天機後腦。

被吳天機揚斧擊飛。

接下來幾秒，吳天機揮斧劈刀朝著韓杰狂斬數十下，被韓杰轉動火尖槍盡數擋下。

「哇！」老爺子等人看傻了眼，只見吳天機和韓杰的動作快得像是影像快轉般，從這頭竄到那頭、從東側打到西側，有時躍上水塔，有時翻上牆沿，有時飛騰在空中——

這是天庭戰神與地底魔王等級的大戰。

「喂、喂！」王智漢終究警覺性高，在老爺子和阿福都張大嘴巴、看得目不轉睛時，發覺兩名術士朝他們緩緩逼近，立時舉槍嚇阻，拉著阿福和老爺子往後退。

術士們一個施術、一個招鬼，往王智漢逼近。

王智漢開了兩槍，擊倒一名惡鬼，正要調整槍口紅布，卻被更多惡鬼撲倒在地。

一條火紅潑墨自空中掃來，捲走一片惡鬼，留下一隻小獸。

那小獸體型有如幼貓，一身毛皮卻是豹紋，對著再次近逼的惡鬼乾吼幾聲，突然高高蹦起，在空中扭身一甩，竟唰地甩成一只大袋，袋口迅速擴大，撒網般一口呑沒好幾隻鬼，這才又倏地變回幼豹，肚子鼓脹貼地，緩緩蠕動，逐漸縮小，消化腹中惡鬼。

「那是豹皮囊？」韓杰在空中飛轉，瞥見王智漢那兒的動靜，驚訝大叫。「原來豹皮囊是豹子的胃袋？」

「弟子林招福，速速領豹皮囊下樓守護活人。」太子爺揚起韓杰的手，向阿福揮了揮，說：「你過去罪孽已經償清，以後繼續聽從韓杰號令做事。」

「是、是是是！」阿福哇的一聲，伏地重重磕出三聲響，連忙起身抱起小幼豹，與王智漢左右拉著老爺子要下樓。

「你們看到沒有？剛剛那是哪吒大戰天魔王是不是！」老爺子興奮大吼。

「所以剛剛打昏葉子、趕跑底下那些鬼的不是你，是太子爺？」王智漢問著阿福。

「是呀！剛剛太子爺先降駕在我身上，才上韓杰身，我也是太子爺乩身啦！」阿福得意洋洋，突然驚呼起來：「等等，你說我打昏葉子？她怎麼了？」

「她被鬼附身啦，你不記得了？」

「我記得呀！剛剛房裡燈全破了，黑漆漆的對不對，然後……我只記得我到處跑、到處飛，像是作夢一樣，然後……然後……我們就上樓了……」

他們奔回韓杰家外廊道，只見門外又聚著不少惡鬼企圖破牆入屋——先前紅裙子女鬼附身葉子在牆上寫下的血咒，被太子爺降駕阿福身上時畫上金叉叉，使房內金粉壁重新生效，將惡鬼擋在門外。

儘管大門敞著，但房內金光閃耀，灼熱如同烤箱，加上有老鄰居們擠在屋內守著，廊道上厲鬼攻不進去，只能對著門內嘶吼咆哮。

王智漢舉槍開了幾槍，擊退幾隻惡鬼——他那裹著槍口的紅布條上滿布彈孔，每開一、兩槍就調整紅布位置，令每發子彈都能穿過紅布，以求得到關老爺力量庇祐。

惡鬼們攻不進屋，見到返回廊道的王智漢等人，便將他們當成目標，嘶吼殺來。

「上呀，豹皮囊——」阿福拋出懷中小豹，小豹甫落地便像枚飛彈往群鬼竄去，倏地撲起化成大袋，唰唰將迎面衝來的惡鬼全吞進了肚子，再變回小幼豹，拖著一顆巨大肚子躺在地上舉起後腳搔癢。

王智漢躍過大肚腩小豹奔回韓杰家，只見韓杰家中還隱隱閃動金光，一群老鄰居們四面八方、七手八腳地將紅裙子女鬼壓在牆上，王小明就站在她面前，威風凜凜地一手撐著牆，一手托起她下巴，將臉湊在她臉前，又似訓話，也像調情。

更像在性騷擾。

紅裙子女鬼儘管被吳天機煉得強悍凶厲，但剛剛被太子爺那巴掌打出葉子身體，少了肉身庇蔭，被房中重新耀起的金光烤得力氣盡失，又被老鄰居們加上四位乾奶奶團團包圍，幾十個打一個，毫無反抗之力，只能任王小明在她面前耀武揚威。

「臭小子，你想非禮人家？」王智漢見紅裙子女鬼模樣虛弱，又瞧王小明口唇幾乎要親上女鬼臉龐，本能地上前拿槍柄重重敲王小明。

「王隊長，你幹嘛啊，我……我在跟她講道理呀！」王小明委屈尖叫。「剛剛這些老鄰居本來要將她五馬分屍，是我替她求情耶！」

王智漢愣了愣，見四位乾奶奶和老鄰居們都瞪向他，只好說：「抱歉，職業病。我看到像你這樣的人，對女孩子做出這種動作，就直覺懷疑你想犯罪。」

「太過分了，什麼叫像我這樣的人！」王小明憤慨嚷嚷：「韓大哥也會對女孩子做這種動作啊……爲什麼他這樣就可以，我這樣就是犯罪？」

王小明正嚷嚷抗議，突然聽見外頭響起一陣奇異警笛響。

王智漢啊呀一聲，連奔幾間房，透過窗戶往下望，只見某條街上駛來一輛重型機車，後頭還跟著兩輛房車。

重型機車模樣奇特，車身通體黑亮，像是用骨骸拼出的一般，骷髏車頭上還伸出凶猛犄角，車燈射出青藍燈光，兩只巨大車輪閃動著青幽鬼火。

重機駕駛一身西裝、戴著皮手套，在西裝領口外的腦袋並非人頭。

而是一顆牛頭。

豹皮囊
舊版爲食魔胃袋、能吞鬼食魔，新版能化成幼豹自動追咬敵人，食量奇大無比。

貳柒

頂樓狂風亂捲，第六天魔王的紫氣和太子爺眾法寶放出的紅火糾纏飄竄。

韓杰腳踏風火輪、手挺火尖槍、腕上套著乾坤圈、肩臂披掛著混天綾，在東風市場頂樓飛竄遊走，所及之處，將圍攻惡鬼全掃得肢殘體裂。

他不時矮下身，左手抓著一塊金磚在地板拉畫出一道道金光漆痕——他在東風市場頂樓地板畫出一座巨大金粉符陣。

大金陣閃耀起刺目光芒，掀起一陣陣金風，逐漸吹散吳天機周身旋繞的護體紫風。

「嘖，我這副身體比不上你那副身體，這小子太不中用！不然我會贏你！」吳天機一會兒怒容乍現、一會兒慌張驚恐——第六天魔王的斥責令吳天機感到挫折難堪。

「是嗎！」太子爺尖聲一吼，驅使韓杰身體竄到第六天魔王面前，右手舉著火尖槍唰地轟隆砸下，逼他不得不舉刀格擋——火尖槍上那叢紅纓嘩啦啦燃出大火，綑繞住第六天魔王那柄紫氣大刀；下一刻，太子爺又抓著乾坤圈套住重斧斧刃，還抖了抖手讓乾坤圈縮小幾吋，扣著他的紫氣重斧不放。

「嫌凡人身體不堪用。」韓杰瞪著吳天機，太子爺咧嘴笑著向第六天魔王說：「你可以動眞身吶。」

「我出真身不就剛好讓你抓著把柄了？」第六天魔王哼哼地說，突然回頭望了望四周，像是聽見底下那陣奇異警笛聲：「哦！底下陰差到了，眞是剛好……原來你都安排好了？」

「那些陰差不是我找上來的，我做事沒那麼嚴謹，想幹啥就幹啥……不過既然來了，剛好幫我做個見證，讓上面那些老頭兒知道，等等我如果亂來，也是因爲你先亂來。」太子爺嘿嘿地笑。「你不現眞身，就等著讓我連你這臭皮囊一起打爛喲！」他這麼說，擺了擺肩，令混天綾唰唰捲上吳天機身體、纏住他頸子，往他眼耳口鼻裡鑽。

「剛剛你說你這破甲胄能防火，是不是眞的呀？」太子爺嘿嘿笑著說：「防得了我給這小子那些玩具小火龍，防得住我這些眞火龍嗎？」他這麼說的時候，緊握了握火尖槍，金屬槍柄上九條火龍立時發出嘶嘶吼聲，躁動地爬出槍身，張牙舞爪往吳天機身上爬。

「喝——」一股紫氣唰地自吳天機五官中竄出，第六天魔王終於露出眞身，巨大半身探在吳天機腦袋上方，左右臉頰上還生著兩張臉，雙肩各三臂，果如韓杰所稱——三頭六臂。

第六天魔王那六手除了本來的大斧和重刀外，還握著三尖刀、利叉、大劍、重鎚，四把凶悍武器。

「哈哈哈！這樣打才過癮吶！」太子爺雙眼金光炸射，也倏地顯露眞身，挺著半身浮現在韓杰腦袋上方，甩了甩手也化爲六臂，除了握著火尖槍和乾坤圈的雙臂外，另外四手則揪著混天綾和幾條火龍當成長鞭武器使用。

轟隆隆地一陣兵器交砸，在兩人頭頂上方炸出一陣金光紫火，一神一魔的眞身在韓杰與吳天機上空戰得難分難解——顯露出眞身的第六天魔王，比依附在吳天機身體裡凶悍且靈活不少，六柄凶惡兵器狂風暴雨般往太子爺全身劈砍，他一面狂攻，一面大喊：「臭小子，你不用風火輪游擊，跟我近身硬打，可不是我的對手呀——」

「嘿嘿，你以為我不知道你在想什麼？」太子爺哈哈大笑，說：「你只露半身，還沒踏上陽世土地，想騙我出全身，飛天打你，讓我多被記下一條違規，是吧。」

「是呀。」第六天魔王嘶吼地說：「我身上揹著千萬條罪，今晚多添一條弒神罪也沒差啦。你不一樣，你是天庭的叛逆孩子，天上沒有大神願意幫你說話。今晚我就算弄不死你，也要讓你多揹上幾條違規，讓你往後更難下凡玩耍，哈哈——」

「你是說，我如果不用風火輪飛天，就會打輸你，還被你殺掉？」太子爺哈哈大笑，甩動火龍往第六天魔王身上鞭。「你想得美呀！」

「你這瘦皮猴只有游擊厲害，力氣可比不上我！」第六天魔王狂笑咆哮，持著利叉大劍一撥一挑，擋開一條條近身火龍，正要還擊，卻感到行動突然有些窒礙，像是被什麼絆著了般。

是吳天機絆著了他。

是取回手腳控制權的韓杰，重重搥了吳天機鼻子一拳。

捱著重拳的吳天機血流滿面，摀著臉弓身要跪，又被第六天魔王驅使紫氣拖起身子，怒叱：「廢物，你拖累我了，還不站穩點！那小子肚子破了個大洞、肝臟燒焦、心都被我摘出啃了，這樣還打不贏他？你給我挖出他腸子，聽到沒——」

「唔！」吳天機痛苦地遵從第六天魔王號令，朝韓杰肚子破口伸手抓去。

「我去你媽的！」韓杰暴怒撥開吳天機探來的手，又對他歪掉的鼻子重擊一拳；然後，他拳如暴雨般地落在吳天機全身，還撲躍上前，重重抬膝朝他腰肋轟隆撞去。

吳天機捱著這記膝撞，像是斷了幾根肋骨，乾嘔幾聲，雙腿發瘓就要倒下，卻像隻木偶般被第六天魔王拉住直挺挺地站著——反倒因此成了韓杰沙包，只能不停後退，一口氣捱著韓杰二、三十拳外加好幾腳。

上方，太子爺樂不可支，六手揚著火尖槍、乾坤圈伴著混天綾和九條火龍，乘勝追擊受到吳天機肉身牽制的第六天魔王，嘴巴也不停叫陣：「我們來賭賭看是你先違規還是我先違規呀，說話啊！你說話呀——」

底下，韓杰一腳蹬上吳天機心窩，將他踢得撞上頂樓圍牆，跟著迅速近身，一記勾拳凶猛貫他肋骨斷處。

「嘔——」吳天機痛苦慘號起來，兩隻眼睛上吊翻白，嘴巴張得老大，連舌頭都長長垂出，不停嘔出汁液。

「這樣就受不了了？」韓杰揪著他頭髮，拉著他的頭，讓他瞧著自己胸腹破口，說：「我心肝胃都被你們挖空了，你不是還要挖我腸子，來呀！挖呀——」

吳天機還沒回答，歪了的鼻子便再捱上一拳，痛得厲聲哀號。

「幹嘛？會痛呀？」韓杰見他抬手擋鼻子，便打他胸肋斷骨，見他護著肋骨，就揍他鼻子嘴巴。「你別告訴我，你長這麼大才知道痛？你以前用鐵鎚敲那女孩子腦袋的時候，她痛不痛？」

吳天機過去對別人下手殘暴無仁，但自己倒是從未吃過這種苦頭，此時若無第六天魔王力量支撐，他早已倒地不起。

「眞是廢物——」第六天魔王動作受吳天機拖累，被太子爺一輪猛攻，不但給挑飛了大劍、尖叉，胸膛還捱著火尖槍一刺，炸開一個燃火槍口，溢出滾滾紫氣，陡然一縮身，眞身倏地竄回吳天機身體裡，一拳擊退韓杰。

吳天機猛地向後高高躍起，竟像是想跳樓。

但他正要落下，卻被太子爺一槍刺進肩頭，將他挑在半空。

「想墜樓躲回底下呀？」太子爺冷笑地說：「怎麼不出眞身，飛遠一點再遁地？你……」

太子爺還沒說完，感到背後邪氣逼來，回頭揚手驅使火龍燒退一片來襲惡鬼，只見三名術士四肢都縈繞著紫氣，口鼻也溢出紫氣，嘶吼著朝韓杰全力殺來。

韓杰先是抬腳踢飛一名術士，跟著掄拳撂倒第二和第三個術士，但第一個被他踢倒在地的術士，身子卻不自然地快速挺起，甚至像隻被釣起的大魚般飛騰上空，擦過吳天機身子——

然後墜樓。

「喝！」太子爺急甩混天綾，想捲回墜樓術士，但幾條混天綾都被墜樓術士在半空中揚手甩出的紫風擋開。

那術士面朝上，雙眼綻放紫光，望著牆邊韓杰，嘴角浮現笑容。

「臭小子，下次再陪你玩。」

磅——

術士後腦落地，重重砸在東風市場外街上，轉眼便斷了氣。

「嘖……」太子爺竄回韓杰身體裡，抓著火尖槍躍上牆沿，以槍尖挑著吳天機，低頭望著街道上術士屍身，咬牙切齒地說：「被他逃回地底了。」

原來第六天魔王見大勢已去，施術讓幾名術士發動猛攻，趁著太子爺分心，將一個術士拖近身，讓眞身轉入術士體內，墜樓遁回地底——如此一來，他這眞身便只顯露一半，沒眞踏著陽世土地，就算太子爺告起狀來，他也還有理由辯駁。

韓杰蹲在牆沿，斜斜挺著火尖槍，太子爺望著底下重型機車、漆黑房車和幾個西裝筆挺的牛頭馬面。

「你們都看到啦，是那魔王亂來，附在凡人身上害死他的，可跟我無關喔！」太子爺這麼對著底下說。「之後上頭派人下去向你們問起這件事，可千萬別亂說話誣賴我呀。」

「你哪位啊？」「樓上那傢伙誰啊？」幾個牛頭馬面剛來到東風市場不久，見樓頂魔風大作、四周群鬼亂飛，還沒弄清情況，就見到術士墜樓，正一頭霧水，一個眼尖的馬面認出了韓杰手中的火尖槍和混天綾這些法寶，便說：「火尖槍、混天綾、風火輪——樓上那是太子爺降駕？」

「我剛好路過，看到我這乩身和魔王打架，走近一點看看熱鬧而已。」太子爺高聲說，見到吳天機還在他火尖槍尖上掙扎呻吟，死命握著火尖槍上那叢紅纓，便瞪著他說：「喂！

你主子逃啦，怎不陪你主子一起下去玩玩？揪著我的槍幹啥？快放開你的髒手呀……你那雙手惡貫滿盈，會弄臭我這漂亮的火尖槍呀……」

「饒……饒我一命呀……太子爺，我知道錯了……」吳天機哀求說：「您……您是天界神仙，不會和我這凡人小卒計較對吧，天界神仙豈能隨便濫殺凡人，對吧……而且……底下還有陰差看著……」

韓杰雙眼閃閃發亮，瞧了瞧底下那批陰差幾眼，拉回火尖槍，伸手拉住吳天機領子。吳天機立時放開火尖槍柄，緊緊抱著韓杰胳臂，顫抖地說：「太子爺寬容大量，弟子願和韓大哥一樣，替您做牛做馬、戴罪立功！」

「我沒說要收你呀……」太子爺透過韓杰的雙眼，望著吳天機雙眼，將吳天機拉得更近，在他耳邊說：「我這兩天也花了點心思、動用了一點關係——那魔王替你打點好的一切，全都被我買去了，你在底下已沒有特權，你處心積慮想弄到手的東西已經落空了；現在底下都等著你，刀山磨得光亮，還上了幾桶辣椒醬，油鍋也滾了。你小子幫個忙，自己跳下去，別讓底下陰差難做呀——」太子爺笑嘻嘻地說：「你安分點，我會替你向閻王傳幾句話，讓你在油鍋裡少泡幾天，好不好呀？」

「什……什麼！」吳天機嚇得慘叫起來，嚷嚷地瞪著韓杰：「為什麼……他可以當你乩身，我卻不行？他也是罪人，他害死自己家人，他也犯了錯，為什麼你給他機會，卻不給我機會？」

「媽的！別拿我跟你這人渣比……」韓杰儘管被太子爺附著身，但仍耳聰目明，聽吳天機這麼說，忍不住惱火大罵。

「是呀。」太子爺笑嘻嘻地說：「惡有輕重之分、罪有大小之別，輕罪輕償、重罪重償，天經地義；你向人借五十，就還人家五十元，借百萬，就還百萬，可沒有借百萬只還五十的道理呀。韓杰害死了他家人，他當下就要拿命償，是我不許他死；他花了十幾年償還他的罪，他願意犧牲自己來救底下許多人的命……你呢？」

「如果你很多年前，在那女孩拒絕你的時候，饒過她一命，你什麼罪也沒有；如果你打死那女孩後，放她奶奶活命，你的罪會比現在少一些；如果你在陽世監牢服刑之後，大徹大悟改過遷善，刀山上至少不用倒辣椒醬，油鍋也可以少泡幾年——但你執迷不悟，與摩羅狼狽為奸，害死更多人。所以呀，不是我不給你機會，是你自己把每一次機會都糟蹋掉了；你無數次踩在善與惡的路口前，明明都能選擇走向好的那方，但你最後卻都走進更邪更壞的路裡——所有的一切，都是你自己選的。韓杰選擇被我挑上做乩身，在陽世贖罪，你選擇讓我送你下地獄，進十八層地獄贖罪；你跟他，不一樣。他是罪人——」太子爺低聲在吳天機耳邊說：「你不配做人。」

「不……不！」吳天機緊緊抱著韓杰胳臂不放，扯開喉嚨尖喊：「底下的陰差，你們看仔細，太子爺要殺我，太子爺要殺凡人！你們快通知城隍、快通知神仙，救救我！放我一條活路，我不想下地獄——」

「……」韓杰雙眼忽明忽滅，太子爺突然揚聲說：「你別亂講呀，誰說我要殺你？我是天庭神仙，怎麼能動手殺人呢？凡人犯了陽世法律，自有陽世法律懲戒呀。我堂堂大神仙，怎麼會跟你這小人計較，哼！」

太子爺像是刻意對著底下那些牛頭馬面喊話般，邊喊邊拉回吳天機，讓他攀住牆沿，見吳天機急著想翻牆攀回樓頂，便偷偷握著乾坤圈在他攀牆手掌一敲，敲斷他幾根手指，這才退駕，離開韓杰的身。

「呀——」吳天機斷指劇痛，緊緊抱著牆沿，雙腳踩著牆外突出構造不停發抖，仍努力想翻回頂樓。

韓杰身子一軟，一屁股坐倒在地，他感到全身暖呼呼的，低頭見到肚子破口亮晃晃的，竟是太子爺留下那些火龍在他腹中替他續命。

他冷冷望著努力翻身攀牆的吳天機，反手從褲口袋摸出金屬菸盒，啪地撥開。

一道老邁身影在翻牆到一半的吳天機面前現身。

是當年受害女孩爺爺的魂魄。

吳天機雙眼瞪得極大，當年在監獄裡的漫長惡夢彷彿成眞了，嚇得尖聲慘叫，一下子不知要進要退。

爺爺魂魄倏地往前一撲，一把將吳天機又推回牆外。

「哇——」吳天機腿一軟、驚恐跌下，撞上四樓一扇窗的突出雨遮，緊緊攀著雨遮牆沿。

爺爺魂魄落在他面前，奮力扳動他手指。

「就算是冤死鬼魂，也不能擅自復仇，要向陰間申請了復仇令，才能對仇人動手，不然去了底下，一樣有罪！」吳天機驚恐大吼。

「你怎麼什麼都知道呀，那魔王教你不少呀！」雨遮旁一扇窗子揭開，是阿福探頭出來，一雙眼睛金光閃閃，原來太子爺離開韓杰身體後，竟又轉下樓附上阿福身子。「等我待會忙完正事，就打個電話給閻王替那老頭申請一張復仇令，我堂堂中壇元帥，在底下多少也有點勢力，哼！」

「老爺爺！這借你用！」王小明的尖喊聲從另一扇窗響起，他捧著一片老舊鍵盤飛出——他這幾天在四位乾奶奶教導下，終於能夠摸著陽世實物——但不知怎地，只限鍵盤跟滑鼠，他聽說老鄰居們說樓上的爺爺終於要行動，但手無寸鐵，便奉上自己的鍵盤，讓爺爺當作武器。

爺爺魂魄接過老鍵盤，磅地砸在吳天機斷指手上。痛得他終於再也抓不著雨遮，尖號著墜樓落下。

爺爺大吼一聲，拋了鍵盤，飛撲上吳天機的身子，掐著他脖子，令他身子在空中翻轉半圈，腦袋朝下。

僅四層樓高的墜落過程中，時間彷彿凝結了般，吳天機從東風市場二、三樓幾面竄過眼前的裂窗玻璃上，隱約見到自己手舞足蹈的倒影，和那爺爺魂魄的怨怒神情。

太子爺的話猶自迴盪在他耳際——

不是我不給你機會，是你自己把每一次機會都糟蹋掉了。

你無數次踩在善與惡的路口前，卻都走進更邪更壞的路裡。

所有的一切，都是你自己選的。

在這最後的最後，吳天機彷彿才眞正認眞思索著，如果重新擁有選擇的機會、再一次踩在善與惡的路口時，他會選擇走上哪一條路？

他還沒能思索出結果，腦袋已經貼上柏油路面。

四樓說高不高，但砸爛一個人的腦袋，已經足夠了。

吳天機感到一股前所未有的劇烈痛楚在他腦門炸開，他困惑不解，不明白爲何死前這瞬間，竟如此漫長。

他隱約見到一雙皮鞋踩到了他面前，幾隻手伸來，一把拉起了他。

他見到一個西裝穿得十分隨便的牛頭男人，扠著手在他面前，不耐地講著電話，然後掛上電話，牛鼻子噴著氣，微微側過臉用牛眼瞪他，一面取出智慧型手機滑了滑，像是在比對吳天機身分。「王智漢說的那狗雜碎就是你呀？吳孟學。」

「你……你認得我？你是誰？」吳天機頭痛欲裂，感到身子微微騰空，被兩個西裝男人左右架著。

他見到地上躺著一個裝扮與他相同的傢伙，那傢伙一動也不動；他望著那四分五裂的腦袋和滿地紅白黏稠漿汁，隱約明白自己的劇烈頭痛是怎麼一回事了。

「老子是牛頭。」牛頭男人豎起拇指指了指自己胸口，跟著對其他牛頭馬面下令。「帶他上車。」

「你們要帶我去哪裡？」吳天機害怕地問，隨即被兩名陰差粗魯地塞進黑色房車裡。

「廢話，我們是陰差，當然帶你去陰間。」牛頭哼哼地滑著手機，檢視起吳天機的過往生平，對他說：「你會在地府受審……哇！按照你這份人間記錄來看，你應該會繼續往下，去一個比陰間更底下的地方，待上好幾百年，你要不要猜猜是哪裡？」

「地……獄？」吳天機身子哆嗦起來，從現在開始，他有極爲漫長的時間，可以好好思索墜樓時閃過腦袋的那個問題了。

「答對了。」牛頭彈了記手指。

貳捌

「水……水……我好渴……」

韓杰躺在自家床上，望著天花板那盞破裂的日光燈。

此時家中金亮光源全來自於豎立在床邊、那柄紅纓飄揚的火尖槍。

韓杰已經忘記剛剛究竟是自己走下樓，還是被王智漢領著手下抬回家，他只覺得全身熱烘烘的又乾又焦，口舌乾燥得讓他連話都說不清楚。

外頭嚷嚷鬧鬧，那些活鄰居、死鄰居們，大都被王智漢和老爺子趕出韓杰家。

王智漢領著手下在大樓上上下下四處穿梭，維持秩序，安撫眾人情緒，協助所有鄰居返回自家，或是前往醫院治療——包括葉子昏迷不醒的雙親，也早被抬出送醫；東風市場底下還趕來更多員警和救護人員，忙著處理街上兩具屍體。

樓頂其餘負傷術士早已逃遠，殘餘惡鬼也被陰差驅散或是逮入地底。

韓杰感到肚子時痛時癢，他緩緩轉頭，阿福就坐在床邊，一雙手插在他肚腹破口裡攪和著。

雙人床另一側躺著的人，則是葉子。

葉子臉色蒼白，額上滲著汗珠。

美娜拿了乾淨毛巾繞過床邊，替葉子拭去額上汗水，還揭開覆在她身上的染血衣物，抹拭著她腹上血污；跟著，又拿出一柄剪刀，將葉子腹間縫線仔細挑斷。

紫黑色的污血自葉子腹間傷口湧出。

豹皮囊化作的小幼豹嘎的一聲蹦上床，伸著舌頭舔食著葉子腹間滾滾紫黑污血，舔得津津有味。

「你們在……做什麼？」韓杰愕然之餘，又感到腹中痛癢感逐漸鮮明，忍不住沙啞地向阿福喊：「你是太子爺？你還附在阿福身上？」

「是呀，我剛剛教你鄰居種蓮，現在要替你和小妹妹造新臟器呀——那魔王把你五臟六腑都吃空了。」阿福此時說話聲音與太子爺一模一樣。「虧你想得出來，叫那魔王替小妹換上你的肝？你有沒有常識啊？內臟怎能說換就換，不用驗血匹配嗎？你竟沒發覺那魔王取你的肝換進她身時，偷偷動了手腳，讓她藏鬼進屋；要不是有我坐鎮，你差點害死這屋子所有人。」

「我那時半死不活，你又不早現身，非要到……最後一刻才露面，我有什麼辦法……」韓杰無奈地說，感到此時意識逐漸清明，但全身卻仍輕飄飄地彷如半夢半醒，無法控制手腳，只能靜靜躺著。

「我就是想看看你能想出什麼好辦法。」阿福嘿嘿笑著說：「我受天規限制，不能時時下來，替我做事的傢伙總要獨當一面，你還有得學。」

「你……你剛剛說……我之前只是試用期，那什麼意思？」韓杰像是想起了重要的事情，焦急地問：「你以前跟我的約定還算不算數？我父母姊姊轉世投胎這件事……」

韓杰正喃喃問著，突然聽廁所裡發出老爺子的叫喚，跟著見到老爺子抱著兩朵蓮花帶著幾片大葉奔出，花葉莖藤底下，還拖著兩條長長的地下莖——是蓮藕。

「太子爺，您這些蓮子種進土裡生得好快，一下子便長這麼大了！」老爺子將乾淨蓮花蓮葉與蓮藕捧到床旁，恭恭敬敬地遞向阿福。

「你們……在我家廁所種蓮花？」韓杰喃喃地問。

「是啊。」老爺子點頭。「太子爺要我將你陽台那幾盆辣椒、蘆薈拔了，將土倒入浴缸，放水改種他的蓮子——那蓮子好厲害！幾分鐘就長出一串蓮藕啦。」

阿福接過老爺子遞來的整株蓮花，見韓杰像是有話想問，便摘下幾片蓮花花瓣塞入他口中。

「唔！」韓杰本積著滿腹怨言和疑問，迫不及待想弄明白，但咬著蓮花瓣，感到滿口芬芳香甜，像是焦涸乾土上被淋了甘霖，忍不住咀嚼起來，吞嚥下肚。

「等等、等等！給我含在嘴裡，別吞下肚……你現在沒胃呀！」阿福啊呀一聲，從整株蓮上摘下一個蓮藕，像是玩弄黏土般搓揉一陣，塞入韓杰腹間破口，對他說：「要替你接胃了，做好準備，會有點難受。」

「其實還好……」韓杰感到腹腔中發出一陣陣輕微觸電般的刺痲痛癢，起初痲癢僅稍稍令他有些不適，只覺得遠不如過去場場惡戰裡皮開肉綻、火傷斷骨之類的痛楚，但痲癢逐漸加強，讓他感到遭蓄意搔癢般，他試著扭動身子——但他全身一動也不能動，額上汗珠點點滑落。「嘻嘻、呃呵呵呵！喂！你做什麼？怎麼那麼癢？呃！嘿嘿、呵呵呵……」

「吵死人了，怎麼你笑聲這麼難聽？給我滾下去蹓躂蹓躂！」阿福不耐地抓起床上蓮花抖了抖，只見蓮花快速凋零，蓮蓬飛梭生長，轉眼長滿蓮子，他塞了兩顆蓮子進韓杰口裡。

韓杰只感到嘴巴一片沁涼，源源不絕的甜美汁液自蓮子裂口湧入他口腔，彷如瓊漿、如美酒。

他不停嚥下肚，每嚥一口，便更醉一分，腹中難受麻癢的感覺也遠離他一分。

□

「呃？」韓杰呆了呆，只見自己站在熟悉的客廳中央——

這客廳格局與他家相仿，卻不是他家。

「怎麼回事？」韓杰轉頭四顧，突然聽見敲門聲，便上前開門。

門外是一個身穿襯衫的老邁男人，那是韓杰的陰間嚮導。

「是你？我在陰間？我怎麼下來了？」韓杰有些訝然，這才知道太子爺塞進他嘴裡的兩顆蓮子湧出香甜美酒，竟讓他醉下陰間。

「唔、唔唔——」韓杰只感到口中仍香甜滿溢，隱隱約約感到一股股冰涼汁液在口中擴散，他不停動喉虛吞，只感到真像是有源源不絕的漿汁被他嚥入了肚子裡。

同時，他也清楚感到那些嚥下肚裡的冰涼汁液，竟開始緩緩化暖，湧入他全身。

彷如新生血液。

「蓮藕做肉、枝當骨、葉爲皮……」韓杰終於明白，太子爺正用整株蓮藕修補他那流盡了血液、摘空了內臟的破爛身體。「蓮子就是血。」

「太子爺要我帶你去看樣東西。」老頭嘻嘻一笑，伸手指向廊道一端。

韓杰跟那老頭出門，走在與東風市場相彷，卻不是東風市場的樓宇廊道中。陰間建築與陽世十分相近，彷如鏡面倒影。

韓杰見到這個「東風市場」，遊蕩著一些從未見過的陌生遊魂，他們有些面無表情、有些滿臉愁容、有些則笑嘻嘻地像是中了彩券般開心。

韓杰跟著那嚮導老頭走出舊樓，像是往常下來般東晃西繞，閒聊著各式各樣的瑣事，走過幾條地下道，搭乘一條長長的電梯之後，又抵達火海煉獄那棟高聳黑樓。

老頭打開了606號房門。

裡頭裝潢布置依舊，但卻無人，空空如也。

十餘台冷氣持續運作，呼呼吹出冷風。

「這什麼意思？他們……」韓杰有些困惑，突然明白了什麼，驚喜地問：「我父母和姊姊他們去輪迴了？」他驚喜一陣，又有些哀愁，微微埋怨地說：「怎不早點和我說……是這幾天的事？」

「不。」老頭微微笑著，拍了拍手，像是在叫喚著什麼似的。「你的父母和姊姊，早在你答應擔任太子爺乩身時，就提前踩上大輪迴盤，轉世投胎去了。」

「什麼？」韓杰呆了呆，一時還不明白嚮導老頭這麼說是什麼意思，便見到老頭身後多了三個人。

那三人長相與他父母和姊姊一模一樣，韓杰正驚訝叫喚起來，便見那三人伸手抹了抹臉——他們的長相立即快速變化，變成了與他父母姊姊微微相似，卻不一樣的陌生面容。

「他們是臨時演員。」老頭笑呵呵地說：「你每次下來時見到的父母跟姊姊，都是他們假扮騙你的。」

「什麼？」韓杰愕然，不悅地說：「這也是太子爺的意思？他在玩什麼把戲？爲什麼要騙我？」

「你爲什麼生氣？你應該開心不是嗎？」老頭笑得更開心了。

「唔……」韓杰本來瞪大眼睛就要發怒，但隨即醒悟，收去怒容，嘴角揚起笑意，總算明白老頭這番話的意思——他父母和姊姊在十幾年前已經轉世投胎，這十幾年來他每次下來所見慘景只是假象。這即表示，他的父母與姊姊，從未在火海地獄裡受烈火焚烤之苦。

「你說的對。」韓杰苦笑了笑，點點頭。「這確實是件值得高興的事……他們沒有因我而受罪……」

「對呀，受罪的是在陽世被蒙在鼓裡的你。」老頭點點頭。

「那是我應得的……」韓杰長長吸了口氣，感到多年來積在心中、壓在頭頂上陰鬱大石，終於煙消雲散。

「而你已償清了你欠的債。」老頭拍了拍韓杰的肩，領他離開606號房，帶著他往上走。

「以後地上，還得多勞煩你了。」

「等等！」韓杰啊呀一聲，連連搖頭。「剛剛他也這麼說——說我這些年只是試用期，之後才正式做他乩身——但我可沒答應呀，這種事總該你情我願，不能硬逼別人做不願意做的事，對吧。」

「原則上是。」老頭點點頭，說：「不過我想你會答應的。」

「誰說我會答應。」韓杰乾笑兩聲。「當他乩身累死人了，天底下沒比這件事更糟糕的工作了。」

「不。」老頭哈哈大笑。「你一定會答應——不然下次又有魔王去找你麻煩、找你報仇時，你怎麼對付？」

「那該是那傢伙下一任乩身的責任。」韓杰沒好氣地說。「他得負責擋下那些傢伙。」

「要是新任乩身打不贏呢？要是魔王、惡鬼、壞心術士對你親朋好友出手，那時你會戰戰兢兢地拿香叩拜，等待其他乩身奔來救命，還是想自己撒香灰、出法寶，親自動手修理對方？」老頭呵呵笑地問。

「……」韓杰默默無語，心知自己十多年來得罪了不少黑白兩道的傢伙，就連地底也不乏等他失勢找他麻煩的陰差鬼使。

他要是少了太子爺乩身身分庇蔭，往後漫長的退休日子未必好過。

他正思索著這問題，老頭突然接起手機，講了幾聲，轉身將手機遞給韓杰，說：「是太子爺打下來的，應該就是要跟你談談續約這件事。」

「續約？」韓杰瞪大眼睛，接過手機，狐疑地湊近耳邊。「喂——」

「怎麼樣？你服不服？」太子爺的聲音自手機那端響起。

「我服什麼？」韓杰這麼問。

「我的處置夠公道吧。」太子爺笑嘻嘻地說：「你父母雖然教子無方，但賠上兩條性命，外帶一個女兒，已極冤屈，本不該再入地獄受罰。我沒那麼不講理，我當時便讓他們投胎轉世去了——嘿！不過呢，我不是閻王，這陰魂投胎的瑣事其實不歸我管，我為此替你忙碌奔波，你懂嗎？」

「我不懂。」韓杰說：「你想說什麼？」

太子爺神祕地笑著說：「你也知道，地下人太多，想趕著投胎也不是一件容易的事呀；我這張金口很尊貴的，閒雜人等求我替他說情，我壓根不理，但那時我一口氣替你家三人打通關係，讓他們插隊投胎，這可是有價的——你這些年替我做事，就當是償清這第一筆帳啦，恭喜你呀，嘻嘻。」

「什麼？第一筆帳？我到底欠你幾筆帳？」韓杰愕然地問：「你這什麼意思？把我扔下陰間再跟我算帳，如果談不攏的話，我該不會回不去了吧？」

「你幹嘛把我想得那麼惡毒？我有那麼壞嗎？我讓你自己選。」太子爺的笑聲嘻嘻嘿嘿地從韓杰手機響起，甚至在廊道四周迴盪起來。「帶他上來吧。」

太子爺剛說完，韓杰只感到四周嗡嗡震動起來，眼前廊道壁面出現一扇門，門敞開，裡頭模樣像是一部電梯。

韓杰還沒反應過來，嚮導老頭已經伸手將韓杰推進了電梯，還伸手進來替他按了上樓鍵，跟著對他笑著點了點頭。「辛苦你啦，下次見面再聊吧。」

「喂、喂喂！」韓杰正驚愕，便感到電梯爬升速度竟快得像是火箭升空一般，再下一刻，眼前只剩一陣亮白。

他睜開了眼睛，驚呼一聲自床上坐起。

「阿杰醒啦？」老爺子自廁所探頭出來，手上還抓著洗到一半的蓮藕。

「阿杰——」美娜則捧著一鍋蓮花站在廚房旁，也轉頭望著床。

阿福兩眼閃動金光，仍被太子爺附著，坐在餐桌邊，面前還擺著幾截乾淨蓮藕。

「我的身體……」韓杰捏了捏拳頭，感到全身精力充沛，低頭只見胸腹完好如初，他被啃食的心、燒焦的肝、摘空的其餘臟器和流乾的血，又全部重新填滿他全身，健康地運作著。

他轉頭，望著一旁沉睡不醒的葉子。

葉子腹上破口仍敞開著，裡頭肝臟位置依然空缺。

「太子爺……你不救她？」韓杰望向餐桌前的阿福，像是隱隱猜著太子爺打著的主意。

「我正要救呀。」阿福笑著站起身，向老爺子和美娜招了招手。「行了，你們走吧，讓我單獨和他聊聊。」他一面說，一面走向韓杰，對韓杰笑著伸出手，想與他握手一般。

韓杰雖不明白太子爺的意思，但仍緩緩伸手相迎。

阿福握住韓杰的手，竟猛地往前使出一記頭錘，用前額撞上韓杰前額，發出砰的一聲。

「哇！」韓杰摀著額頭連退幾步，見阿福暈死在地上，連連喝問：「怎麼回事？你想幹嘛？」他還沒說完，突然又挺起身，揚起手，對著老爺子和美娜說：「帶林招福走吧——」

老爺子和美娜見韓杰兩眼閃動金光，也不敢多問，恭恭敬敬地拉起阿福，離開韓杰家。

「你降駕的花招很多嘛……」韓杰揉著額頭抱怨。

「是呀。」太子爺的聲音自韓杰喉間發出。「怕你膩，我盡量多變點花樣讓你覺得新鮮。」

「你到底想說什麼？」韓杰一時不明白太子爺意圖，望著床上葉子，無奈地說：「你想拿她威脅我？要我繼續當你乩身，你才救她的命？」

「不。」太子爺說：「生死有命，這女孩患了病，且病得很重，即便是我，也沒權力隨意幫人增壽，我救不了她——」

「當年你不就救了我？」韓杰反問。

「當年你一心尋死，我只是撿回你的身體廢物利用，你這十幾年活得挺辛苦，對吧。這也是沒辦法的事，你的名字早在生死簿上劃去了。」太子爺說：「你若沒有我，不過是一具蓮藕捏成的活屍而已——別誤會喲，我這麼說可不是在對你施壓，我只是想告訴你，不是人人都能當神明乩身，她沒有這種資質，沒辦法像你能用拳頭立功抵債，因此我不能收走她的病，頂多只能還她一塊肝，畢竟她的肝和那魔王有關、和你我有關。」

韓杰正想問什麼，脖子便自己轉了，視線從葉子身上轉移到餐桌上那幾個蓮藕；跟著雙腳也自己動了，走去餐桌坐下，雙手也是，拿起那幾截蓮藕捏捏揉揉，揉出了一顆雪白肝臟。

他舉起雪白肝臟，湊近嘴邊，呼了一口氣。

肝臟便逐漸轉紅，顯露血色。

「你的意思是……她換上這顆肝，能暫時活下，但是她的血癌仍然和現在一樣……」韓杰問。

「當然。」韓杰剛問完，腦袋自己點了幾下，自問自答般。「畢竟這只是顆普通的肝，但你可以選擇替她換顆好一點的肝——」

「好一點的肝？」韓杰不解地問，然後又點點頭，答：「是呀。」他站起身，走到廁所，從擠滿蓮葉的浴缸中又抽出一株帶葉蓮花與蓮藕。

他甩了甩蓮花上的泥水走回餐桌坐下，摘花折莖揉葉連同幾顆蓮子與蓮藕，又揉出一顆一模一樣的雪白肝臟；跟著，伸手在空中翻了翻，變魔術般地翻出一塊金磚。

他舉著金磚在雪白肝臟上方一捏，金磚化成金粉，嘩啦撒下，令整顆雪白肝臟閃閃耀起金光。

「這顆金肝雖然不能治她的病，但比旁邊那顆普通肝臟強壯不少，能讓她食慾正常、精神飽滿、體力充沛、讓她減少病痛折磨，讓她能開開心心遊山玩水——但最終能不能擊敗病魔，就看她自己造化了。」太子爺這麼說的時候，轉動韓杰的頭、舉起韓杰的手，指了指桌上那個普通的血肉肝臟和金光閃亮的肝臟。「普通肝臟免費，金肝臟有價，你自己選。」

「吃得飽、睡得好、能笑能跑，有力氣化療，病說不定會好……」韓杰默然半晌，瞥了瞥床上的葉子，嘆了口氣。「金的。」

「口說無憑。」太子爺嘿嘿笑地拍了拍手，操縱韓杰的身子彎腰從餐桌下搬出一個大紙箱，砰的一聲放上桌。

紙箱上貼了張像是封條、又像是合約用紙。

紙上金字寫得凌亂潦草，韓杰一個字都認不出，但也莫可奈何，左顧右盼想要找筆簽名，但太子爺控制他的手，豎起拇指在桌上殘餘金粉上按了按，然後舉至封條合約上方，才將手還他。

韓杰緩緩按下指印。

合約立時閃耀起陣陣金光。

「哈哈哈哈——」太子爺的笑聲洪亮響起，迫不及待地控制韓杰身子，抓起桌上金肝高高一蹦，落在床邊，將金肝塞入葉子肚腹，伸手進腹施法接合，然後輕輕捻過腹上破口，使傷口癒合，連痕跡都沒有。

葉子的臉上漸漸回復血色。

韓杰還沒來得及多望她幾眼，便在太子爺控制下蹦回餐桌，像是孩童拆禮物般，猴急地撕下封條，往天上一拋，合約燒出金火，正式成立。

然後他打開紙箱，裡頭果如韓杰預料，裝的是滿滿的尪仔標。

「太多了吧！」韓杰連連抱怨起來——這箱尪仔標可是他當年那大疊尪仔標數倍之多。

「你那顆金肝未免開價太高！」

「不，金肝並不貴。」太子爺辯駁。「我不是說了，你有好幾筆帳，我看在你這些年沒有功勞也有苦勞的份上，已經打了折扣給你，連同剛剛替你補身的蓮花和蓮藕，你向我借用的正版貨租金，再加上金肝臟，一口價全包在一起算的。」

「正版貨租金？」韓杰嚷嚷地說：「那是什麼？」

「你借了我的乾坤圈去玩呀，你想賴帳？」太子爺一面說，一面揚起韓杰的手，甩出金光晃晃的乾坤圈，隨手拋了拋再收回——韓杰這才想起剛剛大戰第六天魔王時，太子爺曾讓他親手投擲乾坤圈。

「那明明是你要我扔的，現在說我借去玩？還要算我租金？」

「你摸過當然要算，我已經給你折扣了，但不管怎麼折，都沒有免費這回事。」

太子爺一面說，又操縱著韓杰身子站起，來到廁所指著浴缸裡滿滿蓮花。「這些蓮花生出來的蓮藕能修補你的藕身，莖葉花瓣都有用處，蓮子香甜可口，雖不能治病，但能減輕身體痛苦——你罪孽償清，往後替我做事不該額外受苦，但那些天庭工匠好吃懶做，不願替我修改尪仔標設計，這箱尪仔標雖然是新造的，但用法和副作用都和以前一樣，我便給你些蓮子當作售後服務吧，你以後自己種吧。記得要用點心吶，要是種死了向我再討，費用另計。」

「……」韓杰無奈地聳聳肩。「那些尪仔標裡的火尖槍、混天綾都和以前一樣？不能讓我用正版貨？」

「這批是新造的，有稍稍改良過。」太子爺說：「正版貨當然是我專用呀，給你用那我拿什麼？難道你要堂堂中壇元帥拿著蓮藕降駕？」

「好吧。」韓杰湊近瞧了瞧那箱尪仔標，見到牌面設計確然和以前稍稍不同，火尖槍、風火輪等圖案畫風都有些許變化——豹皮囊圖案變化最大，從原本的皮袋子模樣，變成了一頭幼豹。

「差點忘了。」太子爺啊呀一聲，從桌上拿起半截蓮藕，搓搓揉揉，往天上一拋。一隻文鳥飛起，在室內繞了繞，鑽進那終年敞著的鳥籠裡，啄食起飼料。

模樣和動作就與先前的小文一模一樣。

「原來小文是你用蓮藕捏出來的！」

「是啊，怎麼了嗎？」

「你不早說！最初那隻死時我還傷心了幾天！」

「是你自己蠢笨，陽世凡鳥哪能這麼聰慧……行啦，我要走啦！你自己看著辦吧。往後規矩大致跟以前相同，但會稍微寬鬆些——你依舊不許藉乩身能力賺取錢財，但友人送的水果食物你可以吃；也不能靠著神靈能力拐騙女色，但金錢買賣和正常交友你情我願則不在此限；籤鳥派下的案件你仍可挑選，催逼的時限也會放寬，你能開始經營自己的事業了，好像是間破拳館對吧……」

「對，鐵拳館……」韓杰感到腦袋微微發暈，太子爺的聲音在他頭頂嗡嗡縈繞，緩緩遠去。

貳玖

韓大哥，你曾經答應過她的事情，能不能也答應我？

什麼事？

就是——以後別掛念我、別花心思找我，好好做你該做的事，過好你的人生。

我沒說要掛念妳，也沒說要找妳啊……

是喔……

幹嘛？妳自己說不用掛念妳啊。

嗯，偶爾稍微掛念一下沒關係。

好，我偶爾掛念……

……

「阿杰、阿杰……」老龜公拍了拍韓杰的肩。

韓杰關掉手機螢幕，回頭望著老龜公。「幹嘛？」

「幹嘛？你還想著她？」老龜公問。「要不要放個假？休息久一點？」

「我休息很久了。」韓杰搖搖頭。

「那魔王去東風市場找你麻煩是什麼時候的事？」老龜公在鐵拳館裡四處巡視，檢視著那批新購入的健身器材，持布擦拭保養，還不時抱怨哪些客人習慣不佳。「去年底？還是今年初？」

「今年初。」韓杰說。

「現在都快年底了。」老龜公擦完了大型器材，開始打掃起地板，見韓杰也來幫忙，便多扔了支掃把給他。

不久之前，老龜公拿出棺材本將鐵拳館重新翻修，添購了一批中古器材，重鋪地板外加整間粉刷，還額外請了兩名工讀生幫忙照應生意，兩個月下來，客人倒真有增加一些，但也頂多打平開店與日常生活開銷，額外盈餘，還是得靠韓杰接些沙包生意來做。

三週之前，葉子病逝在醫院裡，令韓杰有些失魂落魄。

「你後悔嗎？」老龜公一面掃，一面打開小冰箱，拋了罐啤酒給韓杰。

「後悔什麼？」韓杰打開啤酒，被噴了一臉泡沫，臭著臉說：「媽的！跟你說多少次，啤酒不要用丟的……」

「後悔跟太子爺續約呀。」老龜公嘻嘻笑著，自己也打開一罐啤酒大口喝起。

「有什麼好後悔的？」韓杰哼了哼。

「不大划算，對吧。」老龜公說：「那顆金肝，沒能救她的命。」

「不會，挺划算。」韓杰搖搖頭。「她走得很順，走之前，至少開心了好幾個月。」

那晚葉子換上金肝之後，便被王智漢送進了醫院，隔天檢查了一整天，與父母吃了頓飯，晚上便活蹦亂跳地出院回到東風市場找韓杰。

當晚東風市場裡的鄰居們在廊道裡低調地擺了個小宴席，慶祝大夥平安無事，順便祭拜太子爺；葉子與韓杰、阿福、老爺子和美娜等人同桌，聽他們聊及自己被紅裙子女鬼附身，扭了小文的腦袋，差點要殺死大家這些經過，可嚇得連連咋舌。

那時紅裙子女鬼被老鄰居們按在房裡，逃不了，只能乖乖被陰差揪下地府受審；而由於陰差座車空間有限，早已塞滿惡鬼，東風市場那些老鄰居們則仍然只能繼續排隊，等待陰差再次上來。

王智漢爲此調侃他陰差朋友地府辦事效率不佳。

那牛頭則忿忿不平地反駁：「你們地上有好幾萬警察，我們地下牛頭馬面才幾隻，我們一個要顧多少鬼呀幹！而且我們也不是想辦誰就辦誰，公文壓在辦公室裡堆到天花板，那幾隻文職的都過勞到快魂飛魄散了，我能怎麼辦。我這次專程上來幫你，已經很給你面子了。那魔王計畫很久，早在地下撒了不少錢打點關係，爲的就是今晚想把我們全壓在地底，誰也不准上來插手。」

「你呢？你也拿了？」王智漢問。

「拿呀！怎麼不拿！有得拿就拿呀！」牛頭氣憤地說：「但我拿歸拿，硬是闖關上來幫你，你要記住你欠我這筆人情，以後記得要還啊幹！總之我回去有得吵囉，那些傢伙肯定會來找我麻煩，我已經做好開幹的準備了——我早就看那些傢伙不順眼，我就是故意要陰他們，怎麼樣？要翻臉就翻吧！幹！」

當時他說完，囂張地抖了抖西裝，跨上他那骨骸重機，領著兩輛塞滿了包括吳天機等惡鬼的黑色房車，飛速駛遠。

王小明在東風市場定居，他得到了一套專屬的電腦和從老爺子家牽出的網路線；四位乾奶奶們至今仍進不了乾兒子家門，但由於平時有一堆老鄰居互相串門子閒聊紓解情緒，也不再執著乾兒子一家，頂多偶爾想起，追著韓杰埋怨幾句。

短短幾個月，除了定時返回醫院檢查病情之外，葉子像是忙碌的鳥兒般不停遠行旅遊，有時與父母同行，有時與韓杰出遊。

他們去了好多國家，拍了無數張照片。

韓杰新手機螢幕的桌布一張張更替，大多是她的燦爛笑容，或是他倆合照，背後有時是高山落日，有時是濤濤大海，有時是異國市集，有時是山谷雲間、有時是草原湖畔。

那顆金肝臟雖沒治好她的病，但當眞讓她能吃能睡，能笑能跑了頗長一段時間。

韓杰還託太子爺替葉子也弄張輪迴證，讓她不用在漆黑陰暗的陰間孤獨等候——自然，這也是有價的，但韓杰早已不在意，他知道自己先前簽下的那箱尪仔標，足夠讓他忙碌到老，就像是先前提及過的一位老前輩，與第六天魔王打架像是在打世界盃般，每隔幾年就要翻臉惡鬥。

他平日若無案件，也無邀約，便來鐵拳館健身打拳，顧店兼練身體，預先替下次決戰做著準備。

「很好呀，很甜蜜呀……」老龜公見韓杰掃到一半，又神遊般地看起手機照片，便湊上去偷瞧。「至少走得開開心心……」

韓杰又關上螢幕，臭著臉扔了掃把，說：「你們到底約幾點？」

「剛剛李老闆打電話來，說會晚一點到。」老龜公說。

「大半夜來打沙包出氣？」韓杰不悅地看了看鐘，此時已過十二點，平時人手不足的鐵拳館，十一點便打烊關門了。「那傢伙做什麼生意的？」

「我也不知道，別的老闆介紹的……」老龜公聳聳肩，攤攤手，神祕兮兮地說：「對了，我好像還沒跟你說這場價碼對吧？這次我們發了，李老闆開的價是其他老闆的一百幾十倍呀！」

「一百幾十倍？」韓杰不敢置信。「你是聽錯還是算數算錯？打一場拳幾十萬？他當我是伴遊賣身？就算眞要賣，我也沒這價碼吧……」

「誰說的，你絕對値這個價！」老龜公捏捏韓杰結實的肩頭，欲言又止地說：「嗯……不過……他確實好像有其他事情想拜託你……嘿嘿、呵呵……阿杰，你也知道我們鐵拳館現在的處境，等等如果……」

「不行！」韓杰瞪大眼睛，正經搖頭。「我不是說過了，我還是不能用乩身能力賺錢，你千萬別打我主意……」

「你別這麼死腦筋嘛……」老龜公連連搖頭，解釋：「若是他眞有急難，你免費幫他，我再讓他用沙包費抵數呀——你上頭不也這樣，把那啥小乾坤圈租金、蓮藕什麼的跟葉子金肝臟全包在一起算，逼你不得不簽賣身契，上梁奸巧下梁賊，他拿什麼理由怪罪你？」

「他怪罪我不需要理由啊！」韓杰仍搖頭。「你當他這麼講道理？他想怪罪就怪罪了，跟霸凌一樣，我又打不贏他！總之不行就是了……」

老龜公還沒說完，鐵拳館的門就開了。

走下一個男人。

男人一身簡便運動服，提著一只黑皮箱，他不像先前那些大老闆、高級主管都帶著部屬隨行，而是獨自一人下樓。

「李老闆，你來啦？」老龜公立時笑咪咪地搓著手上前迎接，領著李老闆來到韓杰面前。「這位就是韓杰。」

「你比我想像中年輕。」李老闆推了推眼鏡。「我以為當乩身的，都是中老年人。」

「因為我還當得不夠久，再過二、三十年，我就是你想像中的那個樣子了。」韓杰默然地說：「不過我這乩身，不是用來做生意的，我不能收錢——不是我不愛錢，是上頭不准我用這能力收錢，包括各種移花接木、改變名目的方式收錢。」韓杰說到這裡，翻身攀上擂台，戴著他擔任沙包時專用的特大號拳套。

「別這樣呀阿杰。」老龜公一面領著李老闆做暖身，替他綁手戴拳套，一面說。「那不如這樣，你免費幫幫人家，說不定人家有急難呀，大家交個朋友也行，將來李老闆有什麼生意啦……客源啦……也多關照一下。」

「這個當然，一定、一定……」李老闆嘻嘻地說。

「你當初也義不容辭地幫葉子呀。」老龜公不時瞥著韓杰。「難道你是因為女色才幫助葉子？」

「……」韓杰沒有理會老龜公，而是直勾勾地盯著樓梯入口——那兒不知何時多站了兩個身穿黑色西裝的傢伙。

他們神情冷漠，都望著韓杰。

「哦……」李老闆似乎發現韓杰神情有異，回頭看了入口一眼，呵呵笑地說：「你看得見他們？果然有本事，張老闆沒介紹錯人，厲害、厲害！」

「啊？看見什麼？」老龜公左顧右盼，一時不明白李老闆這麼說是什麼意思——他看不見那兩名黑西裝男人。

「兩位陰差老兄，上陽世沒戴著頭套？那應該不是公事了……」韓杰臉色逐漸陰沉，已經戴妥拳套的他，對老龜公說：「把我的手機拿來，讓我看看行程。」

「幹嘛？你現在生意做這麼大，還要查行程？你會用行事曆嗎？」老龜公替韓杰取來手機，見他雙手戴著拳套，便替他操作起手機。

李老闆甩了甩手，也攀上擂台，跳了跳、揮了揮拳，他揮拳動作生疏難看，像是從未打過拳。他笑著對韓杰說：「是這樣子的，我家族中出了點事，得罪了某些髒東西——」他說到這裡，見韓杰目不轉睛地盯著老龜公拿著的手機，便停下等他。

「沒關係，你繼續說，我會聽。」韓杰挑起眼瞧了李老闆一眼，對老龜公說。「點開照片。」

「你現在打拳前，要看一下她？」老龜公點開相本，見裡頭滿滿都是與葉子出遊的合照，也不等韓杰指示，隨意亂點亂晃，還笑嘻嘻地說：「讓我看看有沒有不能見人的照片，嘻嘻……」

「那些惡鬼想害我家族老小、想弄垮我家事業。」李老闆苦笑地說。

「不是這本、往下、再往下，有一本叫『小文』的相本，喂，不要亂看……」韓杰不耐地催促老龜公，見他隨意亂開照片，惱火地掄拳敲他腦袋；但他一面同時細聽李老闆的話，說：「你身邊既然跟著陰差，又何必找我幫忙？怎不向他們告狀？」

韓杰這麼說時，瞅著鐵拳館入口那兩名西裝男人冷笑。

「陰差？什麼陰差？你……你看見了什麼？」老龜公像是逐漸從韓杰與李老闆的對話中，察覺鐵拳館裡頭似乎還有其他人，且就只有他看不見。

「你別囉嗦，快打開小文的相本！」韓杰又敲了老龜公腦袋一拳。

「小文、小文……」老龜公終於滑到了小文相本，只見那相本的封面，是隻平凡的灰文鳥。他點開相本，裡頭有幾張小文啄飼料拉屎的日常照片，其餘則都是那些香燒籤紙的特寫照片——雖然韓杰仍用廣告單當籤紙，但先前葉子曾教他使用手機修圖軟體，調整照片色彩對比，讓照片中的籤紙文字變得更加容易辨識，韓杰也漸漸習慣將小文叼出的籤紙拍照修圖後存檔，方便隨時查閱。

「那些惡靈來頭不小……」李老闆苦笑著說。「他們似乎透過關係，向地府取得某種特權，讓陰差無法任意干涉他們的舉動……所以……我想找個不受那地府規定限制的高人幫忙……」他這麼說的同時，又回頭瞧了瞧兩名西裝男人，向韓杰介紹起來。「這兩位朋友是地府陰差沒錯，他們和他們的上頭主管也早想認識你，大家交個朋友，以後有很多合作機會。」

「怎麼聽起來有點耳熟，你姓李……你做什麼生意？房地產？」韓杰嘴角隱隱透出笑意，一面盯著老龜公滑過的一張張籤紙，連連出聲指示：「下一張、下一張、下一張……找有沒有姓李的……」

「是、是是……我家是傳統產業，但這幾年主要收入確實都來自房地產買賣……我和大哥還打算成立自家專屬的房地產公司，這樣以後做事更方便……」李老闆露出欽佩的神情說：「你什麼都知道。」

「停。」韓杰點點頭，盯著老龜公滑到的一張照片。

「有一李男……」老龜公將籤紙照片放大，緩緩滑動，細讀內容，還忍不住低聲呢喃唸出。「與長兄同謀，侵吞遠親家產，令親族長輩悲憤病逝；李男為規避親族怨魂持復仇令返回陽世追究，透過術士賄絡地府、勾結陰差，還計畫收買神靈凡使，意圖斬草除根、毀魂滅證……」

老龜公聲音低得只有自己聽得見，越唸越是心驚，還不時抬頭瞧瞧李老闆。

韓杰事先看過籤紙，知道大致內容，微笑地問：「你母親已經過世了對吧，她老人家生前記性如何？認人能力如何？」

「呃……」李老闆像是不明白韓杰這麼問是什麼意思，答：「她生前身體不錯，一直到死前腦袋都很清楚。」

「那你倒楣了。」韓杰哈哈大笑，大步走向李老闆。「得多捱幾拳。」

重重一拳打在他臉上。

李老闆倏地倒地，愣然撫著濺血鼻子，嚷嚷叫著：「你……你幹嘛？」

「我幹嘛？我們在打拳？你不就是來找我打拳嗎？」韓杰嘿嘿笑著，盯著左右竄上擂台、包圍著他的兩名西裝男人。問：「你們呢？你們老媽過去記性如何？」

老龜公被一陣陰風吹得哆嗦起來，嚇得翻下擂台，連連後退，他手中還抓著韓杰手機，籤紙照片上寫著——

有一李男與長兄同謀，侵吞遠親家產，令親族長輩悲憤病逝；李男為規避親族怨魂持復仇令返回陽世追究，透過術士賄絡地府、勾結陰差，還計畫收買神靈凡使，意圖斬草除根、毀魂滅證。李男與收賄陰差，近日便去找你施壓。

給我打到連他們母親都認不出他們的樣子。

兩名西裝男人互視一眼，從口袋取出了一牛一馬的褐色面具戴上。

李老闆哆嗦著還不明白韓杰為何突然翻臉，便見到韓杰雙手巨大拳套裡，緩緩溢出了如雲似水的墨紅，嚇得急問：「你……你為什麼打人？你手上那是什麼東西？」

「只是盜版貨。」韓杰呵呵笑著說：「打畜生夠用了。」

牛頭馬面一個揚起甩棍、一個揮動拳頭，雙雙撲向韓杰，被韓杰甩動混天綾捲倒在地——由於韓杰收下一整箱尪仔標，又在後陽台上種了幾大缸能壓制尪仔標副作用的蓮花，因此現在用起尪仔標倒也大方，他為防在鐵拳館工作時遭到惡靈襲擊，便在館內各處都暗藏著一些尪仔標——包括他當沙包時的大拳套裡。

「你……你到底在幹嘛？」李老闆被韓杰自地板揪起，驚恐急問：「我是來跟你談生意的，你怎不先請示你上頭？」

「我不須要請示，因爲他早下令指示過這件事該怎麼處置了。」韓杰再一拳勾在李老闆腹上，打得他跪地嘔吐起來；跟著甩動混天綾，拐倒爬起衝來的馬面，還上前抬膝朝馬面嘴巴狠狠一撞，又在他胸口重踏一腳，再回身將另一個牛頭摺倒。

「他……他指示了什麼？」李老闆驚恐尖問。

「他的指示從以前到現在都只有一種，那就是——」韓杰一腳踢在李老闆嘴巴上。

「斬妖除魔。」

《乩身：踏火伏魔的罪人》完

後記

《乩身》這篇故事除了與《陰間》系列共用世界設定之外，故事裡的太子爺，則是參考了《封神演義》裡關於三太子哪吒的設定。

《封神演義》裡的哪吒，剛出生就是個怪胎，被太乙眞人收爲徒弟，性情囂張頑劣，去溪邊玩水，把東海龍王的小孩打死，還抽了人家的筋要送給爸爸當皮帶。東海龍王追究下來，他爲了贖罪，只好割肉斷骨自我了斷。

他的師父太乙眞人，用蓮花莖葉藕替他造回皮肉骨，令他浴火重生。

在《乩身》裡，犯過大錯的太子爺，特別偏好找罪人當他乩身。

韓杰正是個戴罪之人，他少年時貪玩吸毒、偷竊家中地契還債，最終害死了父母和姊姊。

人非完人，孰能無過。

《乩身》與《陰間》系列裡許多角色都是有罪的，都是犯了錯的。

王小明犯了錯，他偷看女生上廁所，又變態又下流，但他仍保有某些底線，並沒有將錯更錯，幹出更壞的事情。

乾奶奶們犯了錯，拖累乾兒子一家，還嚇著甚至傷害了無辜孩童和鄰居，但在造成更大的傷害之前被韓杰阻止，和王小明在東風市場裡稍稍幫上了點忙，守護著活鄰居們。

陳七殺犯了錯，他暴戾煉法，生平害人無數，他知道自己是個惡人，也甘願面對任何後果。

紅裙子與白裙子犯了錯，她們受制於邪術，不得不為吳天機效力，白裙子在被解除禁錮封印後，知道在陽世一切惡行，將會在陰間受審，因此她盡力阻止姊妹傷害葉子，且在緊急時刻通知韓杰救援葉子；紅裙子是陳七殺的親生女兒，她被吳天機修煉得更加凶狠，神智意識也比白裙子更加不清，莫可奈何。

徐老鬼是個竊賊。

王智漢是個像流氓的警察。

神龍太子斂財騙色。

李老闆謀害家人、收買陰差。

牛頭張曉武生前是個偷車賊。

第六天魔王無惡不作。

吳天機人神共憤。

大家都或多或少犯過錯，但不論是眞實世界裡的人，還是各式各樣的虛構角色，在面對過錯時的態度，其實大不相同。

韓杰知道父母慘死的反應是極度悲憤和羞愧的，他盡力求死卻死不了，揹著罪孽留在陽世苟活，用痛苦贖罪、降妖魔償債，努力接案替火海地獄裡的父母和姊姊賺取冷氣機和其他物資，盼他們過得舒服點且早日投胎轉世。（雖然他被騙了。）

吳天機呢？

他們都犯了錯，但他們其實並不一樣。

這麼不一樣的他們，後果當然也不該一樣。

星子
2017.2.2
新北中和

乩身

The Oracle Comes

更多故事，
敬請期待！

國家圖書館出版品預行編目資料

乩身：踏火伏魔的罪人／星子 著.——初版.
——台北市： 蓋亞文化，2017.08
冊； 公分.
ISBN　978-986-319-299-2

857.81　　106010285

星子故事書房　TS002

乩身〔踏火伏魔的罪人〕

作者／星子（teensy）
封面插畫／程威誌　　內頁插畫／星子
封面設計／克里斯
出版社／蓋亞文化有限公司
地址◎ 台北市103承德路二段75巷35號1樓
電話◎（02）25585438　傳眞◎（02）25585439
部落格◎ gaeabooks.pixnet.net/blog
臉書◎ www.facebook.com/Gaeabooks
電子信箱◎ gaea@gaeabooks.com.tw
投稿信箱◎ editor@gaeabooks.com.tw
郵撥帳號◎ 19769541　戶名：蓋亞文化有限公司
法律顧問／宇達經貿法律事務所
總經銷／聯合發行股份有限公司
地址◎ 新北市新店區寶橋路二三五巷六弄六號二樓
電話◎（02）29178022　傳眞◎（02）29156275
港澳地區／一代匯集
地址◎ 九龍旺角塘尾道64號龍駒企業大廈10樓B&D室
電話◎（852）2783-8102　傳眞◎（852）2396-0050
初版八刷／2023年11月
定價／新台幣280元
Printed in Taiwan

GAEA
ISBN／978-986-319-299-2

GAEA

Gaea